新时代

（现通译为《处女地》）

【俄】屠格涅夫◎著
郭沫若◎译

中国青年出版社

出版说明

И.Х.屠格涅夫（1818~1883），俄国19世纪现实主义作家，所著《新时代》（现通译为《处女地》）一书及其书名，由郭沫若于1924年4月根据L.威廉所译德文译本*Die Neune Generation*译出，并参照G.康斯坦斯所译英文译本*Virgin Soil*（意为《少女地》）校订。

该译作由上海商务印书馆1925年6月初版；1934年10月作为“国难后第一版”再版时，译者署名由“郭沫若”改为“郭鼎堂”；此后该书不曾再版。本版依据郭沫若纪念馆提供的上述民国时期版本重排。

为尊重郭沫若译作的原译味道，本版尽量保持译作原版的本来风貌，仅将文中繁体字、异体字改为通行简化字；保留作者和译者的原有注释，分别在其后标注“——作者”、“——译者”；需要补充注释时，标注“——编者”。此外，本版对书中同一人物的译名予以统一，对个别排字疏漏加以校改，并附注于后。上述校注工作得到郭平英女士的大力支持，特此鸣谢。

谨以此书向郭沫若诞辰120周年致意。

2012年10月

这本译书献给
我的朋友仿吾

序

民国十年的四月一日是我最初辍学回上海的一日。那时候我对于文学的嗜好几乎到了白热的程度，我竟把我所学的医学中途抛弃了，想回上海来从事于文学的创作。这个志望是失败了的，就在那年的九月，我又折返了日本，终竟把医学弄毕业了，又才回到了上海来。

我同时认识了这两位姑娘——科学姑娘和文学姑娘——实在是陷到了叫我左右做人难的苦境，她们两位东拉西扯地牵着我，这几年来叫我彷徨无定地在黄海上渡来渡去。文学搅厌倦了，又想去亲近一下医学，医学刚好达到了一个接吻的目的，又要被文学拖回来了。

不过我觉得这样也好，我的生活可以因此多生些变化，我今后对于这两位姑娘也再不存偏爱的心事了。

那就是民国十年的四月一日，我第一次读屠格涅甫的这部著书。

那时和我同船回国的是我的朋友成仿吾，他也和我一样，太被文学的引力牵引很了，竟把临到头的毕业试验也没有受，我们竟约着同回了上海。他学的本是造兵科，但结果终和我是一样，他没有把他的枪炮去杀过人，我也没有把我的丸药去杀过人。

我们那时在船上同住了两天两夜，同睡在一个比地狱怕还要苦的三等舱的一只角上。风浪很大，我睡在船上不敢起来，他还好，他还时常要到头等舱去照料他朋友的家眷。

他那时候带着有好几本德文的屠格涅甫的小说，我在船上睡了两天两夜，便把这本《新时代》读了一遍。

这本《新时代》，就是这样对于我是有两重意义的小说呢，我除去喜欢它的本身之外，就还有这一段怀旧的幽情。

去年四月我重渡日本去的时候，我特别把这本书向仿吾要了来，做我永远的纪念。

七月初间我重读这部书的时候，竟起了翻译他的志愿，费了四五十天的功夫，也就把这部书译成了。

这部书的自身我很喜欢，我因为这书里的主人翁涅晷大诺夫，和我自己有点相像。

还有是这书里面所流动着的社会革命的思潮。

社会革命的两个主要的条件：政治和经济的，在屠格涅甫是认得很清楚的。他把马克罗夫代表偏重政治革命的急进派，把梭罗明代表偏重增加物质生产力的缓进派，他自己是倾向于后者的，所以他促成了马克罗夫式的失败，激赏着梭罗明式的小成，他的思想明明是修正派的社会主义的思想。

不过五十年后的今日的俄罗斯，所成功的不是梭罗明，却是大规模的马克罗夫呢！“匿名的俄罗斯”已经成为了“列宁的俄罗斯”了！

这部书所能给我们的教训只是消极的，他教我们知道涅晷大诺夫的怀疑是无补于大局，马克罗夫的燥进只有失败的可能，梭罗明的精明稳慎只觉得日暮途遥；玛丽亚娜的坚毅忍从又觉得太无主见了。我们所当仿效的是屠格涅甫所不曾知道的“匿名的俄罗斯”，是我们现在所已经知道的“列宁的俄罗斯”。

农奴解放后的七十年代的俄罗斯，诸君，你们请在这书中去观面罢！你们会生出一个似曾相识的感想——不仅这样，你们还会觉得这个面孔是你们时常见面的呢。我们假如把这书里面的人名地名，改成中国的，把雪茄改成鸦片，把弗加酒改成花雕，把扑克牌改成马将（其实这一项就不改也不要紧），你看那俄国的官僚不就像我们中国的官僚，俄国的百姓不就像我们中国的百姓吗?

这书里面的青年，都是我们周围的朋友，诸君，你们不要以为屠格涅甫这部书是写的俄罗斯的事情，你们尽可以说他是把我们中国的事情去改头换面地做过一遍的呢!

我译成了这部书后，把我心中的“涅暑大诺夫”枪毙了。

一九二五年四月六日
补序于沪上

解题

（1）本书系以Wilhelm Lange的德译为蓝本，译成后曾以Constance Garnett的英译本参证，德译有不安处间采英译。

（2）书名依德译名“*Die Neue Generation*”译作“新时代”，意不甚适，应译作“新代”或“新时代的青年”，但一嫌太僻，一嫌太冗。英译名为“*Virgin Soil*”，此言“少女地”。

（3）书中重要典实就所能考核者大都注出，本系自修工作，然于读者理解此书上想亦不无小补。

（4）译事算是尽了自己的良心，自己所不能十分满意的只是重译，我希望在数年之内有直读俄罗斯原文的机会。

（5）本书的出版，高梦旦、郑心南、何公敢、范允臧诸氏为我尽力，我在此敬致谢忱。

民国十三年八月十二日　译者

目录

（卷下）

卷上

一

一千八百六十八年的春天，有一天午后一点钟以前，在比得堡[1]的将军街有一位边幅不甚修节的男子，没精打采地走上一家五层楼的后楼梯，大概有二十七岁的光景。橐橐地拖着一双穿破了的套鞋，把颟顸的身体一摇一摆地到了最上的一段楼梯，他走到一座门前停止着了，门是脱了机枢的，半开着在，他并没有拉铃，只大咳了一声作为报到，便走进一间小而晦暗的前房里去了。

他用粗燥的高声叫道："涅暑大诺夫（Neschdanoff）在家么?

"不在家……但是我在这儿……请你进来罢！"一种差不多同样粗燥的女人的声音从内室里听出了。

"是玛殊玲（Maschurin）吗？"新来的人发问。

"唉，是的……你可不是——奥斯突罗杜摩夫（Ostrodumoff）吗？"

"是，是皮门·奥斯突罗杜摩夫（Pimen Ostrodumoff）。"新来的答应了，慎重地把套鞋脱下，把穿成了光板的外套挂在钉上，走进那发出女人声音的房里去了。

房里低矮而不清洁，四壁是涂着暗绿色，只在两个尘布的小窗透进来些儿光线。家具没有几样，最前的角上安着一张铁床，中心一张桌子，一对坐椅，还有一个装满了书籍的书橱。

桌旁坐着一位三十来往的女人，光着头吸着雪茄烟，身上穿的是暗黑色的麻布的宽衣。她看奥斯突罗杜摩夫进来，默默地和他握手，手是粗大而带红色。奥斯突罗杜摩夫也默默地把手握了，坐到一个椅子上，在抽屉里抽出一只快要压扁了的香烟出来。

---

[1] 现通译为彼得堡，以下不再赘述。——编者

玛殊玲把火给了他，他把香烟吸燃，两个人便向着沉浊的，即使不吸香烟也早已是烟雾濛濛的房空中吐出青烟的漩涡，彼此不交换一言，彼此也不交换一眼。

两个吸烟的总有点共通的地方，不怕他们的外貌并没有甚么相似。他们那不亲切的面孔上有厚重的嘴唇，大齿，形像不美的鼻准（奥斯突罗杜摩夫的脸上更还有些痘疤）——这些东西表示他们的诚实，精干，与爱勤劳。

到头是奥斯突罗杜摩夫发问道：“你看见过涅暑大诺夫没有？”

“看见过，他立刻就会来的。他拿书到图书馆去了。”

奥斯突罗杜摩夫把头掉在一边，唾了一下。

“他到底为甚么总是东跑西跑的？我们简直会不着他。”

玛殊玲又换了一只香烟了。

“他闲得没法呢！”她一面说着，当心地把火点燃了。

“他闲得没法！”奥斯突罗杜摩夫愤愤地说。“真是孩子气！就好像我们简直没有事做一样！我们忙得没法，不知道要怎样才能把一切事务处理得好……而他——才闲得没法！”

玛殊玲沉默一会问道：“从莫斯科来的信到了么？”

“到了，……昨天到的。”

“你看过了吗？”

奥斯突罗杜摩夫只把头点了一下。

“唔……内容呢？”

“内容！……我们快要动身了。”

玛殊玲把香烟从口里取了出来。

“究竟为的甚么呢？据我所知道的，凡百都是很顺畅的。”

“凡百都是仍照旧步呢。但是渗入了一位不很可靠的人。你晓得么？……这个人我们不得不疏远——或者会完全把他处治呢。此外也还有别的事情。……就是你也要一同去的。”

“信上是这样说吗？”

“是的，信上是这样说。”

玛殊玲摇了摇浓厚的头发，她的头发松松地在后面梳成一个小髻，垂覆在她的额部与眉上。

她说："好！已经是下了命令……事情是没有话说的。"

"不消说呢。但是没有钱甚么事情都不能动手；这一切用费，到底从甚么地方来呢？"

玛殊玲沉思了一下。

"涅暑大诺夫总会替我们设法罢。"她低声地说，好像自语的一样。

奥斯突罗杜摩夫说："我正是为这事情来的。"

玛殊玲突然地问道："你把信带来了么？"

"带来了。你要看么？"

"请把给你……不，不必，你还是带着罢。我们随后一齐读。"

奥斯突罗杜摩夫咆哮起来了，"我已经把实在事情完全对你说了！你没有怀疑的必要。"

"我一点也不怀疑。"

两人又沉默了，只有香烟的烟雾还从他们的唇上浮起，轻轻地袅绕着，又从他们毛发浓重的头上升上去了。

前房内有种响声。

玛殊玲默默地说："是他回来了！"

房门轻微地推开了些儿，从门孔里伸进了一个脑袋来——但是，不是涅暑大诺夫的脑袋。

那是一个小而圆的脑袋，……头发粗黑，额部宽阔而有绉纹，浓眉之下的棕色眼仁异常敏活，反上的鸭嘴鼻，嘴小而红，很有滑稽的意思。

这个脑袋向周围看了一下，点了一点头，微微地发笑——笑时露出两排细粒的白齿——同时带着一个柔弱的身体，短的两臂，微微跛着的一只拐脚，走进房来。

玛殊玲和奥斯突罗杜摩夫看见了这个小小的脑袋的时候，他们的面貌显然呈出了一种轻蔑的神情，好像是在说："哼，他呀！"的一样。但是他们却没有作声，并且一点也没有动颤。而这新来的客人对于他所受的款待不仅毫不介意，好像还感受着一种满足的光景。

他弱声弱气地问道："这又是甚么缘故呢？是两人合唱吗？怎么不是

三人合唱呢？唱第一次中音[①]的到底往那儿去了呢？”

“巴克林君（Paklin），你是说的涅署大诺夫吗？”奥斯突罗杜摩夫带着很严肃的样子回答着。

“是呀，奥斯突罗杜摩夫君；我是说的涅署大诺夫。”

“巴克林君，他恐怕就要回来了。”

“奥斯突罗杜摩夫君，我听了真是高兴！”

跛脚者转向着玛殊玲了。她黑起面孔坐在那儿，悠悠地把香烟的青烟接连着向空中吹去。

“唉唉，最可敬爱的，你好吗？……啊，真是对不住！我总忘记你的名字[②]和你父亲的名字呢！”

玛殊玲把肩头耸了一下。

“那也全没有记着的必要。你不知道我的姓吗？那就够了！……并且‘你好吗’这么一问是甚么意思呢？你不看见我是还活着的吗？”

“啊不错，真是不错！”巴克林叫了出来，在这时他把鼻翼鼓张起来，把眉头耸了一下。“假使你是升遐了的时候，那我区区小子就不会有这样的幸福，得以在这儿见你，和你对话呢！……我问你好，只是惯用的客套话……你的本名和尊父的名字……唉，你是晓得的，秃头秃脑只叫你的姓，只叫你玛殊玲，不是有点失礼吗？……我晓得你写信的时候，不消说是写波拿伯[③]——喂呀，恕罪，恕罪，是写玛殊玲！……但是在这么会话的时候呢？……”

“谁在要求你和我对话呢？”

巴克林兴奋地发起笑来——就好像他要窒息的一样。

“唉唉，我的好姑娘；请你和我握手，不必那样生气……我晓得的，你是再好没有的人，但我也不是坏人呢……唉……？”

巴克林把手伸给她，……玛殊玲蹙着额看他……但到头和他握了手。

---

① 次中音（Tenor），声乐中的四步音级：（1）Saprano，最高音（女）；（2）Alto，中音（女）；（3）Tenor，次中音（男）；（4）Bass，低音（男）。——译者

② 俄国人在平常会话时，只把本人受洗的名字和父亲的名字连用，在父名下面男的加owitsch或itsch，女的加owna。——译者

③ 波拿伯是法国拿坡仑的姓，此处是写说者记错，立地又改正的光景。——译者

“你定要晓得我的名字吗？”她说，仍然蹙额地看着他。“那吗，好罢，我叫浅克拉（Thekla）。”

“我叫皮门。”奥斯突罗杜摩夫用他的低音[1]插着说。

“啊，领教不少，领教不少！但是请你们对我说，哦，浅克拉，哦，皮门——请你们对我说，你们两人为甚么待我这样不好，而我却是……”

奥斯突罗杜摩夫打断他的话头说道：“浅克拉觉得你，并且不仅浅克拉一个人，觉得你对于一切事情都只从取笑一方面去观察，觉得一切的人不敢信任你。”

巴克林听着他的品评立地掉转身来。

“啊，我的皮门阁下！这正是一切人的误解，他们批评我的人都把我误解了。第一，我并不是时常在笑，其次——我笑也是毫无意义的，人们都能安心地信任我；我举出个证据罢，我受你们的恳意的委托也不仅一次呢！你是公正人呢，皮门阁下！”

奥斯突罗杜摩夫从齿缝中呶呶了一下。巴克林摇摇头又接着说，这一次却没有发笑。

“不，我不是时常发笑的！我决不是甚么轻佻的人！请你看我一下罢！”

奥斯突罗杜摩夫把眼睛举起来看他。真的，巴克林在不言不笑的时候，他的相貌带着一种忧郁的神情，更差不多是恐怖的神情：这种神情只要他一把口张开的时候，便变成一种滑稽的，更简直是卑劣的变态了。奥斯突罗杜摩夫却是保持着静默。

巴克林又回转身来向着浅克拉·玛殊玲。

“唉，你的研究怎么样了呢？你的崇高的仁术有进步了么？要帮助一位没有经验的人在他第一步踏进这光华的天地，怕决不是容易的事罢？”

“毫不见得——只要那没有经验的人是不比你更大的时候。”玛殊玲答应了他，她是才不久受了产科的试验的，她说着不禁欣然微笑。

她的父母是南部俄罗斯的小贵族，薄有些儿产业，她在一年半以前从家里逃了出来，衣囊里只带着六个卢布便走到了比得堡。她进了一座产科学校，热心地用了一番功，她也就博得了产科女医的文凭了。她还是处

---

① 这是声乐上的低音（Bass），见前注，是一种沉重而粗莽的声音。——译者

女，而且很贞淑的。有些怀疑家想到她[①]的外表上来，她[②]会说："那是一点也不足怪的。""但是那总是一个惊异而且是难得的呢！"我们自己总想这样回答。

浅克拉在回答时，巴克林又发起笑来了。

"好姑娘，你真答应得好！"巴克林叫起来了。"你恰好把我挖苦了！真是抛砖引玉呢！我不知道为甚么这样矮小！……但是这儿的主人公究竟往那儿去了呢？"

他把话头掉在别的方面去，并不是全无意义的。他的身子矮小，和人品的不美观，他是最难忍耐。他是热心地赞礼女性的人，因而他对于身体的残缺愈见痛心。要博得女人的欢心时，他是甚么都舍得牺牲的！他的家世的卑贱，他在社会上的位置的不足重轻，都没有那丑陋的外表的自觉，把他恼乱得那么厉害。

巴克林的父亲只是一个市民，费尽了种种的苦心，才博得一个公证人的地位，这种职业，是遇着商事诉讼时受人顾问，遇着购买货品房屋时为人作凭中的。由这种职业他也治下了一点财产，但到晚年好起酒来，在他死时竟一文不剩了。他的儿子巴克林——名叫喜拉·桑牟松逸奇（Sila Samsonitsch）[③]，这个名字他也觉得是运命的恶谑——在一所商业学校毕了业，在这儿他把德文学好了。饱尝了种种不甚愉快的经验，他结局走到一所商家得了一个年俸一千五百卢布的位置。他把这点薪水不仅要拿来满足他自己的欲求，而且还要供给一位病体的叔母和一位佝偻的从妹。在这时候，我们的叙述开始的时候，他是刚好满二十八岁。他和许多学生相识，——这些青年喜欢他俏皮的机智和肆无忌惮的清谈，也喜欢他的学识虽然有些偏颇但是坚实而无炫气。但是这些地方也不阻止他们时常要加以苛待。有一回他在"政治的"集会上迟了刻，他便极热心地开始辩解，有人在一只角上竟高唱起来："小小巴克林，盖世之豪英，骇得来，战兢

①② 原版本作"他"，据上下文校改。——编者

③ 喜拉（Sila）是"力"的意思，桑牟松逸奇（Samsonitsch）是"桑牟松的儿子"。照前注在父名之下加itsch是表示男子，可见Samson是Sila的父名了。但这Samson在《旧约》上是一位力能搏狮的力士，所以"力——搏狮者的儿子"对于跛脚软弱的巴克林是名不副实。——译者

兢，”引得满座的人都发起笑来。巴克林到头也笑了，虽然他心里是在冒着一块怒火。他自己私下想道：“这东西说到我最伤心的痛处。”

他认得涅暑大诺夫是在一家希腊人的食店里，他在那儿包食，并且时时发表他无忌惮的犀利的意见。他说，他的民主主义的意见的根底就是这可恶的希腊点心，这把他肝火搅旺了的。

“唉，……真的这儿的主人公往那儿去了呢？”巴克林又重说一遍。“我觉得他近来很不舒服的样子。他该不是害了甚么相思病罢？”

玛殊玲把额头绉了一下。

她说：“他送书到图书馆去了。害了相思病——他的脑经中没有想到这样的事情上来；并且他会相思甚么人呢？”

“唉，相思你！”巴克林几几乎答应了出来。

他大声说道：“我想见他，因为我有要紧的事情要和他说。”

“甚么事情？”奥斯突罗杜摩夫发问，“关于我们的吗？”

“怕是关于你们的……也就是关于我们全体的。”

奥斯突罗杜摩夫在鼻孔里哼了一下。他虽然不信任巴克林，但他自己想道：“说不定呢！这东西是聪明的家伙，而且是无处不羼走的呢！”

“呀，他结底回来了！”浅克拉·玛殊玲突然叫了起来，并且她向着前房门口的小而不美的眼中发出了一种温暖的柔嫩的光辉，就好像一个深藏在内部的光点一样。……

门开了，一个年青的人走进房来，有二十三岁的光景，一包书挟在肘下，头上带一顶皮帽。

这便是涅暑大诺夫了。

二

看见聚在他房里的客人们，他在门限上站着了，他把他们通统看了一眼，把帽子脱了，把书放在地板上，默默地坐在床沿。他的美而苍白的面容，被他暗棕色的浓发形容得愈见苍白，表现出不快和烦恼的样子。

浅克拉·玛殊玲微微把面孔避开，把嘴唇咬着；奥斯突罗杜摩夫呶呶的说：

“好容易！”

巴克林走近涅署大诺夫身边。

“俄罗斯的罕牟雷特（Hamlet）[①]，阿勒克西司·杜米突里弈逸奇（Alexis Dmitrijewitsch）哟！你有甚么不好吗？或者你是无缘无故沉陷在忧郁里的吗？”

“俄罗斯的靡非时妥匪勒司（Mephistopheles）[②]，请你没饶舌罢！”涅署大诺夫不高兴地回答着。“我是没有空闲来和你两个徒逞呆板的机智。”

巴克林笑了。

“你这话不很正确：要是机智，便不是呆板；要是呆板，便不是机智呢。”

“啊，好了，好了……我们已经是晓得的，你的头脑聪明。”

巴克林徐徐地问道：“你是很兴奋呢，或者你真的遇着甚么意外吗？”

“甚么意外也不会遇着我……我们只要一出门走向那污浊的市上去，我们的鼻端没有不触着卑鄙，蠢愚，痴顽，险恶的，除此而外甚么也没有！我们简直一刻也不能再在这里生活了！”

---

① 丹麦王子Hamlet乃沙士比四大悲剧之一，怀疑派青年之代表人物。——译者[Hamlet，现通译为哈姆雷特。——编者]

② Mephistopheles：歌德《浮士德》中的恶魔。——译者

奥斯突罗杜摩夫又呶呶地说道：“正因这个原故，你才在新闻背面的广告栏上登着求事的广告，你准备着到乡下去的吗？”

“自然呀，我要以最大的满足从比得堡逃走的。啊，我愿意有这样一种蠢人，肯给我一个地位！”

“但是你不得不先在这儿尽满你的义务呢！”浅克拉很有含蓄地说着，但是她的眼光总是避在一边的。

“甚么？”涅署大诺夫突然把身子转过来向她发问。

浅克拉紧紧把唇咬着。

她答道：“奥斯突罗杜摩夫会向你说呢。”

涅署大诺夫转过来向着奥斯突罗杜摩夫。但是他只是咳嗽，好像是在说“停一下罢！”

巴克林又说起话来：“认真说罢，你真个遇见了甚么不快的事情吗？”

涅署大诺夫好像被一根发条闯发了的一样，从床上跳了起来。

“究竟你还想要甚么不快的事情呢？”他突然用斩钉截铁的声音叫着。“一半的俄罗斯死于饥馑，《莫斯科新报》在奏凯歌，他们要倡导古典主义了，他们禁止学生的醵金会了，到处都是间谍，压迫，密告，欺诈，虚伪——我们简直一步也不能动……这些他还不够，他还要等待别的不快的事情——他还问我，是不是在认真说呢！”

“白沙诺夫（Bassanoff）收了监了，他们在图书馆里告诉我的。”他把声调放低还又这样添说了两句。

奥斯突罗杜摩夫和浅克拉同时把头抬了起来。

巴克林开始说道：“阿勒克西司君，你真是燥急呢！这是难怪你的……但是你忘记了我们处的甚么时代和甚么地方吗？……我们看看要溺死的人，便是一根稻草也要紧紧握着呢！……为甚么要那样伤感的呢？喂，朋友，我们与其像个小孩子一样痛哭流涕，我们不是该和恶魔觌面的吗？”

“好了，我求你没再开口了！”涅署大诺夫沉痛地打断他，他的面容苦痛得簇紧了。“甚么人都是晓得的：你足下是甚么事情也不怕，甚么人也不怕的。……”

“我甚么人也不怕吗？”巴克林呶呶地说。又从鼻孔里哼了一声。

涅署大诺夫接着说道：“究竟是甚么人告发白沙诺夫的呢？这件事情

我不明白。”

巴克林说：“不消说是友人哟，这是很明白的！我们的友人们的强处就在这些地方呢。这正是我们不得不儆戒的呢。我自己便举一例罢，我有一个友人——唉，真是一位好青年呢！有一天他走来对着我说‘你想罢，有人造了你一个蠢谣言呢！他们千真万确的说你把你的叔子毒死了——说是别人把你介绍到一家人家里去，你立刻把背来朝向了女主人——说是你那样坐了一个整夜！那可怜的女主人因为受了羞辱，痛哭了一场！……真是蠢话呢！真是笑话呢！世间上有这样蠢人肯信这样的孩子话！”——一年以后我和这位友人生了嫌隙，他写了一封绝交书给我说：‘你，你谋害你叔父的人！你，你不知羞耻，敢于侮辱尊贵的妇人，以背朝向她的人！……’诸如此类的话写了许多——我们的好朋友就是这样呢！”

奥斯突罗杜摩夫和浅克拉彼此递了一次眼色。因为他明明想把这无意识的冗谈打断，他用他深沉的低音说道：“阿勒克西司君，瓦士里·尼可拉奕逸奇（Wassili Nikolajewitsch）有一封信从莫斯科寄来。”

涅暑大诺夫微微激动了一下，把眼睛俯下去了。

他结局问道：“写些甚么呢？”

“我们……她和我……”奥斯突罗杜摩夫把他眉头一动指示着浅克拉……“不得不动身。”

“为甚么，她也吗？”

“她也呢。”

“那吗，你们在踌躇些甚么呢？”

“唉，你是晓得的，……走路要川资呢！”

涅暑大诺夫从床上站起来，走到窗边。

“你们要多少呢？”

“至少要……五十卢布。”

涅暑大诺夫沉默了一会。

他随后用手指敲着玻璃，默默的说：“我此刻没有，但是……我可以想法。我会把它筹出来。信带来没有？”

“信吗？这……唉……不消说……”

巴克林叫出道：“你们到底为甚么总要避我呢？我不配你们信任

吗？……即使我就不能完全和……和你们所计画的表同情——你们认真以为我会陷害你们，或者会泄露你们的秘密吗？”

“无意之间……说不定呢！”奥斯突罗杜摩夫呶呶的说。

“不管有意无意我都不会呢！……玛殊玲姑娘虽然笑着看我……但我对你们说……”

“我一点也没有笑！”浅克拉·玛殊玲说时带些愤意。

“我对你们说呀，诸君，”巴克林接着说下去，“你们是一点洞察力也没有；谁是你们的真朋友，你们不晓得分别！因为我时常爱笑，你们便以为我简直不能认真了吗？……”

“自然不呢！”浅克拉·玛殊玲又带着发怒的音调叫了起来。

“那吗，我就把证据给你们，”巴克林从新提起精神来接着说，没有留意到浅克拉，“我把金钱来做证据，……涅暑大诺夫他现刻没有……好，我能够把给你们。”

涅暑大诺夫突然从窗畔掉转身来。

“不要……不要，……没有用！我会想法。……我要把我的补助金提前使用一些……据我想来，我觉得‘他们’还欠我些呢。此刻，奥斯突罗杜摩夫，请你把信给我。”

奥斯突罗杜摩夫起初还凝坐了一会。随后他把周围看了一下，便站了起来，把身子弯下去，把裤脚朝上一笼，从靴统里取出了一通慎重地叠好了的青色的纸片来；他拿着吹了一口气——这不晓得是甚么缘故——便交给涅暑大诺夫。

涅暑大诺夫把信接到手，留心地读了一遍，又交给浅克拉·玛殊玲……她从椅上立起来，同样读了，又交还涅暑大诺夫。巴克林伸手去接，她没有理他。

涅暑大诺夫把肩头耸了一下，又才把那很秘密的信也交给巴克林。等他读了，他意味深长地把嘴唇紧闭着，默默地巧妙地把信笺放在桌上。

奥斯突罗杜摩夫接着便拿到手来，擦燃了一根粗大的火柴，强烈的硫磺臭弥满了一室，他把信高高拿起来超过头上，就好像他要昭示给在座的诸人一样，把来焚化了，他没有收缩他的手指，一直等在火柴上燃到尽头，又才把灰烬投在铁炉里。

在这样的举动中谁也没发一言，更谁也没动一动。各人都低头俯视着。

奥斯突罗杜摩夫表示一种紧张的，严肃的神情；涅署大诺夫的面孔上差不多有一种恨意；巴克林的露出内部的紧张，浅克拉·玛殊玲——好像莅临着一种宗教的仪式一样。

这样地经过了两分钟。……各人又才渐渐感觉着一种不舒服的心境。巴克林最先感受着打破沉寂的必要了。

“好，”他开始说，“我献给祖国的神坛上的功果受不受呀？即使不是全部，二十五卢布也好，或者三十卢布也好，能够让我在公共的事业上有些寄付么？”

涅署大诺夫突然暴跳起来。就好像有一团怒火在他心头燃着的一样……这团怒火在那封书信的严肃的焚烧时不会镇熄——他是只等着机会爆发。

“我已经向你说过，那是无须你费心——你知道么？无须你费心呢！我不许你，也不要你的钱。我会筹出，并且立地可以筹出。我不要谁的帮助！”

“唉，朋友，”巴克林说，“我看得很明白，你虽然是个革命主义者，但你不是民主主义者呢！”

“请你不用费转折，就说我是贵族主义者罢！”

“唉，在某种程度的范围内，你也是呢。”

涅署大诺夫开始强笑起来。

“我对你说：你在嘲弄我是私生子。请你别徒费气力，朋友，……你就不说我也不会忘记的呢。”

巴克林把两手拱起来。

“啊，阿勒克西司君，你真个生了病了！你怎样能够把我的话作为那样的解释呢！你今天的态度我简直不懂。”——涅署大诺夫的头和两肩不耐烦地振动了两次。……“白沙诺夫的收禁把你弄荒唐了……但是他也太不谨慎呢！……”

“他是不会隐藏他自己的信念的人，”浅克拉·玛殊玲黑着她的面孔说出。“我们对于他不能再说坏话！”

“那是自然，但他也应该想到别人的身上呢，别人会受他连累。”

“你对于他为甚么只能这样想呀？”奥斯突罗杜摩夫从他一方面咆哮

起来。“白沙诺夫是一位强毅的人格；甚么人他也不会陷害。而且说到谨慎上来……我可以向你说些么？巴克林君！要想谨慎，这不是甚么人都能够的呢。”

巴克林觉得受了侮辱，想要回答，但是涅暑大诺夫切断了他的话头。

他叫道：“诸君，请暂且没谈政治罢！”

大家都沉默了。巴克林又开首把话头接起。

“他说我今天清早，遇见全国第一的大批评家，大美术家，大爱国主义者的斯可罗皮新（Skoropichin）呢。真是一位不敢当的人物！始终在发酵，迸冒，打泡！恰好像一瓶酸败了的葡萄……酒保抱着走，一面用手指来塞着瓶口；膨大了的葡萄干，涌上来塞着瓶子的颈干；还是在迸跃，吹唠，发酵，——但是等到全盘的水泡吹完了，只剩着几珠寡水留在瓶底，不惟不能使人止渴，而且还使人的肚腹作怪呢……斯可罗皮新这位先生对于青年真是一位危险家伙！”

巴克林的比喻，虽然他自已以为是真确而恰当，但在各人的脸上没有唤起一点笑纹。只有奥斯突罗杜摩夫说道：“对于美学能够有趣味的青年，即使受斯可罗皮新的欺诳，也是值不得人感叹的。”

“但是我却不敢赞成呢！”巴克林热烈地叫起来——他素常是这样的习惯，他觉得他愈寻不出共鸣，他是要愈见激烈的——他说：“这个问题虽然不是政治的问题，但可是很有讨论的价值的！假使我们听从斯可罗皮新的话，我们会以为旧的艺术观是全无价值的呢，——无价值的原因，只因为是旧了。……像这样的时候，艺术不外乎是时髦，这是值不得努力去认真讨论了！假使艺术中没有甚么不朽性，没有甚么悠久性时——那吗让他滚到地狱去罢！像在科学里面，在数学里面——我们会把威勒尔（Euler），拉普拉司（Laplace），皋士（Gauss）当成腐败人物吗？全然不会！我们是愿意承认他们的权威！但是罗斐尔（Raphael）或者牟差特（Mozart）①——在你们眼中看来只是呆子，你们的矜持会反对他们的优

① Euler（1707—1783）瑞士数学家。Laplace（1749—1827）法国天文学家。Gauss（1777—1855）德国数学家。Raphael（1483—1520）意大利画家。Mozart（1756—1791）德国音乐家。——译者[上述五人名字现通译为欧拉、拉普拉斯、高斯、拉斐尔、莫扎特。——编者]

越了！艺术的律例比科学的更难发现——这个我能承认；但是总不会没有的，有人要否认它的存在，这人是个瞎子，——不管他是有心无心，他到底是个瞎子！”

巴克林不说话了……没人给他一个回答——就好像对于他都有深厚的同情一样。只是奥斯突罗杜摩夫在喉咙里面说道：

“就那样说，我对于被斯可罗皮新遗误了的青年也没有一些儿悲悯。”

“随你的便罢！”巴克林这样想。“我要走了！”

巴克林走到涅暑大诺夫寓所来，本是因为想和他商量密购《北辰》杂志[①]的——（那时《洪钟》是已经停刊了）——但是，话头却弄到这样的一种转跌，他觉得把这个问题不在此地开陈的最为上策了。

他已经把他的皮帽子拿着了，正在那时候在前室里面一点豫前的响动也没有突然发出一种声音，声音问道：

“涅暑大诺夫君在家么？”

是一种异常畅快的，男性的上低音[②]，单是听着声音在听者的精神里已经知道是高贵的人，是受过完全教育的，并且还是洒着满身值价的香水的。

青年们各各瞠然相视。

“涅暑大诺夫君在家么？”上低音又在发问。

“唉，在家，”涅暑大诺夫结局是答应了。

房门徐徐地被人推开，走进一位高长的，颇有威仪的男子来，刚好四十岁的光景，他悠然地把发光的帽子脱下，露出一个头发浅浅的精美的trial顶。身上穿的是细料的大衣，不怕四月已经快到末梢，他的领上是很值价的貂鼠皮子，——他的高贵而自重的态度，他的庄重而优雅的礼仪，使一切的人，涅暑大诺夫，巴克林，浅克拉·玛殊玲，甚至连奥斯突罗杜摩夫，都吃了一惊。

他一出现众人于无意之间都站立起来。

---

① 《北辰》《洪钟》均俄国自由思想家霍尔村（见后）所主裁在伦敦出版的。——译者［霍尔村，现通译为赫尔岑（1812—1870）。他在伦敦出版的两种刊物，又译为《北极星》和《警钟》。——编者］

② 上低音=Bariton，Tenor与Bass之间。——译者

三

这位高贵的来客走到涅暑大诺夫面前，发着慈和的微笑说道：

“涅暑大诺夫君，你如能记忆时，昨天……在戏场里面呢……我很高兴，已经得已拜见过你，并且还和你拍谈过。”

来客凝了一会神，好像在等待答话的光景；涅暑大诺夫把头微微点了一下，脸色已羞红了。

“唉……我今天是看见你的广告才来的，你登在日报上的广告，假如不妨害在座的诸君时，我想和你商量一下。……”

来客在浅克拉面前鞠了一躬，把带着灰色的瑞典式手套的右手向巴克林和奥斯突罗杜摩夫伸出。

“……假如不妨害诸君的要事时……”

“不……不要紧……”涅暑大诺夫答应得不免有几分吃力。“我的朋友们并不会有甚么妨害的……唉，请坐。”

来客很闲雅地鞠了一躬，洒脱地捉着一只椅子的背靠，拖近身边来，但不坐下——因为众人都还立着——把他澄明的虽然是半分闭着的眼睛向室内看了一遍。

“阿勒克西司，再见罢，”浅克拉突然说出，“我随后再来。”

“我也去了，”奥斯突罗杜摩夫接着说：“我也随后再来。”

浅克拉 · 玛殊玲带着一种嘲笑的神情从来客的身边走过，握着涅暑大诺夫的手，用力地摇了几下，然后走了，对于甚么人也没有告别。

奥斯突罗杜摩夫随着她，故意把脚后跟踏得满响，把肩头加倍地耸起来，好像是在说：“我要把你踏死！你这貂鼠皮领！”

来客用着殷勤的虽然有几分好奇的眼光目送了两人，回头又看到巴克林，好像在期望他也跟着其余的两人走去的光景。

但是巴克林自从客来时他的面孔便浮着一脸奇妙的巧笑，他简直缩做了一团，退到一只屋角上去了。来客接着才坐下。涅署大诺夫也同样坐下。

“我姓西皮雅金（Sipjagin）……想来你不会是全不晓得的罢？”来客开口说了，带着几分矜持的礼貌。

但是涅署大诺夫在戏场中如何与他相遇的情事，我们在此不得不先有一般的说明。

那是演的俄史脱洛胡斯奇（Ostrowski）①的喜剧：《休管他人瓦上霜》②。涅署大诺夫在午前便已走到卖票处去，那儿堆积着不少的人。他本来是打算买一张普通票的。但是等他刚挤拢卖票处的时候，立在他后面的一位军官把三卢布的纸票从他头上伸过去，向着卖票的人叫道：

“这位先生好像是要找头的——我不要……请快把第二排的包厢票给我一张……我事情忙！”

“对不住你尊驾，”涅署大诺夫傲然地说：“我也要一张第二排的包厢。”

说着他把所有的全财产——三卢布纸币投给卖票的人。卖票的把所要求的戏票给了他——涅署大诺夫当天晚上便坐在亚力山大戏园的贵族席上了。

穿着不好，又没带手套，马靴是没有打刷的，他觉得很不自在，但是因为他感着不自在，他也在骂他自己。他的右手的邻席是带着许多宝章的一位将军；坐在他左边的便是这位阔绅，秘书官西皮雅金了，这便是在两天后使浅克拉·玛殊玲和奥斯突罗杜摩夫非常激发了的来客。

将军不时地把一瞥眼光投向涅署大诺夫，觉得他不配，觉得是出乎意外，甚至觉得受了侮辱一样。而在西皮雅金时，他虽也从侧面来看了他几回，但是他的眼光全不含有甚么敌意。

在涅署大诺夫周围的都不是寻常的人：觉得都好像纯全是高尚的人物一样——并且这些人都彼此相识，简短的话句，寒暄，接洽，或则简单的招呼都在彼此交换——每每从涅署大诺夫的头上来往。而他——他坐在宽

---

① Alexander Nikolaiwitsch Ostrowsky（1823—1886）俄国剧曲家。《休管他人瓦上霜》原文“Nev'svoi sani ne Sadis。”——译者[即俄国剧作家A·H·奥斯特洛夫斯基。《休管他人瓦上霜》，又译作《莫管闲事》。——编者]

② 此处英译多两句“……在Sadovsky从莫斯科来的机会上。戏中Rusakov的一脚是这位名优的拿手好戏之一，这是很有名的。”——译者

敞舒适的安乐椅上，一点也不动，一点也不舒服：他觉得他自己如像一个可怜无告的人一样。羞耻，苦涩，和其他怪恶的感情如像暴风雨一样震撼着他的胸心，因此他对于俄史脱洛胡斯奇的喜剧和俳优的技术一点也没有感觉到快兴。

突然——啊奇怪！——在一场换幕的时候，他左边的邻人——不是带星章的将军，却是在胸上一点表章的徽饰都没有的别的一位——谦恭而温婉地表示着殷勤的好意和他搭起话来。他论到俄史脱洛胡斯奇的作品，他望涅暑大诺夫“以代表新时代青年的资格，”表示对于这作品的意见。

涅暑大诺夫感受着惶惑，更差不多受着惊惨地，开始只说得些格格不吐的，单音字的答话……他的心脏跳得非常厉害。随后他又责备着他自己：为甚么要这样惶惑呢？邻座的人不是和其余的人是一样吗？

他开始发表他的意见了：一点也不踌躇，一点也不客气，甚至说到后来说得非常大声，非常起劲，把带星章的邻席显然弄得不舒服了。

涅暑大诺夫是一位俄史脱洛胡斯奇的热烈的崇拜者；但是作者在这《休管他人瓦上霜》的喜剧中所表示出的才能他虽然敬仰，他对于作者轻贱文明的一种显然的努力，他却不能满意——这一种倾向，看他把维雪勒夫（Wichoreff）表现成丑脚便可以十分认出的。

他的谦和的邻席十分注意地倾听他，——又到下一次换幕的时候又接着和他拍谈，但这回不再谈俄史脱洛胡斯奇的喜剧，却谈到一般的对象了，谈到日常生活，谈到科学，甚至谈到政治问题。他对于这年青善辩的邻席显然生出了趣味来。涅暑大诺夫不仅不再感不快了，而且他有时还有点恣肆的神气。

他自己心里想道：“你要想听我的时候，那就请洗耳听命罢！”

至于他右邻的将军不再觉得不安，却是觉得仓皇，觉得猜忌了。

戏完的时候，西皮雅金极殷勤地和涅暑大诺夫告别——但他不想问他的姓名，也不会把自己的姓名说出。

等他站在阶前在等车的时候，他遇着他的好友，禁卫军副官的侯爵G氏。

侯爵说：“我从我的座位上看见你，”说时从他香馥馥的胡须中微笑出来。“你和他谈话的那位青年，你也知道吗？”

“我不知道呢，你可知道吗？”

“是一位好孩子呢，可不是吗？”

“倒是很不错；他是谁呢？”

侯爵俯就西皮雅金，用法国话来向他耳语：

“我的兄弟呢！唉，我的兄弟呢！是我父亲的自然儿……名叫涅暑大诺夫。我有机会时再和你说罢。……我的父亲全没有想出会生他，所以名他叫“涅暑大诺夫”[①]……但是我的父亲也没抛弃他……他分了一份产业给他……我们要给他的年金。是一位聪明的孩子呢。……他蒙我父亲的恩得受了高等教育。只是人有点怪，是一个共和党员……我们都疏远他……那是不可能的……啊，再会，我的车子来了。

侯爵走了；到第二天西皮雅金在报纸上读到涅暑大诺夫所登出的广告时——他才走来访他。……

“我姓西皮雅金，”他对涅暑大诺夫说，他是坐在一只藤椅上，把他炯炯的眼光凝视着他。“我在报纸上读到你的广告，你想在乡下去做一位家庭教师——所以我便来想和你商量。我是结了婚的，我有一个九岁的儿子；不客气的说，是一位聪明的孩子呢。夏天和秋天的一大部分我们想到乡下去，在S县境内，离县治十里远的地方。你的广告上说愿教历史和俄文——你在这暑假期内能同我们到乡下去，教我儿子的历史和俄文么？我的希望，你和我，和我的家庭，和我们乡间的景致，你定会满足。修美的庭园，涓洁的小溪，清新的空气，宽爽的房子……你可合意罢？假如你承应时，此外我只消拜听你的要求了，虽然我相信”——西皮雅金说到这儿含着一些微笑——“在我们两人之间也不会有甚么难题存在呢。”

西皮雅金说话的时候，涅暑大诺夫只是凝视着他——他看着这小巧的有些向后倾斜的脑袋，这短窄的但是有智慧的前额，这精巧的罗马风的鹰鼻，这惬意的眼睛，这规整的嘴唇，从这嘴唇中流出那么流利的谦语，这长而效英国风的髭髯——他看着一切的这些而不知道如何回答。

他想：“这是甚么意思呢？这位男子何故会这样来对我呢？这位贵

① **Neschdanoff**：在俄语为“不曾期待”之意。——译者

族——而我？……我们怎么会弄在一道呢？甚么东西把他带到这儿来的呢？”

他沉思着，在西皮雅金把话说完，静默着等他回答的时候，他竟连口也不能开了。

西皮雅金把一瞥眼光投向巴克林坐着的一只角上，巴克林也和涅暑大诺夫一样惊愕着看他......或许是这第三者的存在，致使涅暑大诺夫不能说话的罢？

西皮雅金断念着把眉头耸了起来，好像在他自己乐于陷入的这奇异的环境里想振作一下的光景，他断念着把眉头耸了一下——又提高声音重问一遍。

涅暑大诺夫战抖起来了。

他急促地说："唉……我……愿意……十分满足地，……虽然我，不瞒你说……我多少是吃了一惊……因为并没有人把我介绍给你。……而且我前天在戏场里说出的我的意见，在我想来在你是不会投机。……”

“这完全是你的误解呢，阿勒克西司君……唉，你不是‘阿勒克西司·杜米突里弈逸奇’吗？”西皮雅金笑着说。“我不妨对你说，我是有名的怀抱着进步的自由思想的男子呢；你的意见——除开有一部分，假如我不致开罪你时，是稍微过火一点，但这也是年青人的特性——你的意见和我的完全不相抵触呢，——其实，我还喜欢你那种青年的热力！”

西皮雅金非常流畅地流出他圆活如意的言谈，就好像“在油上涂蜜”一样。

“我的夫人和我是同样的意见，”他又接着说：“恐怕她的意见比我的还要更和你相近；那是当然的，因为她比较我更年青呢！……当其我们在戏场相会后，第二天我在报纸上读到你的姓名，你的姓名我顺便向你说罢，我是在戏场里晓得的，并且你在报纸上同时把住所也发表了，这是和寻常不同……因此……这件事情便打动了我。我在这里……在我们的邂逅里……的确看出了一种——唉，请你原谅我罢，我要在我的谈话中羼些迷信进去——唉，可以说是一种缘分呢！……你说到介绍上来；但我无须乎介绍呢。……你的仪表，你的人格，唤醒了我的同情。这就够了。我素来是全凭我的眼力的。……我能望你相信我么？你愿不愿意呢？”

“的确……我愿意……”涅暑大诺夫回答他，“我要努力期副你的信赖。……但是有一件事情我现在不妨先说：我只能教你的令郎，我不能管你的令郎呢。我不配管人……我也不想把我拘束着，不想放弃我的自由。”

西皮雅金微微把手摇了一下，就好像要驱拂一个苍蝇一样。

“请你放心，好兄弟……你决不是那种材料呢……并且我也不想请人看管他。我只找一位先生——而且我找着了。……现在你有甚么条件没有呢？黄白的条件——阿堵物呢？”

涅暑大诺夫踌躇着。……

“好，请你听我说罢，”西皮雅金说，说时他把全上身屈向前面，用指尖去亲热地触着涅暑大诺夫的膝头：“在我们绅士之间，这样的事情是不费贰言。我每月送你一百卢布罢；往返的旅费不消说是归我出的。……你愿意么？”

涅暑大诺夫又把脸羞红了。

“这是比我所祈求的更超过得太多了……因为……我……”

“好，好极！”西皮雅金插断他的话，“我已经把这件事情订妥了。请你不再客气罢。”

他从椅上立起来了，他的脸上突然表现一种畅快的表情，就好像甚么人送了他甚么礼物一样。在他一切的举动中突然表示一种温婉的，几近于狎昵的亲密。

“不两天我们便要动身了，”他随意地继说着。“虽然我是被职业所囿，我是一位散文的，囚禁在城市里的人，但我喜欢看见年青人到乡间去。……我要请你许我，我们的头一个月便从今天开始罢。我的夫人和儿子已经在莫斯科。他们是早走的。我们会在乡间……在自然的怀中看出他们呢。你和我同路罢……把我当作青年的同志……吓，吓！”

西皮雅金发了一阵谄令的，微带鼻音的笑声。

“那吗……”

他从大衣的衣包中拿出一个黑色的小包来，面上是嵌着银片的，从包子里面他取出了一张名刺。

“这儿便是我的住所。请你随时来访我……唉——就是明天罢……请在十二点钟的时候。那时我们还想畅谈一下呢。我想和你交换我关于教育上的意见。……我们出发期也就在那时决定了。”

西皮雅金握着涅暑大诺夫的手。

“怎么样呢？”他把声音放低，亲密地把头微微侧在一边，“你假如要预支的时候，……请你不要客气！预支一个月好么？”

涅暑大诺夫实在不知道他应该怎样回答了；他依然犹豫地看着这放光的谦和的面孔，这面孔和他是那样生疏，却又和他是那样亲近，那样好意地向他微笑。

“你没有甚么必要吗？怎么样呢？”西皮雅金低语。

“对不住，请你让我明天说罢，”涅暑大诺夫结局回答了他。

“好极！那吗——再见罢！明天再见！”

西皮雅金把涅暑大诺夫的手放了，打算要走了。……

“对不住，请你让我问你一句话，”涅暑大诺夫突然说出。“你刚才说，我的姓名你是在戏场里知道的。……是甚么人告诉你的呢？”

“甚么人？……唉，是你很相识的人……和你是亲戚，……便是那侯爵……那侯爵G氏呢。”

“禁卫军副官吗？”

“正是他。”

涅暑大诺夫羞红了——比以前的更红——并且把口张开，但是没有说出话来，西皮雅金到和他握了一次手——这一次却没有说话——在他面前鞠了一躬，然后再向巴克林，立即走到门前把帽子取下，发出一种会心的微笑走出去了，——这种笑意表示出他对于这场的访问得到深深的印象。

四

西皮雅金刚好跨出门限，巴克林立地从椅上跳起，跳到涅暑大诺夫面前，便向他恭贺起来。

“喂，钓上了一个大鱼啦！”他笑着叫出，脚在地板上蹬着。“你晓得么，西皮雅金是甚么人？……他是天下的大名士，是高官，是社会的柱石，唉，我还可以说他是将来的国务总理呢！”

“我却全然不认识，”涅暑大诺夫不高兴地说着。

巴克林失望地把两手举起来。

“这正是我们的不幸哟，阿勒克西司君，我们一个人也不认识！我们要想做事，我们要想把世界推翻——而我们全然住在世外；我们所有的交谊不过两个人，三个人，我们只在一个小小的圈子里面活动……”

“对不住！”涅暑大诺夫打断他的话头，“你说的话全然不对。我们不过不愿和我们的敌人做事罢了！凡是同志，凡是国民，我们和他们的结束是很坚固的。”

“喂，喂！”巴克林又插说起来。“一说到敌人，我请你先要记起歌德的一首诗罢：

Wer den Dichter will verstehn,
Muss in Dichters Laude Gehn……①

我可以照样说：

Wer die Feinde will verstehn,
Muss in Feindes Laude Gehn……②

---

① “人欲解诗人，且到诗乡去。”——译者

② 人欲解敌人，且到敌乡去。”——译者

“我们躲避着敌人，不知道他的风俗，不知道他的生活——我们真是猪头三！……真是猪——头——三呢！……喂，喂！我们欲得虎子，须得先入虎穴呀！……要那时候你才能说到我们和国民的连结。……好朋友！在一千八百六十二年‘波兰人投入林间去’了。现在是该我们投到林间去，这是说投到民间去，民间比随处的森林还要阴晦，还要碍难闯进呢！”

“那吗，你的意见是要怎样呢？”

“印度人投身在阇羯南提①的神辇之下，”巴克林阴沉着面孔说：“神辇把他们轧成粉碎，他们死了——感着限高的幸福。……我们也有我们的阇羯南提……那会把我们轧成粉碎——这是全然无疑的！——但是没有幸福给我们呢。”

“那吗，你的意见是要怎样呢？”涅暑大诺夫又重复说一遍，差不多是呐喊着的光景。“唉，是要写出一部‘宣传小说’吗？”

巴克林把两臂张开，把头偏在左肩上。

“小说——这你随时都可以写，因为你有文学的天才呢。……唉，唉，我不再说了！我知道你是不高兴别人作弄你的。并且我也和你同感呢：因为这决不是好玩的事情呀，要写些‘长辫辫’的东西，还要加上这么样的新派的转折，譬如：——‘哈，我爱你呀！她跳起了起来’……‘那我可不甚在意呢！他耸了一下肩头。’——所以我再向你说一遍：你请去考查社会的各种阶级，你请先从最高的调查起！专靠一位奥斯突罗杜摩夫是不够的。他自然是好人——但是太纯了！你请看我们这位朋友罢。他没一样像个聪明人的样子，单是他那双鞋底便够了！譬如：刚才他为甚么要走呢？……不想和贵族的人同坐在一间房中，不想和他呼吸着同样的空气罢！”

“我劝你，在我这儿不要这样说奥斯突罗杜摩夫的坏话！”涅暑大诺夫愤愤地叫出。“他穿的粗躁的皮靴，因为价钱更便宜呢。”

巴克林说：“我说的并不是那样。”

“假使他是不愿意和一位贵族同坐在一室中，”涅暑大诺夫说得更高声

① 阇羯南提（Jaganathā）即湿婆神。神殿在Puri，每年神辇出会，得扛神辇得福，但投身事乃欧人传闻失实。——译者

些了，“那我单为这点便要赞奖他！但是顶要紧的是：他晓得牺牲，在必要时，他硬可以死，这一点是你和我永会办不到的！”

巴克林做起一个可怜的面孔，指着他的小而跛的两脚。

“好朋友，但是我要请教你，我怎么能够为我们事业战斗呢！……那些我们都不说了罢。……我向你再说一遍：你得以和西皮雅金接近，我很为你贺；我觉得这件事情是我们的事业上的一大收获。你走到一个殊胜的世界；你会看见一些母狮，一些‘上着钢条的天鹅绒’的妇女，如像‘西班牙通信’中所写的一样；你研究罢，朋友，你研究罢！假如你是享乐主义者，我实在可以替你担忧！但是你决不是对于这样的目的去求位置的呢，可不是吗？”

“我求一个位置是想免于饿死，”涅暑大诺夫答应着——“是想免得为你们费掉一些时间，”他在心里又这样加上了一层意思。

“自然，自然！正因为这样我才对你说：观察，研究呢！……啊，那位大名人，留下这么一股好香气！”巴克林把鼻孔挺起来，想呼吸这种气味。——“简直是那《检察官》[①]上警长夫人所想像的百和香呢。”

“他把我的事情问过G侯爵来，”涅暑大诺夫沉闷地说，他又走到窗边去了。“说不定我的历史他怕全盘晓得了。”

“不是说不定，倒是千真万确的！……但有甚么妨害呢？据我想来，他的确是正为那样才起了聘请你的念头。不管你怎么说，你总是一位贵族——血统上的贵族。……你不消说是他们里面的一人呢！……但是我太留久了，是我回商店清账的时候了。……再见，好朋友，再见！”

巴克林走到门次，却是止着步，又回转来了。

“喂，阿勒克西司，”他带着一种阿谀的声音说：“你刚才才拒绝了我，……我晓得你现在是不会少钱了，……但是请你容许我，让我在公共的事业上至少也进一些儿贡献罢！……在别的方面我是没中用的，——所以我愿意，至少以我财力尽效！好罢，我放一张十卢布的纸币在这桌上。你收受么？”

---

① 郭哥里（Nicolaus Gogol）的一种喜剧，有中文译本。——译者[郭哥里，现通译为果戈里。《检察官》，现通译为《钦差大臣》。——编者]

涅暑大诺夫没有回答——他一动也没有动弹。

“不言便是默认呢。我感谢你！”巴克林大声说着，快乐地走了。

涅暑大诺夫一人留着。……他依然从玻窗望出，俯瞰着狭隘的幽暗的中庭，在这中庭中夏季的阳光不会射进过一次，……他的脸色也正和这中庭一样地幽暗。

涅暑大诺夫是一位富裕的军官G侯爵的儿子，我们已经是明白了的，他的母亲是侯爵女儿的褓母，是一位贵胄女学的学生，她是在她分娩的时候死了的。涅暑大诺夫最初的教育是在一位瑞士人的学馆里受的，是一位能干的，严格的教育家；随后他便进了大学。他愿意研究法学；但是他的军人的父亲是恨虚无主义者的，“把他逼到文学”，这是涅暑大诺夫自己的苦笑的自嘲，意思是说：叫他专修历史语言的科目去了。军官在一年之中至多只能见他儿子三次或者四次，但是他很关心他的将来，在他死时——“为纪念拏司登加（Nastenka）（他的母亲）”——分给他六千卢布的资金，每年生出利息来由他的兄弟G侯爵作为年金给他。

巴克林说他是一位贵族并不全无根据的；他的一身都保存着他的来历：小小的耳朵，小小的手和脚，这或许是不十分重要，但是他纤巧的面貌，柔嫩的皮肤，美而软的头发，甚至连稍微带些鼻音而中听的声调，都是贵族的表现。他是异常的神经质，异常敏感，容易兴奋，性情是很浮游不定的。他从小时候所处的不正当的境遇，在他心中使他的敏感性和兴奋性发展了；但是他先天的贵族精神没有使他陷于怀疑，陷于猜忌。——这种不正当的境遇也是他矛盾性格的原因。他爱洁成癖，选择得非常谨严。他又努力在他的谈话中学些俏皮和粗鲁；他是天成的理想主义者，激烈而狷洁，勇敢而又羞怯，他自己以这羞怯和狷洁为一种可诅咒的罪恶而自惭，以嘲笑自己的理想为自己的义务。他的心情是柔和的，他又不愿与人同居；他容易发怒，但决不怀恨在心里。他恨他的父亲把他驱逐到“文学”去了，他完全公开地讨论政治和社会的问题，他自己——以最高的确信——自信是怀抱着最进步的思想；但是他私下又尊重艺术，诗歌，美的一切表像……他自己也在做诗。……

他有一册钞本，是藏着他的诗的，在比得堡的友人中只有巴克林一人——靠着他尖锐的鼻官——知道他有这诗稿的存在。诗人的倾向他以为是不可容恕的弱点，有人谈到他这种倾向时，纵令是表示反对，他也觉得是深受了侮辱。他在瑞士人门下得了不少的学识，他并不怕用功，他还乐意去钻求，——不过他终竟有些燥狂而且不能持久。他的同志都喜欢他，都觉得肯亲近他，因为他有品格，有道谊，有纯洁无垢的美质。但是涅暑大诺夫是没有生在好的星运之下的；他的一生，于他殊不是轻易的荷负。他自己觉察得最深，不怕就有许多友人，他总觉得他是孤独。……

他依然倚立在窗畔，沉抑在悲苦的情怀里。他想着这目前的旅行，想着他生涯中的这个不会期待的新的转运。……他觉得并没有甚么别愁，他觉得对于比得堡也并没有甚么留恋；他到秋天不是依然要转来的吗？但他却怀着一种不能预定的踌躇，一种不意的沉闷支配着他。

"哼，你真会成为一个好教习！"他的脑中这样闪了一下："一个难得的教育家啦！"

他决心要做教育家，连他自己也几乎要起非难了。但是这样的非难是不正确的。涅暑大诺夫有很丰富的学识，即使他的性情不常，小孩子们也容易和他亲近，便是他自己也觉得容易和小孩子们亲近。

这种支配着他的沉闷的感情，是忧郁者和梦想家在迁转地方时所容易唤起的；勇敢的多血质的人却没有这样的经验；假使他们的日常生活中断了，他们的日常的周围生了变更时，他们宁以为是快乐。

涅暑大诺夫沉闷到他的情感的深处，他渐渐地几乎无意识地，想动手咬嚼文字了，——在他心中发酵着的感情换取了一种韵律的形式。

"滚蛋！"他叫了出来，"我明白，我又要做甚么诗了！"

他突然振作了起来，离开了窗畔；待他看见巴克林放在桌上的十卢布的纸币时，他拾来纳在衣袋里，在房中上上下下地徘徊起来。

"我不用踌躇，只好豫支薪水了，"他心里这样想着；"幸得他先告诉我，……一百卢布……并且从我的兄弟——从我的侯爵兄弟——也能得一百卢布。……外借五十卢布，旅费可要六十……其余都给奥斯突罗杜摩夫。巴克林放在这儿的……当然给他。……我还得从梅苦罗夫 (Morkuloff) 求得一点。……"

在他这样计算着的时候，诗兴和韵律又在他的脑中盘旋起来了。他凝神地立着，看着外边。……随后他的手摩索着要去抽开桌旁的抽屉，在这儿他的两手寻着一册小小的几乎写满了的钞本。……

他坐在一只椅上，也没有改换他视线的方向，执着笔，动手低吟起来，时时把头发向后摩抚，钩消几回，改正几回，一行一行地写下去。……

前室的门半开了，显出浅克拉的头来。涅署大诺夫没有听见，仍然继续着他的诗作。浅克拉莫名其妙凝视着他，摇了摇头，退了一步。……但是涅署大诺夫突然立起身来，看见她，一面把钞本投在抽屉中，不高兴地说道：

"哈，你！"

那时浅克拉·玛殊铃慢慢地走进室来。

"奥斯突罗杜摩夫叫我来的，"她踌躇着说："叫我来问你，究竟几时才有钱。……假如你今天能够弄到，我们今天晚上便可以动身。"

涅署大诺夫把面孔黑了一下。

"今天弄不得，"他答应着："你明天再来罢。"

"几点钟的时候？"

"两点钟。"

"好。"

浅克拉默了一下，突然向涅署大诺夫伸出手来，接着说：

"我怕把你搅扰了，请你恕我。并且……我也要动身走了。我们不知道几时才可以再见。我要向你诀别……"

涅署大诺夫捏着她红而冷的手指。

"你刚才看见的那位绅士到我这里来，"他开首说："我们彼此约定了。我决定在他家里做一位家庭教师，随着他到他S县附近的庄上去。"

浅克拉的脸上浮上了一层愉悦的微笑。

"在S县附近吗？……那吗，我们或许可以再见。说不定我们是要被派遣到那儿的。"

浅克拉叹息了。

"啊！阿勒克西司……"

"甚么事呢？"涅署大诺夫反问她。

浅克拉的脸上显出了一种坚决的神情。

"甚么也没有。……你请珍重罢！甚么也没有……"

她再和涅暑大诺夫握了一次手便走了。

“全比得堡中没有一个人，像……这难得的姑娘一样，对于我有这样的好意，”他心里想着。“但是她可无须乎到我这里搅扰我……倒是这样是再好没有。”

第二天涅暑大诺夫走到西皮雅金家里去，在这儿一间华丽的客室里，充满着许多庄重的家具，和这绅士的威仪——自由主义的政客的威仪——恰相调趁，坐在一座巨大的书案旁边，书案上安放着一柄长大的象牙小刀，是从来不曾切过甚么，堆着一些外国的杂志，也是从来未经人看过的——坐在这儿他整整听了一个钟头的光景，听他的自由思想家的主人对着他说了一些巧妙的殷勤的门面话，就好像上着油一样地流畅，说到最后他领了一百卢布的预支。——十天后这位涅暑大诺夫，和这位阔气的自由的政治家兼绅士同坐着头等车特别室里的天鹅绒的坐席，在尼古拉司铁路不平的轨道上滚向莫斯科去。

五

一间巨大的石造房屋，有圆柱，有希腊式的三角尖塔，这是二十年代西皮雅金的父亲有名地主和“拔齿者”[1]所建的，西皮雅金夫人美貌的华莲卿·迷海罗乌那（Valentine Michailowna）坐在这屋中的一间会客室里，一刻一刻地等待着她丈夫的到来，他是早以电报通知了她的。

这间会客室的布置有一种精美的近代趣味的烙印：一切都怡然可乐而蔼然可亲——一切：从杂色斑然的织花地毡与壁衣，以至于散置在书架上和桌上的磁器，青铜，水晶的玩器——这一切都显出柔和的情味，在从高敞的窗轩自由流进的五月的春光里面融合成一个和谐的整体。室中空气充满着春兰的幽香（这种大丛的春花是分布在四处的）时时振动，微弱到不可觉察的柔风媚妩着秾花的庭园时时吹入室内。

真个是迷人的画图！这女主人自己，便把这幅画完成了，因为她赋与了它以生命和意义。

她大约是有三十岁的光景，姿干袅娉，棕黄色的头发；她的面貌，是平匀而却鲜嫩的颜色，令人忆起西克司清的玛东那塑像[2]，有可惊的深的天鹅绒的眼睛。

她的嘴唇微厚而色不鲜明，她的肩头微高，她的两手微大……但是看见她在客厅中步来步去，自由而容与——时而屈着她纤细而微嫌紧缩的上半身去看花朵，微笑着吮吸它的清芬，——时而抚弄一只中国的花瓶，——时而立在镜前整理她的云发，一面微微地闪耀着她十分神秘的眼

---

① 拔齿者：俄国昔年地主惯以拔齿私刑加诸农奴，故有此称。——译者

② Sixtinische Madonna：即Madonna di San Sisto，在Dresdner市美术馆中。——译者［即西斯廷圣母像，在德累斯顿国立美术馆。——编者］

睛——看见她这样神情的人，谁也会立地叫道——虽说不敢大声，是会向他自己叫道——哦，这样可爱的女人在一生之中还不曾见过！……

一位漂亮的小孩子，有九岁的光景，穿着苏格兰式的短裤，脚胫是赤着的，头发涂满了发膏而且是十分卷曲着的，慌张地跑进室里来，看见西皮雅金夫人便立地止住了脚步。

“科儿雅[①]，你跑甚么？”她问着的声音也就和她的眼睛一样，柔和而且像天鹅绒般的深厚。

“妈妈……我要……”孩子说话时有几分狼狈的样子；“姑娘叫我来的，……叫我来替她拿点春兰去，……放在她的房里，……她一点也没有，……”

华莲卿执着她儿子的颐部，把他涂满香脂的头抬了起来。

“你去对姑娘说，她自己可以向园丁去讨春兰。……这些春兰是我的。……我不要别人来攀它。你对姑娘说，我是不喜欢人不守规矩的，我弄出条理的东西，不喜欢别人来动乱。你能够把这些话照样向她说么？”

“能够……”孩子吃格着说。

“那吗……你会怎么说呢？”

“我会说……我会说……你不喜欢。”

华莲卿开始发笑了。——就是她的笑声也含着一些柔媚。

“我看呀，你还不能够听受人甚么吩咐。你最好照你自己想说的对她说罢。”

小人儿匆速地亲吻他母亲带着戒指的手，一溜烟又跑出去了。

华莲卿目随着他，叹息了一下，走到一只镀金的鸟笼旁边，一只绿色的鹦哥在金丝网上攀援，慎重地用喙和爪来支持着，她用指尖去弄了一会鹦哥，又倒在低矮的横榻上去，从一张圆圆的小桌上取了一本最新出的“Revue des deux Mondes[②]”来开始翻阅了。

一声故意的咳嗽使她抬起头来。在门限处立着一位整饬的仆人穿着制服，结着白色的领带。

---

① Kolja：是Nikolay或Nikolaus的缩短语。——译者

② 《两世界评论》：是法国有名的杂志。——译者

“阿葛东（Agathon），有甚么事？”华莲卿用柔和的声音发问。

“惹门·培突罗逸奇·客尔罗美采夫（Semen Petrowitsch Kallomeizeff）刚刚来了，可以请他进来么？”

“自然呀，请他进来。……并且去对玛丽亚娜·维肯浅乌拿（Mariana Wikentjewna）说，请她费神到会客室里来。”

华莲卿把“Revue des deux Mondes”杂志抛到桌上，靠在横榻上把眼睛抬起来，凝神思索——这样的神情是最和她合式。

没一会，惹门便走进室内来了，一位三十二岁的青年，——自由自在地，疏散地，柔弱无力地，——看他突然之间在脸上显出一种嬉娱的颜色，——看他稍微侧着身子点头，如像一只发条一样弹性地立即抬起身来，——看他用一种甘媚的鼻音招呼这家里的女主人，——看他注意地握着华莲卿的手，热烈地亲了一下，——看见这些已经可以断定这位来客不是乡里的居民，不是甚么有钱的邻居，却是一位纯粹的第一流的比得堡人了。

此外他还穿着一身英国风的装束；他的杂色的短褂上有很平坦的胸包，吊出白色细苎的新手巾的一角，形成一个小小的三角形；他的眼镜是吊在一根微微宽阔的黑带上；瑞典式的手套带着苍白的银辉，和他条纹裤子的白灰色很相配合。

他的头发是浅浅地剪了的；他的胡须也是剃平了的；他的带几分女性的相貌上眼睛是小而近于密缝的，鼻是瘦削而钩屈，嘴唇是嫩红，吸收着大有修养的贵族的悠游不迫。但这高雅的相貌却很容易地显出不快的——乃至是粗暴的一种表情；这种表情只要有甚么人想触犯他，即是触犯着他的保守的，爱国的，宗教的信念时——唉，那他是不知道怜悯的！他的全部的温雅立刻冰消——在他柔和的眼光中发出一种奇形的怪火，——他的美好的小口发射很不好听的言辞，叫出一种辟拍的声音说要请官府保护。

惹门·培突罗逸奇·客尔罗美采夫的家系只是从园丁传下来的。他的鼻祖以产地为姓便号科罗门左夫（Kolomenzoff）①。但是在他祖父的时

① Kolomenzoff：即Kolomna城。——译者

候已经把这家姓改成科罗美采夫（Kolomeizeff），他的父亲写成客罗美采夫（Kólomeizeff）——惹门自己又加了一个“尔”[①]字上去，于是他便千真万确地自认为是一个纯粹的贵族血统；他竟公然说他的家谱是三十年战争时奥地利[②]元帅格尔伦美奕尔（Gallenmeyer）将军的直系了。

惹门在宫庭里面做过事情，他授过侍从的位置。虽然他在一切的点上，例如他的教育，他和上流社会的交际，他在女界中的成功，更连他的外表都可以使他当外交官，但他的爱国主义却阻止了他到外交界的发展。……Mais quitter la Russie？—jamais！[③]

客尔罗美采夫有没有大的财产，有力的外戚；世人都以为他是热心的可信赖的人，——“虽然在他的态度里有一点……封建的臭味，”这是比得堡宦场中的明星，有名的侯爵B氏对于他的批评。

客尔罗美采夫到这S县来，是因为得了两个月的休假想到这里休息，并且想用权力来整理他的财产，这是说“一面以恐骇胁人，一面把人上绞架”……没有这样的作为对于农民诚然是绝对无法泡制的！

“我以为波里司·安德来以奇（Boris Andreitsch）已经到了，”他开始说，说时舒服地把两脚盘绕着，又突然地向侧面流盼，——就好像在上位的官僚所常做的姿态。

华莲卿在她的脸上表现了几分涩意了。

“不然你便不会来的吗？”

客尔罗美采夫惊得倒退，在他看来，西皮雅金夫人的这句话简直是太不合宜，太不合道理。

“华莲卿·迷海罗乌那！”他叫了出来，“我求教你，你怎么这样地见外我呢！……”

“那吗，好，好，你请坐罢。波里司立刻便会来了。我遣了一乘马车到车站接他去了，请你等一下罢。……你立刻便要看见他。现在是几点钟了？”

---

① Kallomeizeff比Kalomeizeff多一l。——译者

② 原版本作“奥大利”，现据上下文校改。——编者

③ 法语，“但要离开俄罗斯吗？决不会！”——译者

“两点半，”客尔罗美采夫说时从短褂的衣包里取出一个嵌着珐琅的金表来，他伸给西皮雅金夫人。“你看见过我的表么？这是迷海尔（Michael）送给我的。……你想来一定认识……他是塞尔维亚的侯爵……奥布伦诺以奇（Obrenowitsch）。这儿是他的花押——你看。我们交情很厚。我们一道打过猎。好一位有魔力的青年！他并且有铁的手腕，正配合做一位宰制者呢。哦，他真不喜欢说笑！真——不——喜——欢！”

客尔罗美采夫坐在安乐椅上，绞着脚，动手悠徐地脱他左手的手套。

“啊，在我们这S县里也原得有位迷海尔这样的人物呀！”

“怎么，这儿有甚么不能满足你的吗？”

客尔罗美采夫把鼻子绉了一下。

“但是这个省议会！这个省议会！这到底有甚么用处呢？有点用处的只是使政权薄弱，而且唉……提倡些过度的思想……”（客尔罗美采夫把脱了手套的左手在空中招展，想把被手套压迫了的血液循环苏活起来。）……“提倡些到底不能实现的希望……”（客尔罗美采夫吹他的左手。）“我在比得堡已经通同议论过……Mais bah！①时风总不从这一方面吹来。竟连你的夫子……请你想想看罢！并且他还是以自由思想家出名的呢！”

西皮雅金夫人从横榻上抬起身来。

“客尔罗美采夫君，难道你也是反对政府的吗？”

“我？反对？……再也不会的！说上天也不会的！Mais j'ai mon frane parler。②我常常下批评，但我却常常帖服呢！”

“在我却是恰相反，对我不批评而我也不帖服。”

“啊！mais c'est un mot！（好极！）你这句话请你许我说给我的朋友——拉底司拉司（Ladlislaus），你认得呢。他是在努力做一篇小说，描写上流社会；他在我面前已经朗读过好几章了。这会是值价的作品呢！Nous aurons enfin le grand monde rüsse peint par lui même（我们到头会把俄国的上流社会如实地描写出来）”。

“那小说在甚么地方登出呢？”

---

① 法语惊叹词，“但是啊！”之意。——译者

② “不过我有我的意见。”——译者

“不消说是，在《俄国的使命》里面。这是我们的‘Revue des deux Mondes’呢！我知道你是在读这种杂志的。”

“不错的；但是这杂志近来没甚趣味了。”

“或许是的……或许是的。……便是《俄国的使命》，我觉得近来也有一星星儿顽皮，想把我表现成近代的了。”

客尔罗美采夫笑了，因为他以为这是很可满足的语调……一星星儿顽皮！

“Mais c’est un journal，qui se respecte[①]，”他接着又说：“而且这是重要的事情。俄国的文学——我不瞒你，对于我实在没有滋味；在现在的小说中只描写着第三阶级！现在竟闹到把一位灶下婢——实在是单纯的灶下婢——拿来做小说的女主人翁了！说到我友人拉底司拉司的小说——我的确不久便会读到的。他的作品都是极有趣味的事情……其次是倾向，倾向呢！虚无主义者好拉到垃圾堆里去——拉底司拉司的思想是这样的，这很不错。”

“他从前不见得是这样，”西皮雅金夫人说。

“啊！ jetons un voile sur les errθurs de sa jeunesse ![②]”客尔罗美采夫叫着说，说时他把右手的手套也脱了。

西皮雅金夫人又把面孔蹙了一下；在那时她那深秘不可测的眼睛的确显了一些媚妩。

“惹门·培突罗逸奇，”她说，“我要请教你，你为甚么和俄国人会谈也爱用那样多的法国话呢？在我看来——这是——请你不要怪我——时代错误了。”

“甚么？甚么……并不是甚么人都如像……譬如你一样，精通自己的本国话呢？说到我来，我觉得俄国话是诏诰语，是律例语；我知道它是十分纯粹的！我十分崇拜客拉牟新（Karamsin）[③]……但是像日常对话的俄语……唉，这究竟是有的吗？譬如我们刚才说的C’est un mot！——我请问你，你怎样会把它说成俄国话？……唉，万不能够呢！”

---

① “但这杂志是能自重。”——译者

② “我们应该恕免他年青时的错误。”——译者

③ Karamsin，1766-1826，Santimentalism的输入者。——译者[Karamsin，现通译为卡拉姆津，俄国作家，历史学家。Santimentelism，感伤主义。——编者]

“我可以说：那真是好话。”

“真是好话？但是呀，华莲卿·迷海罗乌那[①]，这真个有点——学究气呢！……简直是淡水了……”

“好，作罢了，我们再说也不会有结果的。——但可是玛丽亚娜究竟到那儿去了呢？”

她按铃；走来一个哥萨克的家奴。

“我刚才叫人去请玛丽亚娜到这会客室里来。他们忘记了吗？”

哥萨克还没有回答的余裕的时候，在他后面的门限处现出了一位年青的姑娘，穿一件博大的黑色宽衣，头发是剪短了的。这便是玛丽亚娜·维肯浅乌拿·西涅志克（Mariana Wikentjewna Sinetzki），是西皮雅金母亲的侄女。

① 原版本作“拿”，根据前文校改。——编者

六

“对不起你，华莲卿婶婶[1]，”她说着走向西皮雅金夫人面前；“我有事情在手，所以使你久等了。”

接着她又向客尔罗美采夫微微鞠了一躬，走到一边，坐在鹦哥旁边的一只小凳子上，这鹦哥一看见她的时候，便把两翅张扑起来，把颈子向她伸出。

“玛丽亚娜，你为甚么坐得那么远呢？”西皮雅金夫人说着，她的视线随着她移到小凳。“你难道是想和你的小朋友亲近吗？惹门君，”她转向着客尔罗美采夫，“你相信么？这小小的鹦哥在相思我们的玛丽亚娜小姐呢……”

“这不甚稀奇。”

“而且鹦哥儿还见不惯我。”

“那就出乎意外了！你大约是不高兴它罢。”

“没有不高兴的。我平时反转把糖给它呢。但是从我的手里它总不吃。唉……我看，这儿也有所谓爱——有所谓憎呢……”

玛丽亚娜把眼睛泛起来看西皮雅金夫人……西皮雅金夫人也看着她。

这两位女人是不相投合的。

玛丽亚娜和她的婶婶比较时，她差不多可以说是丑人。她的面孔是圆的，一个大的鹰鼻，大而十分闪烁的灰色眼仁，细眉，唇薄。短短地一头的棕色浓发，差不多时常表示着一种傲慢的面孔。但是她全部的精神呼吸着一种强毅勇敢的空气，呼吸一种燥急热烈的空气。她的手足都很短小；她的精干的，有弹性的小小的身躯令人想到十六世纪时佛罗伦司

---

[1] 此处按上下文意思和辈分推算，应是“舅母”。下同。——编者

(Florence) [1]的雕像；她的动作是轻快而和谐。

玛丽亚娜在西皮雅金家里的位置是很不容易处的。她的父亲一半是波兰人的血液。他聪明而勇敢，做到了将军的位置——但是他关系着一件重大的蠹国的行为，突然被人告发了。他被拘引到法庭，受了裁判，他的官阶和他的爵位都被剥夺，放流到西比利亚。后来他遇恩赦，又转回俄国来，但他还没时候去重振他的旧业，他便死在极困穷的境遇里。他的夫人，是西皮雅金的姐姐，玛丽亚娜的母亲——（除这位女儿之外她没有别的儿女）——经受不着这样大的打击，把她全部幸福都破坏了，在她良人死后不久也就死了。

玛丽亚娜被她的舅舅收容在家里。但她觉得这种倚人闾下的生活是不好过的；她以她火烈的精神的全力在努力追求着自由！在她和她舅母之间虽然尚未显露，但时常有一种暗斗存在。西皮雅金夫人把她看成虚无主义者，把她看成无神论者；而她却恨西皮雅金夫人是她不可避的迫害者。她回避她的舅父，如像回避一切的世间一样。她不愿见人，但她也不怕人；她的性质决不是甚么羞怯。

"憎吗？"客尔罗美采夫反复了一句；"唉，这也真是怪事。譬如我是信心甚深的教徒，我是完全如字面所表示的正教派，这是甚么人都知道的；但是我却见不惯那神甫们的长发，——见了我就要烦燥，我就要烦燥呢！"

要想表示他心里烦燥的光景，客尔罗美采夫把两个拳头捏紧向上面伸了两次。

"惹门先生，头发会那样使你不快吗？"玛丽亚娜说："我相信像我这样把头发剪短了的人在你家里，恐怕你也会看不惯罢。"

西皮雅金夫人徐徐把眉头向上昂起，把头摇了一下，表示她对于这位姑娘此刻在会话中所渗入的无礼的话是出乎意外，——但是客尔罗美采夫却谦卑地微笑起来。

"玛丽亚娜姑娘，"他叫着说："以你那样美好的头发，才在无情的剪刀之下一刀剪下了，不消说我是不能不觉得可惜；但是憎恨是没有的，总而言之，唉……你的这个例恰好是把我……唉把我……改了宗派了！"

---

① 现通译为佛罗伦萨。——编者

客尔罗美采夫在俄国话中寻不出适当的文字来，因为受了女主人的注意不好再说法国话，只得自己造出一个外国风的新语。

“幸好玛丽亚娜姑娘还没有带眼镜呢！”西皮雅金夫人说着；“一直到现在她也幸好还没有改穿男装呢；不过我所担心的是她要研究甚么自然科学……她对于妇人问题也感兴会……可不是吗？玛丽亚娜。”

这些话只是想使玛丽亚娜难乎为情，但她却一点也不介意。

“唉，好婶婶，”她答应着，“我爱读那一类的著作，我是想知道问题是在那儿。”

“年青人就是这样的，”西皮雅金夫人转向着客尔罗美采夫说；“你和我，我们是不再过问这些事情的了，——可不是吗？”

客尔罗美采夫附和地微笑着：他对于这位贵妇人的谐谑却不敢遽表赞成。

他说道：“玛丽亚娜姑娘是还充满着那种理想主义的精神，是还充满着……那种传奇性的青春……那种是……随着时代……”

“但是不对，我说错了，”西皮雅金夫人插着说：“这种问题也使我感着兴会。我倒还没有那么年迈，我还没有成为时代的落伍者呢。”

“便是我也感觉着兴会，” 客尔罗美采夫急忙地叫出；“不过我要禁止人谈到这些上来。”

“你要禁止人谈到这些上来吗？”玛丽亚娜重复地问他一遍。

“唉！……我会向公众一般说：你们可以随意去追求兴会；我不干涉你们的满足……但是要谈到这问题上来时……唉唉唉！”——他说着把指头放在唇上。——“总而言之，唉，我要禁止人把来付印的！简直是绝对禁止！”

西皮雅金夫人笑起来了。

“甚么，照你这样说，岂不是不可设立甚么调查委员会来解决这个问题吗？”

“调查委员会？为甚不可呢？请相信我，我觉得我们解决不了这个问题，就好像饿了的文氓一样，鼠目寸光连自己的鼻尖也看不见，而那些文丐便在自以为是天才呢！……总之我们要把波里司 · 安德来以奇举为委员长……”

西皮雅金夫人笑得更高声了。

“当心些，当心些呢！波里司 · 安德来以奇有时还是一位雅可宾党[①]呢……"

"雅可，雅可，雅可！"鹦哥叫了起来。

华莲卿挥她的手巾，去威骇它。

"不要搅扰着贵客的谈话，……玛丽亚娜，你安慰那雀子一些儿罢。"

玛丽亚娜转向着雀笼，鹦哥把颈子立地向她伸出，她把指甲去搔它。

西皮雅金夫人接着说道："唉，波里司有时候连我也要吃惊。他有点像……有点像民选官[②]的后裔。"

"那是因为他是一位雄辩家呀！"客尔罗美采夫热心地说，说滑了口又用起法国话来了。"你的夫子有雄辩的天才，可以说天下无二，而他又狃于成功；他自己的辩词使他自己陶醉……于是要热心求大众的欢心了！……但可是，他近来好像有点变调呢，可不是吗？他脾味不大好了，——可不是吗？"

西皮雅金夫人以目示玛丽亚娜。

她沉默了一会回答道："我一点也没觉得。"

"唉，"客尔罗美采夫带着一种留意的音调接续着说："近来好像有几分不自由的样子。"

西皮雅金夫人又留心着以目示玛丽亚娜。

客尔罗美采夫微笑了，把眉头缩了一下，好像是在说："啊，我懂得了。"

"玛丽亚娜姑娘，"他突然分外高声地叫起来，"你今年也还是要在平民学校里教书吗？"

玛丽亚娜从鸟笼掉转身来。

"惹门先生，你也在留心着学校的事情吗？"

"自然呀，我十分留心！"

"你不会禁止它吗？"

"是虚无主义者的巢穴时，单想到平民学校上来我是要禁止的；但是在教会的指导和监督之下——便是我自己也要建立平民学校呢！"

---

① Jakobier：法兰西革命时急进党人之一派。——译者

② 民选官：古罗马官名，由平民选出以保护平民而惩高官贵族辈之横暴。初为二人，后成十人。——译者

“认真吗？……我还不知道今年会怎么样呢。去年简直没有办好！……并且在夏天我们能办得甚么学校呢！”

玛丽亚娜说时，把脸全盘说红了，好像说得很勉强，说得很费力的光景。此外她也还有不少的自尊心存在。

“或者你怕还没有准备周到罢？”西皮雅金夫人问她，声音带着一种嘲弄的颤动。

“这也是说不定的。”

“怎么！”客尔罗美采夫叫了起来，“你们说的甚么？我简直骇倒了！向着乡下的女孩儿教ABC，也还要甚么准备吗？”

但在这一瞬间科儿雅叫着跑了进来：“妈妈，妈妈！爸爸来了！”——在这孩子的后面接着又现出了一位老妇人，臃肿的两脚很是蹒跚的，斑白的头发上带着一顶风帽，肩上披着一条黄色的披肩——同样报告道，“波林加（即波里司）（Borinka）立刻便要来了。”

这位妇人是西皮雅金的叔母[1]，名叫安那·沙哈罗乌拿（Anna Sacharowna）。

在客厅中的人都急速地站起来了，走到前房里去，从这儿再下阶墀走向大门。一带很长的柏树行列从街道一直排到大门，一乘四头的马车从树列之中滚滚而来。

华莲卿一人走到最前头去，招展她的手巾。科儿雅放开喉嗓的欢呼。御者把口角流沫的驷马直赶到阶前，侍从从座上急忙跳了下来，十分匆忙地打开了车门，他几乎把门柄和键舌都要扯脱了，——波里司·安德来以奇在唇上，眼上，全部的脸上浮着谦和的微笑，肩头稍微洋洋地动了两动把大衣脱了，从车里走了出来。

华莲卿现出一种很灵敏的姿势把两臂去环抱着他的颈子——接着她和他亲了三次吻。科儿雅蹬着他的两脚，扯着他父亲的上衣……但是他的父亲先把一顶不便的不美观的苏格兰风的旅行帽脱了，最初和安那·沙哈罗乌拿接吻，其次招呼了玛丽亚娜和客尔罗美采夫，他们两人也走出大门外来了——（对于客尔罗美采夫他给他握了一次英国风的握手，他握着他的

---

① 根据上下文意思，她应为西皮雅金的姑姑。——编者

手振动起来，就好像要打钟的形式一样）——到这时候他才回过来看他的儿子，抱着他的肘下，把他高举起来，亲着他自己的脸。

在这些举动过了之后，涅暑大诺夫就好像一名死刑囚一样静静地从马车上走出，在马车的前轮旁边站着，帽子也不脱，平静地看他的周围……华莲卿把她丈夫拥着的时候，她从他的肩头上向这新的面孔投了一瞥探询的眼光——西皮雅金已经对她讲过了，他要带着一位家庭教师同来。

全部的人一路和刚到的主人寒暄握手，把脚步移向阶去，阶段两旁站立着主要的婢仆。他们并不来向主人吻手，——这种“东洋礼节”已经久废了——他们只恭敬地鞠着躬。西皮雅金还他们的礼，但是与其说是点头，宁说是把眉头和鼻子动了一下。

涅暑大诺夫也步上宽阔的阶段。他刚走到前室的时候，西皮雅金早在用目探找他，把他介绍给他的夫人，给安那 · 沙哈罗乌拿和玛丽亚娜，随着他叫科儿雅说道：

“这位是你的先生；你要听从他！和先生握手。”

科儿雅羞怯地向涅暑大诺夫伸出了手来，紧紧地看着他；他好像没有寻出甚么奇异，也没有寻出甚么好处出来，他又去纠缠着他的爸爸去了。

涅暑大诺夫觉得不舒服，就好像那回在戏园里一样。他披着一件旧的差不多不成形状的大衣；手和面孔在旅行中完全为尘烟所蒙蔽了。

华莲卿向他说了一些亲切的话头；但他不十分懂得她的意思，也没有回答，——他只注意到她的眼睛闪烁地温柔地看着她的良人，她和他紧紧地依傍着。

科儿雅卷着涂了油的头发使他不满意；他看见客尔罗美采夫的眼光只暗想道：“好一个舐肥的怪物！”——其余的人全没有唤起他的注意。

西皮雅金慎重把头向左右看了两次，好像在检视他的住宅一样，在那时他的下垂的长髭和微厚的颈脖很奇妙向前面伸展。

接着他用他有力的宏朗的声音把①他的侍从的一人叫出，他的声音在旅行中全没有变一些儿。

“伊万（Iwan），把这位先生引到绿室里去，把他的行李也带去。”

① 原版本作“的”，根据上下文校改。——编者

他又向涅署大诺夫说明，说他现在可以去休息，整理，改换衣服——吃饭的时间在这儿是正整的五点钟。

涅署大诺夫鞠了躬，随着伊万走到“绿”的在二层楼的房里去。

全家的人都集赴会客室里。在这儿寒暄的话语又重新提起，——一位半盲的女婢在这儿同样地欢迎着主人。西皮雅金因为她年长的原故让她亲吻了手。随着向客尔罗美采夫告了罪，伴着他的夫人，走进寝室里去了。

七

仆人把涅暑大诺夫引进的那间宽敞的清洁的居室，是临着花园的。窗户开着，微风吹动白色的窗帷，波动得如像船帆一样，一时饱涨起来，一时又呆垂下去。金色的反光在房顶上浮游；全室中充满着新鲜而微带湿意的清香。

涅暑大诺夫把仆人遣去了，把些物件从衣箱中取出漱洗了，把衣服也换了。他简直被旅行的劳苦弄得死倦的；整整两天的晨光不断地和一位不相熟的人对面，同他全无连络地谈说了极多而且——极无用的杂谈，这把他的神经弄兴奋了；一种苦味的情趣——倦怠或者是愤怒——隐隐地作用他最深在的精神；他恨他自己的无力，但这苦味的情趣依然留着。

他走向窗边，看入下面的庭园。

这是一所很古的或者怕已经在一百年前建设在这“黑色的土地[1]”里的园子——这样的园子，从那时以来在莫斯科中是不容易再寻出第二个的。

全园建设在一座浅浅的丘陵的斜坡上，园内共分成四部。花园在屋子前，怕有二百步宽的光景，园径笔直，散布着白沙，有洋槐，有紫丁香花丛，有圆形的花台；左边，从马房到谷仓的是果树园，有葡萄和莓子的茂丛，有苹果树梨树梅树的林木；更远处与屋子正对有两排森耸的菩提树相交，全部成一正九十度的大直角。右边，视线为两排的白杨树所限，白杨荫映着行道；在一丛阴郁的白桦之后一座温室的尖瓴耸出。

全园衣被着初春的嫩绿；昆虫的声音虽时时嗡营，但不如夏季的充溢；嫩叶萧骚作声，四处有小鸟歌唱，同在一株树上啭着两只白鸽，一匹孤独的斑鸠，时时掉换它的地方，在唱它单调的声音，远处，在磨房的水

---

① 原版本作“地土”，现据上下文校改。——编者

池后面，群鸦的噪声，可比有木轴的一群车轮的轧辗。在这些极新嫩的，淋寂的，平和的生命之上，悠然璀璨的白云，如像懒惰的巨鸟一样，团着它的酥胸，在空中流逝。

涅署大诺夫静观着，倾听着，半开着嘴唇贪吸着新鲜的浩气……

他的心头立地舒展了；大自然的宁静又回到了他的灵魂……

在这时候，下面的寝室中会话的资料几乎全是以他为中心而运转。西皮雅金对他的夫人说出他如何和他相识，G侯爵告诉他的事情，和在旅行中他们所谈的甚么话。

"是个聪明的头脑呢！"他加意的说，"并且很有学识。总之他有点过火；但是你是晓得的，我们是毫不在意的；这样的人至少是有点野心的。而且科儿雅也还幼稚，这样的坏处也还不至于感染他呢。"

华莲卿带着一种柔媚的而且狎慝的微笑，倾听着她良人的说话，就好像他对于她告白了一件有些怪诞而却有趣的游戏一样；她的"所天而兼师保"的——这样一位堂堂的丈夫，这样一位严正的司牧！——还能够如像二十岁的学生一样突如其来做些趣事，这竟使她感着一种满足。

西皮雅金立在一座穿衣镜前，雪白的衬衫上吊着绿绢的裤带，他正仿照英国风用两个刷子分理他的头发，那时华莲卿·迷海罗乌那穿着她的高底鞋，横陈在一只土耳其式的横榻上，对他说出种种的话来，说到财产的事情，说到制纸工场进行得不十分如意，说到她不能不开消厨房，说到礼拜堂的粉壁剥落了，说到玛丽亚娜，客尔罗美采夫等等。

在这对夫妇之间，有一种无限制的亲密和极圆满的和谐；他们的生活如像古语所说的一样真正是"如鼓瑟琴"。西皮雅金梳理完毕之后，如像骑士一样走去求华莲卿的"玉手"，她把两只手都给了他，带着柔媚的矜持看他一一亲了她的手，——在这时两人的容貌上反映一种纯真的感情，不消说这种感情在她是勒斐尔（Raphael）[①]般的艺术眼里生辉，而在他却只是在通俗的"官僚眼"里……

正正五点钟的时候，涅署大诺夫走下楼来用膳，用膳的信号不是打钟，是打中国的铜锣，拖着悠长的咆哮。

---

① 意大利文艺复兴期中的名画家。见前。——译者[现通译为拉斐尔。——编者]

全体的人已经在餐室前聚齐了。西皮雅金又向涅署大诺夫表了一次欢迎，并且是十分亲切地肃他就座在科儿雅与安那·沙哈罗乌拿之间。

安那·沙哈罗乌拿是一位老处女，是西皮雅金的亡父的妹妹。她时常带着一种朝脑的香气，——就好像一件衣服在衣箱中久放了的一样；此外她还时常表示着一种不耐烦的颦蹙的面孔。她在这家里是任的科儿雅的看管人或褓姆的职务，涅署大诺夫一被安坐在她和她的宝贝之间，她的绉蹙的脸上显示了一种很不快活的神情。

科儿雅斜视他的新邻；在他聪明的绒头儿中立地知道他的先生是不舒适，并且有点惶惑的光景：实际上涅署大诺夫简直没有抬头，而且差不多也没有吃甚么饮食。科儿雅怕的是会得着一位严峻而暴燥的先生，他看见这样心里也觉得放下。

华莲卿也在注视涅署大诺夫。

她想道："简直还是一位学生子呢，他在社交场里还不曾十分活动过；但是他的面孔很有趣，他的头发的颜色也很特别，——就好像那使徒们的头发一样，古时候意大利的画家总把它画成红色的，……他的两手也是清丽。"

此外涅署大诺夫还受着满座的人的注视；但最初都顾恤他，没有搅动他；他自己也很觉得，他暗自喜悦而又感着焦急，他不知道是甚么缘故。

客尔罗美采夫和西皮雅金谈起话来了。他们说到省议会，说到官府，说到反皇党[①]的解散，说到他们在比得堡与莫斯科的共通的友人，说到刚才开办的客特可夫（Katkoff）[②]君的学校，说到招致工人的困难，说到罚金，说到野兽的侵害，更说到毕士马克，说到一千八百六十六年的战争，说到拿破仑第三，客尔罗美采夫说拿破仑第三是一位有名的护教者。

这位年青的宫庭侍从竟说到他极保守的意见：他后来弄得没有收拾，虽然是在笑谈，竟把干杯的祝词反复地说，他说他有一位友人在一家寿筵上说道："我为我认定的两个唯一的原则而干杯，"——这被葡萄酒陶醉了的地主竟叫道：——"我为笞刑而干杯，为罗也德勒（Roederer）[③]而干杯！"

---

① 反皇党（Fronde），十七世纪反抗王政之党人。此项英译本作"路税与通行券"。——译者

② 《莫斯科新报》的主裁。——译者

③ Roederer：疑是Pierre Louis Roederer （1754—1835），法兰西政治经济家。——译者[现通译为罗德尔。——编者]

华莲卿蹙额而说道，她觉得这段逸话是太煞风景。

但是西皮雅金却发表了很自由的意见；他反对得很是客气，有时竟用一种婉曲的反语。

“我的惹门先生，”他挨次向他说，“听你对于解放问题的恐怖，使我记起了一件事情，一千八百六十年的时候，那位很可尊敬的好人退尔里清诺夫（Alexis Twanitsch Tweritinoff）做了一篇文稿拿到比得堡来，他在全城人家的会客室中处处朗读。其中顶华丽的句子是，被解放了的农民会自由自在地手里拿起炬火在祖国的全地面上阔步。我们时常看见，我们这可尊敬的退尔里清诺夫，他把小口的两颊鼓起来，把小小的眼睛闪烁起来，放着小孩子一样的声音叫道：‘炬火哟！炬——炬火哟！拿着炬——炬火在手里！’但是，农民的解放现在已经实现了……我们能看见拿着炬火的农民在那里呢？”

客尔罗美采夫把声音沉抑着答道：“退尔里清诺夫只在这一点上错了：拿着炬火威胁我们的不是农民，却是别项人物！”

听了这句话，涅暑大诺夫立刻和玛丽亚娜对看了一眼，她和他同坐在一面，一直到现在他几乎不曾看过她一眼的，他和玛丽亚娜对视了一下，他立刻感觉着他们两人，这年青的阴郁的姑娘和他自己，是怀抱着同一的信念，是在向着同一的目标努力的。西皮雅金把她介绍给他的时候，他连极少的印象也没有留下。为甚么他们两人到现在来要彼此对看一眼呢？……同时他自己起了这样的几个疑问：坐在这儿，听这样的话一点也不反对，这岂不是卑污，岂不是屈辱吗？并且这样沉默着，人岂不会把自己看来是赞成这种意见的吗？

他的眼睛又和玛丽亚娜的眼睛相遇了，他在她的眼睛里看出了对于他的疑问的一个答案：“忍待一些儿罢，”她好像是在说：“时期还没有到来，……值不得和他们吃力，……随后，总还有许多的机会……”

她能了解他，觉得是一种适意的恩典。接着他又听着他们讲话，……这回是华莲卿和她丈夫瓜代了，她的思想觉得比她丈夫更自由，更澈底。她不了解，“绝——端——地不了解，”为甚么一位有教养的青年会狃执着这样的一种腐败观念。

“并且，”她接着又说，“我相信你只说些使我们不高兴的话。阿勒克西司·杜米突里弈逸奇君，”她回头向着涅暑大诺夫殷勤地笑了一下——（涅暑大诺夫听见她叫他的本名和父名，竟深深吃了一惊）——“说到你来，我知道你是不赞成客尔罗美采夫君的恐怖的呢；波里司已经对我说了你在途中对他说的一些谈话。”

涅暑大诺夫脸红了，把头低垂在他的盘上，吃格地说了几句不明的话句：他这样并不是出于羞怯，是因为和这样堂皇的人倾谈，他还未曾习惯。西皮雅金接着向他微笑，在这时候她的丈夫也用保护者的态度点头表示赞意……客尔罗美采夫把他的圆眼镜取出来挂在眼角上，向着这不赞成他的“恐怖”的学生。

涅暑大诺夫因此也毫没有表示羞怯：他昂然地立刻把头抬起，也把视线来看着这位显耀的官僚，——一种同样的突然的感觉，在玛丽亚娜的眼中他寻出一个亲友的，在客尔罗美采夫他寻出一个仇敌了。

便是客尔罗美采夫也生了这种感觉；他把他的眼镜放下，避开一边，打算微微发笑……但是没有笑得成功。只有安那·沙哈罗乌拿素来对于他是怀着敬意的，在精神上左袒着他，对于那不幸的邻座，把她和科儿雅隔离了的邻座，愈见不高兴起来。

餐事不久便终结了。全部的人聚在台阶上用茶。西皮雅金和客尔罗美采夫吸起烟来。西皮雅金送了一只真的“勒格里亚[①]”给涅暑大诺夫，但他拒绝了。

“啊哈！”西皮雅金叫着，“我忘记了：你是只吃香烟的。”

“意外的奇癖啦！”客尔罗美采夫从牙缝间漏了一句出来。

涅暑大诺夫差不多要发作了。他的舌头焦燥着很想这样地回答：“勒格里亚和香烟的区别我倒很能知道，不过我不愿白吃人的罢了。”……但是他却抑制了他自己，——却是把这场侮辱对于他的仇人记在帐簿上面了。

“玛丽亚娜，”西皮雅金夫人突然高声地说，“你不用客气罢……你尽可吸你的烟呢。听说是，”她掉头来向着涅暑大诺夫，“你的朋友里面，年青的姑娘大都吃烟呢——可不是吗？”

“唉，是的，”涅暑大诺夫淡淡地回答。这是他对于西皮雅金夫人说的

① 上好的雪茄烟招牌。——译者

第一句话。

“但是我是不吸的，”她接着又说，在这时她把天鹅绒眼睛闪烁了一下……“我要算是时代的落伍者呢。”

玛丽亚娜故意要恼她舅母一样，悠然地泰然地取了一只“巴克妥司”烟，从匣中抽出一只火柴来，开始点吸。涅暑大诺夫也就取了一只烟来，从玛丽亚娜手中讨得火来接燃了……

夜景是很庄严的。科儿雅与安那 · 沙哈罗乌拿往花园里去了；其余的人在台阶上还留了一点钟光景，享受着这新鲜的夜气。

谈话是很有生气的……客尔罗美采夫极力地攻击文学。西皮雅金在这儿也表示着自由的意见：他举出文艺的独立性来应战，向他指示出文艺的效用，竟批评到夏妥卜凉（Chatea ubriand）①，他从亚力山大第一世得到“安得力”（Andrea）的徽章。

涅暑大诺夫在这场论战中也没有加入；西皮雅金夫人顾盼着他，她的神气好像是在说，她一方面赞赏他这种谦抑的韬隐，但一方面也觉得出乎意外……

大家都到客堂去用茶去了。

“阿勒克西司君，”西皮雅金向涅暑大诺夫说，“我们有一种很不好的习惯：每到晚来我们要打牌，而且还是一种犯禁的游戏——便是扑克……唉，我不敢引诱你……好在玛丽亚娜会弹钢琴。你想来是喜欢音乐的——可不是吗？”

西皮雅金没有等待着回答便弄起牌来了。玛丽亚娜坐就钢琴弹奏起来，也不好也不歹地，弹奏着门德尔司松（Mendelssohn）的《无字之歌》（Lieder ohne Worte）②。

“好极，好极！真是高妙！”客尔罗美采夫远远地狂叫起来。

但他发出这声狂叫只是纯粹的客套，而涅暑大诺夫虽然受着西皮雅金的十分的期待，但他对于音乐的热情是一点也没有的。

---

① 法国十八世纪有名的传奇主义的文学家。生于 1768 年，死于 1848 年。——译者［现通译为谢多柏良。——编者］

② 德国十九世纪的大音乐家（1809—1847）。——译者［现通译为门德尔松。《无字之歌》，现通译为《无字歌》。——编者］

在这时候西皮雅金，他的夫人，客尔罗美采夫和安那 · 沙哈罗乌拿坐在桌上打牌……科儿雅走来请了晚安，他受了他父母祝福，把一杯牛奶来当茶喝了之后便走去睡了。在他离身走的时候，他的父亲追唤着他，说明天清早便从阿勒克西司先生开始授业。停一晌他又看见涅署大诺夫没有事做只坐在客堂里面，热心地翻阅着一本相片簿子，西皮雅金向他说，请他不要客气，因为他在路上好像倦了，尽可以早早就寝；并且说在家里所守着的格言，便是："自由"一语！

涅署大诺夫便告了罪离开了众人走出。在门次他遇着玛丽亚娜。他看着她的眼睛，虽然她对他不仅不曾微笑，反是把眉绉了几分，但他又重新得到那个信念，他知道她是友人而且还是同志。

他进房里时，满房都充满着清新的香气，因为窗户是整整开了一天的。园里，正对着他的窗口处，有一只夜鸣莺叫出它短简的嘹亮的声音；昏蒙的天际，在菩提树的圆圆的树顶上，泛出一朵柔和的嫩红；月儿是要准备上升了。

涅署大诺夫把灯点燃；从幽暗的园中立刻飞了一些灰色的飞蛾来，在灯火的周围盘旋冲突，把飞蛾赶进来的温和的夜风使青黄色的灯火闪闪。

"真是奇怪的遭遇呢！"涅署大诺夫已经睡在床上了，心里这样作想……"这样的主人，这样的食客，这样的使用人——简单说来一切都好像不恶，都好像自由，更都好像和睦……但是我的心里仍然是放不下。宫内职官……侍从……尽他罢！——清早总比晚上好说话些……只没伤感呀！"

在这一瞬间他听见巡夜的更夫在园中击柝，一面又拉长着声音叫道：

"当心——火烛！"

"当心——火烛！"别的一声回应。

"混蛋！"涅署大诺夫吸吸起来，"简直像一座监狱！"

八

第二天清晨涅暑大诺夫早早醒了。没有等待开饭，他把衣裳穿好，便走下园子里来。

园子是很宏大而且美好，一切都是十分修饬的傭工在耙搔路径，肩着扫帚的农家姑娘的红色头巾，从丛木的新绿中闪过。

涅暑大诺夫一直走到池边；朝雾已经离开了池面——只在四处分散，池畔绿荫深笼的钩曲处，消气还在蒸腾。还未上升的太阳，投一片玫瑰色的旭光在这平匀如绢的池面的水镜上，水面浩淼淼地，放出铅色的辉光。

在一条小径旁边四五位木匠工人走来走去；一只新的才涂了油漆的小船在水上浮荡，微微地荡起涟漪。时时隐约地听着人声，好像是故意抑制着的声韵。一切都在吮吸清晨的平和，晨工的勤挚，宁静的调整的生之顺秩与整齐。在那树列的转拆处，他看见这顺秩序与整齐的化身——他看见西皮雅金了。

他穿上一件长的豌豆色的大衣，是一种寝衣的形式，戴着一顶杂色的便帽，他拿着一枝英国式的竹杖；他的新剃了的颜面发出愉悦的光辉。他是出门来踏查他的产业的。

西皮雅金十分殷勤地向这年青的家庭教师道了早安。

“哈哈！我看你也是起早的人啦！”他向着他叫出，声调是极其和婉，想对于这位青年表示出他特别的用意；他也是和他一样不睡懒觉的……“在八点钟的时候，我们通常是在餐室里用茶；十二点钟的时候早餐；在十点钟的时候请你教科儿雅的俄文，两点钟的时候教历史。明天是五月初九，是科儿雅的受洗日，要放一天假；但是今天是要请你上课的！”

涅暑大诺夫微微把头点了一下，西皮雅金对他行了法兰西式的礼节，把手来在鼻的前面迅速地举了几下，——随着他便吹着口鞘，挥着手杖，又进行着他的逍遥；他的姿态决不像一位高官厚爵的人，倒好像一位心平气和的俄国的乡绅。

涅署大诺夫在园里一直留到八点钟，倾听着雀鸟的歌声，呼吸着新鲜的朝气，乐享着古木的清荫。铜锣响时，他才走回屋子来，全家的人已经在餐室里聚齐了。

华莲卿十分殷勤地欢迎着他；晨妆新罢的她在他看来简直是一种完整的美；玛丽亚娜的面孔和昨晚一样表示着一种集中的不亲切的神情；他觉得有几分奇怪。

在正十点钟的时候，在西皮雅金夫人面前开始授业了；但她还先问了涅署大诺夫，深怕她当场不便，她在授业时期中态度是十分谨慎的。

科儿雅是一位聪明的孩子。最初的游移和不熟的情形是不可避免的，但过后的授业便非常顺畅了。华莲卿对于涅署大诺夫，无论怎么看来，都好像十分满足的光景，她时时和他十分亲切地拍谈。

他客气着，但也不很十分……

第二点钟教授俄国史的时候，西皮雅金夫人也来了。她笑着说，在这一方面她和科儿雅是一样，至少还要请教一位先生；此外她的态度是十分静肃而谦逊的，和第一授业时间是一样。

从三点钟至五点钟，涅署大诺夫留在他的房里，写信寄往比得堡。他觉得他的情趣颇佳；他没感受着不安也没感受着倦怠；过于紧张着的神经也渐渐弛缓了。餐事时兴奋是又要来复的，虽然客尔罗美采夫不在，虽然主妇仍表示着一种殷勤的款洽；但就是这种款洽使他燥烦。

更加以他的邻座，安那 · 沙哈罗乌拿老处女，明明对于他怀着敌意而愤恨，玛丽亚娜仍固执着她那不通方圆的神态，而科儿雅却和他已经惯熟，在用脚蹴他了。

便是西皮雅金也好像不甚高兴。他的造纸工场监督是德国人，费了没大的费用请来的，他不满意他。

西皮雅金开始骂一切的德国人了，他在这个机会说明他到某种程度是斯拉夫主义者，但没有到热狂的地步；于是他说到一位年青的俄国人，姓梭罗明（Solomin）的，据一般人说来，他在邻近替一位商人经营一座工场经营得非常兴旺；他很想和这位梭罗明相识。

傍晚，客尔罗美采夫走来，他的庄子离西皮雅金的阿尔香诺（Arschano）山庄只有十里路远。初级判官也来了，还来了一位地主，这种人的特色是表示在雷尔蒙妥夫（Lermontoff）[①]的有名诗句中的：

“全头埋在领襟中，上衣长到踵，

“眼光阴郁，声音高噪，两颊髭蒙茸。”

还有一位邻居。这人的相貌极其可怜，牙齿是全然没有的，但却穿一身的整齐的衣服。最后还有一位医生；他是一位极蹩脚的庸医，只爱用些科学的术语；譬如他说枯可尼克（Kukalnik）[②]比普遂金（Puschkin）[③]还要高超些，因为枯可尼克包含了许多的“原形质”（Protoplasm）。

人们坐上了牌席，斗起扑克来了。涅暑大诺夫退回他自己的房里，时而读，时而写，一直达到半夜。

第二天五月初九是科儿雅的受洗日。主人们带着侍从坐着三乘无盖马车同赴礼拜堂去，礼拜堂离他们的山庄实在只有二百步远。一切的仪式都是很堂皇很庄重的。西皮雅金佩着他的宝章；华莲卿穿一件极华美的白丁香花色的巴黎式的宽衣，在祈祷的时候，她用着一本小巧的深红的天鹅绒面的祈祷书。这本小祈祷书把一些老农弄张皇了；有一位竟忍耐不住向他的邻人说道：

“上帝恕我——她不是拿着那红东西在祈祷吗？”

弥满着礼拜堂的花香，和新播了硫磺粉的农人衣裳，新涂了沥青的农妇的长靴短鞋所发出的烈臭相渗杂，——而令人窒息的檀香更超过了这些臭味之上。助祭和斋童们庄严地举行古歌的合唱。借着职工们的附和，更好像成了一个音乐会了。这一瞬间，是使一切在场的人都十分感动的。一种次中音（是一位病瘘的得了肺痨的男子，工人克里牟（Klim）唱的），没有甚么辅助它的音调，独自升到高出半音符的柔音和B调柔音去了，这些柔音是令人惊愕的。但是假如要叫他中止时，那全部的音乐便会立地终结了……所以仍不受干涉地进行前去。

---

① 俄国十九世纪的诗人（1814—1841）。——译者[现通译为莱蒙托夫。——编者]

② 据德译者注是一位无名剧作家。——译者

③ 普遂金是俄国近代文学之父，俄国所产的最大诗人（1799—1837）。——译者[现通译为普希金。——编者]

齐孛良（Cyprian）神甫，外观上是很庄严的神甫，穿起祭服，戴起祭帽，宣讲了一场很崇高的说教，这场说教他是从一本小小的钞本上读出的；可惜这位忠实的神甫想到要举出一位极贤明的阿西里亚王，而王的名字却非常不便记忆——这在一方面虽然可以表示他的渊博，而他方面却也落了一身酸汗！

涅暑大诺夫好久不曾进礼拜堂了，退藏到一只角上杂在农妇里面。她们只偶尔从侧面来看他一下，她们要画十字，要深深鞠躬，要替小孩子们揿鼻涕，她们是十分忙碌的。但是穿着新的宽衣，在额上带着真珠辫子的农家姑娘，和带着绣花的肩饰，红的护胁的小童们，张着嘴唇看这新来的礼拜者……涅暑大诺夫也看着他们，想了不少的杂乱无章的思想。

礼拜继续了很久的时间——因为在正教派的教堂里面圣尼古拉司祈祷是最长的祈祷，这是有名的。礼拜过后全部的教士们又应西皮雅金的招待走到他庄上去，在这儿还行了些相应的仪式，在全室里面还播了些圣水，然后教士们才受一席丰厚的筵席，他们在会食时把些干费力的，堂皇而令人作呕的会话来加了滋味。

西皮雅金的家族虽然不是早餐的时候，也来参加了。

西皮雅金还说了一场很平常但也有趣的逸话，这场逸话人们看到他的勋章和爵位时，总可以说是留了一个显著的印象；连在齐孛良神甫的心中也唤醒了一种感谢和赞叹的感觉。

齐孛良神甫因为要分庭抗礼，因为要表示他也有才能，能在这当的时机说话，他便说到僧正的巡锡，僧正巡锡到他的教区的时候，把全区的教士都召齐了，齐集在城内的寺院里。

齐孛良神甫说："僧正是一位谨严的，一位谨严的人。最初他问了我们教堂的收入和秩序，——其次他便试验我们……他问我：你教堂里奉祝的是那一种节日呢？——我答道：是基督升天日。——你能够背出在那一天唱的赞美歌吗？——我能够。——那么你唱！——我就立刻唱起来'你在山上升了天，耶稣基督哟，我们的主……'——好了，不用再唱了。……这升天是甚么，我们作如何解释？——我答道：是基督想把他的荣光启示给他的弟子们。——他说：好，答应得好！我把一张小圣像给你作纪念。——我便叩头称谢道：多谢呀，僧正大人，多谢呀！……我就这样，走的时候也不是空着肚子呢。”

“我和僧正也有面识的光荣，”西皮雅金庄重地说。“真是位尊严的牧师呢！”

“不错，真是位尊严的牧师！”齐孛良神甫加力地说。“不过他对于教区监督是过于信任了……”

华莲卿说到村塾上来，说玛丽亚娜将来可以在村塾里担任教席。一位副教士——是村塾的监学——他的身体结实，他的长毛的卷发令人想到俄洛府（Orloff）马的梳理好了的尾巴，他发声表示赞成；在他发声的时候不曾把喉嗓的力量计算好，他发出极猛勇的一声，不惟惊骇了满座的人，连他也完全惶恐了。随后全部的教士们都退去了。

科儿雅穿一件新的肩褂，有金的纽扣，他是今天的主人公。人们大都送了他礼物和贺仪；工场的职工，家奴，老妈和小婢，都到阶上和后檐来亲吻他的两手；农夫们聚集到庄前——这还是农奴时代的恶习，老农们还依然守着——围着一些堆满糖食和酒瓶的桌面叫嚷。科儿雅有几分害羞又有几分高兴，有几分矜意又有几分怕人，时而驯帖地在他父母旁边，时而又跑出庄去。食后西皮雅金命人把香槟酒取来，在他为他儿子的健康干杯之前还有一场座谈。

他先说了一番“勉尽义务”的话，——他回头愿他的儿子尼科拉司——（他在这个郑重的机会叫了他儿子的本名）——向这条路走去，而他所期待他的第一是对于家庭；第二是社会；第三是国家——唉，诸君，的确是国家呢！——第四是政府！

他渐渐地渐渐地谈到高兴处来，谈到后来，竟弄成真正的演说去了，演说时他简直像罗伯尔特 · 皮尔（Robert Peel）①一样，把手插在上衣的后囊里；他说到“科学”一字的时候，很有点力量，最后他把他的座谈用拉丁语的“Laboremus！（努力！）”来煞了尾，接着又立地把它译成了俄语。

科儿雅把杯子举起来巡了一遍，他感谢了他的父亲，接吻了满席的座客。——

涅睿大诺夫和玛丽亚娜又交换了一次眼色……两人都像有同样的感

---

① Sir Robert Peel（1788—1850）：英国政治家。——译者

触……但彼此都没有交谈。

但是涅暑大诺夫觉得这场喜剧是滑稽而且有趣，倒不见得有甚么恶心和不快的地方；殷勤的主妇华莲卿夫人，在他看来是一位聪明的妇人，她知道尽她殷勤，而且她也暗自欢喜，有人有这样的聪明和眼力能够了解她的苦心。……她对于涅暑大诺夫的举动，十分地取悦了他的自尊心，涅暑大诺夫自己也好像没有疑惑……

第二天授业又继续进行，一切的生活仍照常态。

不知不觉之间，便过了一个礼拜……在这一礼拜中关于涅暑大诺夫所得的印象和所怀的感想，恐怕没有比他写给西林的信中的一节还能表示得更详洽的。

西林是他的知己，是他往日的同窗。他不住在比得堡，是住在一个省会里面，寄食在一家有钱的亲戚的家里。他的地位是这样好的，连做梦也不曾梦想过离开那儿。他有病，性情畏怯，不是甚么可以中用的人材，但是他的心境是非常纯洁的。他和政治没有关系，也不甚读书，因为无聊才学吹得一管笛子，他见了年青姑娘们是要退避的。他十分热爱涅暑大诺夫；他的心地是全为友情而制造的。

涅暑大诺夫无论对于甚么人都没有对于乌拉地米尔·西林（Wladimir Silin）一样，那样地开诚布公，那样地毫无隐匿。他给他写信的时候，总好像和近在他的身旁的忠实的友人谈话一样——但这人却同时又是别一世界的居民，——或者如像和自己的良心谈话的一样。如何可以和西林再在同一的城市里同居的事情，涅暑大诺夫不曾想过一次……他对他似乎会立刻冷淡了的，因为他们的共通点很少；但是他常常和他写信——而且是十分真诚，对于别人——至少是在纸上——他不免有些客套和做作；而对于西林他是全然没有。

西林因为不能执笔，回信的时候很少，回信时也不过很拙劣的几句。但是涅暑大诺夫也没有感受过想要求他的长信的希望；他早是知道，他的朋友如像路上的尘土吸收雨点一样，把他的信上的每字每句都要吞食了的；他的朋友期待着他的私事如像期待着甚么圣迹，他的朋友葬在远远的孤寂的一隅，没有出路把他救出的，是只依着他的生命而为生命。涅暑大诺夫对于西林的关系，是不曾对人说过；要对人说时觉得是太神圣了。

“啊，我亲爱的乌拉地米尔！”他写着，——（他在信中时常这样称呼，并不是没有原因的），——“你为我贺罢！我走上了好运了：待我一调好气息之后，我便可以卷土重来。我住在这儿一家有钱的仕宦家里，姓西皮雅金。我教他小儿子的书，吃好的（我有生以来不曾吃过这样好的饮食！）睡一通夜的觉，随意在极美好的周围散步，并且再好没有的是离开了我比得堡的友人们的婆娑。在第一天上我觉得很是无聊，但现在我已经觉得很舒适了。”

不消说我不久是又要把你知道的背囊背上的，换句话说，我是要刺取虎子，我恰好如俗谚所说的一样，只是一位走入虎穴的人（他们也正因为这样才放我来的。）但是在这时期之内，我要乐享这奢华的兽性生活，我要使我的肚子长肥，并且我高兴的时候，还要做诗呢。所谓“观察”我只好移到日后再来……这座庄园在我看来是很整饬的，——但恐怕要把工场除外，这有点难满人意。被解放了的农奴几乎碍难接近。管家和婢仆们——都有很规矩的面相！但是这些我们留待后来检核罢。家风——谦让、自由！主人是十分谦卑，十分谦卑——有时会突然高张起来，有乘云驾雾的光景：是一位很有教养的人物！主妇夫人真是美貌，并且无论如何看来都很灵敏。她真是会驾御人！——并且十分柔和，十分柔和呢！她简直好像没有骨头一样！她实在把我惊骇了；我素来是礼赞女性的骑士，你是知道的呢……此外接近的人真有些不能忍耐……有一位老女人，她恨我而吹求我……但是最有趣味的是一位年青姑娘——是这儿的亲戚还是食客，我是不得而知的！——我和她还不曾谈上两句话，但是我觉得到完全是我的同类……

在这儿有一段玛丽亚娜的外貌的描写——更叙到她一般的性质；然后再接续着下文：

她是不幸的，多感的，闭关的，但总是不幸的，——这在我是毫无疑义。她为甚么是不幸，我到现在也还不晓得。她是很端正的人，这也是明白的了。是不是好人——这倒还是疑问！……但是一般的女人，在一切的点上都好而能不是愚人的，天地之间怕没有罢？关于女性，我究竟还不十分知道。主妇不爱她……她也还她以同样的钱钞……但是她们两人那一位在理，在我还是一个哑谜。我总觉得主妇一方面是不在理的光景……因为她对于那年青的姑娘非常的客气，而在那年青的姑娘一方面，假使要和她的女恩人谈话的时候，连眉头都要发出神经质的战栗。是，她完全是一位神经质的人；这一点她和我是同病相怜的。她也和我一样是一种“反角弓”，不过她又是别的一种章法呢。

这些话假如还不甚明了时，我随后再给你写。

我在前面已经说过，她是差不多不曾和我说过话；但是从她突然的，不意之间的向我说出的几句话看来，的确有一种粗野的坦白处。这个使我喜欢……

再者，你在你亲戚家里依然还是吃苦吗？——他一时还不会死吗？

《欧洲使命》上有一篇论奥伦堡（Orenburg）府的僭妄者一文，你读过没有？朋友，那是一千八百三十四年的事情！我实在不喜欢这种杂志，编辑者是保守主义者；但是题目很有趣，耐人思索……

九

五月已经挨过月半了；时节已经是初夏的天气……

涅暑大诺夫把历史钟点授完之后，他走到园子里来，他从那儿把脚步转到一座白桦树的林子里面去，这座林子是和园界紧紧相接的。

林子的一部分是五十年前被人剪伐了的，在这一部分的地方有浅浅的灌木丛生起来。嫩的白桦树干如像银白的小柱套着灰色的轮环，互相密接地峙立在那儿。小树上无数极小的树叶，发出一种明亮的和婉的光辉，就好像洗过的一样，漆过的一样。新春的嫩草在昨秋积下的平坦而晦暗的腐叶层中已经迸出它纤细的尖舌。狭隘的小径，在林子中间四方穿插。黄嘴的黑雀，突然戛着一声惊鸣，从小径穿过，——十分低低的，几乎与地面相近——又突然倒栽下剪伐了的树丛里。

涅暑大诺夫在四处盘桓了半点钟光景之后，他拣得一株树桩上坐下，在这树桩周围有变黑了的旧了的木屑，全然还是从斤斧之下落下时的形态。昨冬的积雪已经埋覆过他们，到春天来融化了——没有人来践踏过。

涅暑大诺夫是背倚一排密密的嫩桦坐着的，树荫深浓而短出。他没有想念甚么；他是全然沉湎在一种特殊的感觉里，这种感觉是春天唤醒来的，无论在年青人的心中或在年老人的心中，都要加上一种忧郁——这在年青人的心中是期待的亢扬的忧郁，在年老人的心中是悔恨的寂灭的忧郁……

涅暑大诺夫突然听着有渐渐走近身来的脚步声音。

走着的不是一个人，——不是穿着木皮鞋或者重重的长统靴的农夫，——也不是赤着脚的农妇……那好像是两个人渐渐走来；不慌不忙地徐徐步着……微微有女人的衣裳的窸窣……

蓦地一声钝重的人声，是一个男子的声息。

“那便是你最后的话吗？永不吗？”

“永不！”一位女人的声音回答着，这声音在涅暑大诺夫不是不晓得的。——一瞬之后，在小径转折处，小径在这儿是包环着嫩树驰走的，玛丽亚娜偕着一位棕色黑眼的男子走出，这位男子是涅暑大诺夫从来未见过的。

两人看见了这位青年便像生了根的一样把脚步停止住了；青年也惊惑得非常，连从他坐住的树桩上也不曾站起来……玛丽亚娜羞红到发根处了——立地轻蔑地微笑了一下……

这微笑是甚么意思呢？因为她羞红了，在笑她自己吗？或者还是笑的涅暑大诺夫呢？……她的同伴黑住脸把浓眉蹙了一下，他的烦燥的两眼中在微黄的白眼仁处好像闪了一次火光。他和玛丽亚娜交看了一眼，两人又背朝着涅暑大诺夫逍遥着去了：默默地，也没把步调加速，涅暑大诺夫瞠然目送着他们……

半点钟后，涅暑大诺夫回家走进他自己的房里，待他听铜锣响声的催促，又才走下客堂里来，在这儿他看见刚才在林子中遇着的那位棕色的未知的男子。

西皮雅金把涅暑大诺夫引去和男子介绍了，说是他的“beau-frère”，华莲卿的哥哥——名叫惹尔格·迷海罗以奇·马克罗夫。

“兄弟们，我请你们互相爱好，互相信赖！”西皮雅金说时带着一种庄重而谦和的，但却是不甚在意的微笑，这是他的常态。

马克罗夫闷闷地鞠了一鞠躬，涅暑大诺夫也是一样……西皮雅金把头微微向后一昂，把肩头耸了几下，各自走开了，他的态度好像是在说：“我已经把你们介绍了，——你们相好不相好，我完全是无可无不可的呢。”

华莲卿又才走到站住不动的两人身边来，她把他们又介绍了一次，她用她那放光的柔和的眼光，在她灵活无比的眼中立地可以应命而幻生出的，看着她的哥哥说：

“惹尔格，你简直把我们忘记了呢！在科儿雅的受洗日你也不曾来！或者你怕是事情太忙吗？……他现刻忙着要依新式的系统来整理他和他的农夫的关系呢！”她向着涅暑大诺夫说：“他是一个怪人！他把一切的财产分了四分之三给农人，自己只留下四分之一，他还觉得太多了。”

“妹妹总爱谈笑话，”马克罗夫也向着涅暑大诺夫说：“但是我在这一点上和她同意，假使属于一百人的东西，有一人要留下四分之一时，这实在是太多了。”

“阿勒克西司君，你——你相信么？我爱谈笑话吗？”西皮雅金夫人的眼光中和话声中含着同样的甘媚的温柔。

涅暑大诺夫不知道怎样回答的好，——但是在这一瞬间客尔罗美采夫来了。主妇走去迎接他，两三分钟后仆人走来，拖着堂皇的声音，报说餐事已经停当了。

餐事中涅暑大诺夫时时无心地顾盼玛丽亚娜和马克罗夫。两人邻接而坐：眼睛俯视着，嘴唇紧闭着，面容沉黑而谨严，更差不多是兴奋着。涅暑大诺夫私自发出疑问这位马克罗夫怎么会和西皮雅金夫人是兄妹呢？他们是太不相像了！

相像的只有一点：两人都有棕色的皮肤；但是在华莲卿身上，她的脸，她的手和肩部的那种平淡的色调，正是她的美的特征；而在她的兄长身上时，这同样的色彩渐渐和黑色相近，这在高贵的人说来是真瑜色，而在俄国人的眼睛里只会连想到靴统的颜色上去了。

马克罗夫的头发是卷的，鼻准有点湾曲，唇重，颊是洼陷了的，身体瘦削，两手筋脉棱棱。他的四肢都是筋棱骨露的，——而他的破调的声音有一种破铜的噪音。加以眼睛是睡眯眯的，外貌是愁蹙蹙的——完全是一种胆液性的人物！

他没有吃甚么，时时只把面包来团成小团，时时顾盼着客尔罗美采夫。客尔罗美采夫是从城里回来的；他为了一件不如意的事情才去会了官府来，他虽然谈得如像一只鸦鹊一样，但关于这件事情却故意没有多说。

他说话过于嘈杂了时，西皮雅金照常是要挫折他的狂燥的；但是他虽然叫他是“非常的反动者”，他却由衷地笑听着他的逸话和滑稽。

客尔罗美采夫所说的许多话中，他报告他听见农民百姓们叫律师是“守夜者”的时候，他简直如像受了灵感一样。“守夜者！守夜者！”他高兴着返覆地说：Oe peuple russe est délicieux[①]！

接着他又说，他有一天去参观一座小学，他问学生甚么是Struthio Camelus[②]，没有一个人能够回答，连先生也不能回答；他又问一句——问题是狒狒（Pythekus）是甚么，这个问题他是从寓言诗人显牟尼察（Chemnitzer）的诗句引用来的："狒狒似鹿而蠢拙"……但是也没有人能够答应，——于是他结论着说："所谓小学就是这样，这到底有甚么用处呢？"

"但我对不住你，"西皮雅金夫人说，"连我也不知道这些动物是甚么呢。"

"哦，好夫人！"客尔罗美采夫叫着，"这样的东西你却全然没有知道的必要呢！"

"那吗为甚么乡下人又定要有知道的必要呢？"

"因为知道一匹狒狒和驼鸟，总比知道普鲁东（Prouhdon）[③]和亚丹斯密（Adam Smith）[④]的更好！"

但是西皮雅金在这儿也和客尔罗美采夫反对，他说明亚丹斯密是人类的一个最明朗的精神，所以把他的学理……（他斟了一杯的Château d'Yquem）……和着母亲的奶子……（他把酒举到鼻端，嗅味，）……一道吸饮，是很有用的。他说着便倾了一杯。

客尔罗美采夫也饮了一杯，把酒恭维到天上去了。

马克罗夫微微蔑视着这比得堡的宫庭侍卫的小脸，但是他又探索着看了涅暑大诺夫两次，小小一粒面包，他一直弹到了屋顶的，几几乎恰好落在这谈话者的鼻上……

西皮雅金没有瞻识他，华莲卿也没有和他说话，他们两人好像都把他当成了一个奇人，他们是不好和他接洽的光景。

食后马克罗夫走进台球室里去吸烟去了；涅暑大诺夫走回他自己的房里。在廊下他遇着玛丽亚娜。他想走过去了；但是玛丽亚娜却把手突然动

---

① "俄国人真是别致！"——译者

② 鸵鸟的拉丁文学名。——译者

③ 法国有名的无政府主义者。——译者[现通译为蒲鲁东。——编者]

④ 英国经济学的鼻祖，《原富论》的作者。——译者[现通译为亚当 · 斯密。《原富论》，现通译为《国富论》。——编者]

了一下，把他招呼住了。

“涅署大诺夫君，”她说，声音是不十分紧迫的，“你对于我是怎样的想法，我在这时候本来是全不在意；但我想……我想……”（她寻不出适当的话来表现）……“但我以为向你说明是应该的，你今天清早在林子里面看见我和马克罗夫君……你不是在怀疑吗？你不是在怀疑我们为甚么那样惶惑，为甚么到那儿去——如像赴幽会一样吗？”

“唉，”涅署大诺夫开始说，“我实在觉得有点奇怪……”

玛丽亚娜插着说道：“马克罗夫向我求婚，我——把他拒绝了。我想对你说的便是这一点，再见。现在随你去把我怎样想法都可以！”

她突然掉转了身，匆匆地从回廊走去。

涅署大诺夫走上房里，坐在窗子旁边，只是这样地想……真是奇怪的女子！她怎么会走到这一步来，这样出乎意外地向我披沥呢？……她怕是想表示她的奇拔罢？或者也怕是矜持罢？十分是像矜持！她不愿别人有一星星儿怀疑她……她耐不着受别人的误解……真是奇怪的姑娘！

涅署大诺夫就这样寻根究底地揣察；而在这时候下面台阶上的谈话，几乎只在把他来做中心而回转……他能一字一句地明白听出。

“我的鼻官觉得，”客尔罗美采夫的声音，“我的鼻官觉得他是赤党。我从前和拉底司拉司在莫斯科总督部下服务的时候，我有不少的机会和赤党们周旋……和勒施科尔尼（Raskolnik）教徒[①]们也周旋得不少。我对于这一类的人有一种特别的嗅觉。”

客尔罗美采夫带着便说了一段往事，他说他有一天在莫斯科附近追穷了一位信勒施科尔尼教的老人，他立刻便叫警察来逮捕着他，他几乎从自己小屋的窗孔里跳了出去……但到这一瞬间，这位蠢材是坐在凳上不曾移动的。

客尔罗美采夫在这儿却忘记了说，这位老人，在他收了监后，绝了食——竟至饿死了。

“说到你们新请的家庭教师来，”热心的宫庭侍卫接续着说，“他的确是一位赤党，——一点也没有疑惑的！你们不曾看见，他是决不先向人行

① 指俄国东正教分裂教派的教徒。——编者

礼的吗？”

“但是为甚么他定要先向人行礼呢？”西皮雅金夫人说着，“其实，就在这一点我倒喜欢他呢。”

“我是你们的宾客，而他是雇用人，”客尔罗美采夫叫了起来，“唉，唉，他是雇用人，是把钱雇用来的——等于一个家奴！……并且我的地位也比他高得多……他应该先向我行礼！”

“你是太亢奋了，我的诚实绝顶的朋友哟，”西皮雅金在“绝顶”二字上分外把声调加强了一些。“我觉得你这样的说法是太过火了！我请他做事，我买他的勤劳，但是他依然是一个自由人呢。”

“他不觉得有甚么枷锁，”客尔罗美采夫接着说，“啊，他们还要把枷锁——解放！这便是赤党的通性，我反复向你们说，独对于这种颜色我的嗅觉是很灵敏的！在这一方面怕只有拉底司拉司可以和我比肩！……那漂亮的家庭教师，假如放在我的手里时——我要把他训练一下，啊，我真要把他训练一下呢！在我的名下他会另外换出一种音调唱歌……他会在我面前叩头！……他倒可以成一个真的高等玩具呢！”

“哼，你混帐的忘八蛋！”涅暑大诺夫几几乎从窗口骂出了……

但是在这一瞬间门房开开了，他不胜惊愕地看见马克罗夫走进他的房来。

十

涅暑大诺夫站起身来迎接他，马克罗夫一直走到他面前来，也没有招呼，也没有发笑。

“你是阿勒克西司 · 杜米突里弈逸奇 · 涅暑大诺夫么？是比得堡大学的学生么？”

“是的，”涅暑大诺夫回答着。

马克罗夫从他的衣袋中抽出一封杂揉的信来。

“请你读这封信，这是瓦士里 · 尼可拉奕逸奇写来的。”他添说了两句，很有含蓄地把声音放低了。

涅暑大诺夫把信展开来读。这是半公半私的回览信。在这信中说送信者的惹尔格 · 马克罗夫是一位“同志”，是很可信赖的。接着写了些有立地从事于公众事业的必要和同党的原则的宣传。这封回览信的人名里面，涅暑大诺夫也列为可以完全信任的人物。

涅暑大诺夫向马克罗夫把手伸出，请他坐他自己也坐了。来客在说话之前，先吸燃了一只香烟。涅暑大诺夫也仿照起来。

马克罗夫到头问道：“你已经有了机会，和这儿的土百姓们接触过吗？”

“没有，直到现在还没有。”

“你在这儿住了很久了吗？”

“将近两个礼拜。”

“你很忙吗？”

“不很忙。”

马克罗夫不快地咳了一下。

“唔！……这儿的土百姓们没有甚么希望，”他接着说：“他们是全然没有智识。他们还应该受些教育。他们是贫穷到了极点，——但是没有人告诉他这贫穷的原因。”

“但是照我看来，我觉得你亲戚家里往日的农奴们也不见得甚么贫困啦，”涅署大诺夫说。

“我的妹夫是位狡滑家伙，他是惯会蒙蔽人的眼睛的。这儿的土百姓本来不算数；但他们有一座工场呢。我们以后应该向这一方面努力。只消向这一堆蚁穴打一针，你看究竟会闹出一个甚么世界……你带得有宣传文书吗？”

“有……只是不多。”

“我可以替你找几份来。你真是太随便了！”

涅署大诺夫没有回答。马克罗夫也沉默了，只是从鼻孔里吹他的香烟。

“唉，这位客尔罗美采夫，真不知道是一种甚么无赖了！”他突然地说：“餐事的时候我的手真痒，我很想起来打这位漂亮公爷的臭嘴了，这样也可以儆戒别人呢。但是不必的！我们现在比打一位公爷，还有重大的事情要做。现在不是我们去和蠢人们斗嘴的时候，我们却要使蠢人们不要做恶事。”

涅署大诺夫点头赞成，马克罗夫又吸起烟来。

“在这儿一大堆的用人中，”他重新又说：“有一位可用的汉子；不是欧奕尔 · 依万（Euer Iwan）……这东西是不成作料的；是另外一位司食的侍仆，名叫齐里儿（Cyrill）。”

这位齐里儿是以好酒贪杯出名的。

“这位家伙你另眼看待他罢。他是一位滥酒的人……但是我们不能过于严格呢。你看我的妹妹是怎么样？”他说着，突然抬起头来，把他黄色的眼睛向着涅署大诺夫。“她比我的妹夫还要狡滑，你的意思怎么样？”

“我觉得她是动人爱的，殷勤的妇人……并且她也很美貌。”

“哈哈！你们比得堡先生们的口材是不同！……我赞奖你呢！……那吗，你又是怎样的意见呢，对于……”

但是他突然把额头蹙了一下，把脸黑了起来，把下文吞下去了。

“我觉得，”他重新又说：“我们还有不少应该商量的话；但是这儿不是说话的地方。我们在这儿说，有人在门后听，这是谁也不能断定的！你听我说，我想要求你。今天是礼拜六；明天我想来你该得不上课罢？……

是不是呢？”

“我们明天三点钟的时候要试演——是复习时间。”

“试演！简直和舞台一样啦。这样的字眼定是妹妹发明的了。但是这些不干我事！你愿不愿意和我一同去？我的庄子离这儿只有二十里路远。我有些好马，它们跑得很快……你今晚上在我家里过夜，明天在三点钟以前，我把你送回来。你赞成吗？”

“我赞成，”涅暑大诺夫答应着。

自从马克罗夫进来之后，他觉得自己陷在一种兴奋的，进退维谷的状态里。这一次不曾期待着的接近把他淆惑了；但是马克罗夫也灌注了他一种共济的情谊。他觉得这位男子虽是有些狭隘，但的确是可靠而有力！并且，在林子中的那场无意的邂逅，玛丽亚娜的那番不曾期待的说明……

“好，”马克罗夫叫出，“那么你就请准备动身罢；我去把马车驾好。你可以不必向主人们告辞罢？”

“我要通知他们。我觉得我没有不告而去的权利。”

“你请放心，”马克罗夫说；“我会去说。他们此刻在打牌；他们不会知道你不在的。我的妹夫他自以为是政治家，其实他自己只有一项长处，便是能打一手的好牌……唉，倒是从牌场出身的人真不少呢！……你请准备罢。我立刻去把一切要紧的弄好。”

马克罗夫走了，一点钟后涅暑大诺夫傍着他坐在一乘马车的皮褥上，马车是旧的，宽敞而很突出，但却非常愉快。

矮小的御者不住的吹着口哨，声音是很特异的；就好像雀鸟在清啭的一样；斑驳的三头御马，黑色的鬃和尾都是辫好了的，在平坦的村道上迅速地向前飞腾，在夜幕闭后最初的暗阴中（出发时是正十点钟）一切的森林，丛木，田地，牧场，沟壑，以一样的运动——随着距离的远近或前或后地——在他们的两旁滑过。

马克罗夫所有的小小的庄园名叫波雍科屋（Borsjonkowo），全部只有两百俄亩大小，一年只有七百卢布的收入。离县城有六里，县城离西皮雅金家有十四里。要到波雍科屋的时候，不得不通过县城。

两位新交还不曾交换上五十句话的时候，他们已经看见城外的破烂的房子了，木盖的屋顶一半是倾陷了的，淡弱的灯光从参差的窗户中漏出，车轮走上崎岖的石面的街道了，车体左右颠簸舞蹈，每遇抵触便高高把人弹起，单纯的两层楼的商家，酒店，有圆柱的教堂，从他们边旁滑过。……

是礼拜六的夜晚，街上已经全然阒寂了；但是酒家全部却是充满了顾客。破嗄的声音，酒歌，手风琴的带鼻音的音调，杂然嘈叫起来。……遇着突然有一家店门开开时，一股臭郁的暖气，强烈的烧酒的酒味，红灯的返光打到行人的脸来。

几乎每家的酒店前面都停住些农人的小车，车头驾着的是茸毛大腹的驴子，无力地把带着缰缠的头颅垂着，好像在睡觉的光景；时而又看见一位褛褴的农夫从酒店走了出来，松松地结着一根腰带，头上戴着一顶冬帽就如像一只口袋一样一直笼到颈子，他把胸膊倚在小车的车轮上，站立着不动，——只是时时用手在四处摸索；时时又遇见工场的工人走出，瘦削而病弱地，帽子斜戴在头上，赤着脚（因为长统皮靴在酒店中作了抵压了）……飘飘忽忽地走不一两步，停止着了，搔着颈子，突然叫了一声又回转身去……

“这烧酒——这是俄罗斯人的不幸。”马克罗夫沉闷着说。

“但可是呀，老爷，他们吃酒，只是为要忘记他们的忧愁呢！”御者回答着并没有回转身来，他每逢走过一家酒店的时候，便要停止他的口哨，显出十分忧郁的样子。

“快赶快！”马克罗夫应声着说，说时紧急地摇着他的外套的领子。

马车走过一座大的小菜场，这儿完全充满着黄牙菜和草席的臭味，走过县知事的私邸了，门次有涂着杂色的哨房，走过警察厅长的有尖塔的住居了，走过游览处了，才栽的嫩树已经是死了的，走过商业场了，四处只听着狗吠和炼子响的声音，最后追过了一列很长很长的货车，利用着夜凉早在夜半出发的货车；又走到城郭了，从此突然又走到新鲜的自由的空气里，在两旁骈列着柳树的官道上，马车的车轮又迅速地平稳地运转着前进。

马克罗夫——现在是我们说到他的身世的时候了——马克罗夫比他的妹子西皮雅金夫人长六岁。他是从炮兵学校里毕业的，他做过军官，因为和上司的德国人不和睦，在做少尉的时候便遭革除了。

自从那时起他恨死德人，尤为恨死归化俄国的德人。因为他的解职和他父亲之间生了隔阂，他一直到他父亲死去不曾再见过一次，他受的薄薄的一点遗产，从那时起还住在那儿。

在比得堡他有不少聪明的怀抱着自由思想的朋友，这些人都敬重他，给予了他的精神一个决定的方向。

他读书不多，大概是政治方面的，就中尤为嗜读霍尔村（Herzen）[①] 的著作。他的军人的习惯是保留着的，他的生活就如像斯巴达人和僧侣一样。两三年前他热爱过一位年青的姑娘；但这位姑娘却最残酷地欺骗了他，她嫁了一位副官——并且又是一位德国人的后裔。马克罗夫从此又恨起副官来了。

他久想做些论文来论炮兵的缺陷；但是他没有发展他的思想的材能，所以他连一篇也不曾做就。但他依旧用他粗大恶劣，简直如像小儿的字体来，不断地写破许多灰色的稿纸。

马克罗夫是好事而顽固的男子，并且是蛮勇而不知畏惧的；他不知道容恕，也不知道忘怀，他始终为他自己和一切被压迫者感受不平，他万事都能拼命。他的狭隘的精神专致在唯一的地点；他所不能了解的，于他便是不存在的；他对于虚伪与欺骗是憎恨而蔑视的。

对于在上位的人，他一切都称为反动者的，他是粗率而且横暴；对于一般的平民，对于农民百姓，他是亲切的如像弟兄一样。

他是中产阶级的地主；他的脑中不断地沸腾着种种社会主义的计画，但这计画要想实现，也就和他的炮术论文是一样了。他从没有得过一次幸福，他也一点也没有：他在联队里的时候他的绰号叫“数奇鸟”。庄重的笔直的品格，热情的不幸的天性，看事物的机宜如何他能够表现出残酷不仁的性情来，值得称为怪物——并且他也能够牺牲，没有甚么踌躇，也没有甚么后悔……

离城六里路远的光景，马车突然走进了一座白杨树林的蓊郁里——战栗着的树叶在暗中作萧飒之声，林子的香气清新而浓烈，天上有不定的微

① 霍尔村（1812—1870）俄国的自由思想家兼志士。参看《创造周报》第十六号。——译者[霍尔村，现通译为赫尔岑。——编者]

光，地下浮着互相交流的虚影。月亮色红而大，如像一面钢制的盾牌，已经出现在地平线上了。

马车刚好从树荫中浮出的时候，已经走到一所小小的庄园前面了。低低的房屋把月亮遮蔽了，房屋前表出三垛明窗，是正四角形的形状！敞开着的门，好像全不曾锁过的光景。薄暗的中庭上停着一乘高大的邮车，系着两匹白马，两匹白色的稚犬不知是从何处跑来，在空气中充满着惊人的，但不是敌忾的吠声。

屋内是有人往来的，马车停到阶前时，马克罗夫走下车来，微有几分困怠，他用脚来探索着马车的铁轨，这铁轨听说是家用的铁匠在最不适当的地方安设着的，他对涅署大诺夫说：

“喂，我们已经到了……你很相熟的客人在这儿等你，你是从未想出会会见的……请你进去罢。”

十一

客人们也是我们熟悉的，便是奥斯突罗杜摩夫和浅克拉·玛殊玲。他们坐在马克罗夫家里的一间小小的极少装饰的会客室里，在洋油灯下吸烟，喝着啤酒。

涅暑大诺夫走来，他们并不曾惊愕，因为他们早晓得马克罗夫的意思是要把他带来的；但是涅暑大诺夫看见他们在这儿，却是吃惊不小了。

他走上前去只向奥斯突罗杜摩夫说道：

“哦，好朋友，你好。”

浅克拉·玛殊玲起初脸上红了又红，默默地伸出手去和他握手。

马克罗夫对涅暑大诺夫说，奥斯突罗杜摩夫和浅克拉是为公众的事业派遣来的，他们不久便要举行；他们在八天前从比得堡动身的；奥斯突罗杜摩夫留在这S县里宣传，浅克拉却要到K县去和一位同志磋商。

马克罗夫突然兴奋起来，虽然并没有人反对他——他把眼睛闪烁着向周围一看，啮着他的胡须，他放开他亢昂的，沉浊而明显的声音说着一般的祸害，说着立即举事之必要，他主张着在基底上一切都预备好了而还要踌躇的只是卑怯；他主张着利用暴力是不能规避的必要——必要的程度就如像行外科手术一样，只要疮块熟了的时候，立地便要开刀！他把这开刀的比喻重复着说了好几遍；他好像很满意，但他不是自己发见的，是在甚么书上读过的。——他对于玛丽亚娜失了恋，因此他便全无假借，他只想尽力地使“事业”之实现加速。

他说话是斩钉截铁的，没有甚么纡回便一直跑到议论的主眼，并且还带点怒气。话句是钝重的，简单的，一句一句地从他紫黑色的嘴唇冲出——就好像一匹肥壮的老犬一声一声地狂吠的一样。

他说他很熟悉周围的农民和工人，他知道他们里面有些可用的人物——譬如哥罗普罗克（Goloplok）村人叶累埋（Jeremey）——这人是万事都来的。这位哥罗普罗克人叶累埋是屡次来在他的舌上。他说到十句话时便要用右手来击案——不是用手掌打，是用手棱砍的——并且同时又把他左手的次指来指着前面。

这有发的，筋骨棱棱的两手，这伸张着的指头，这宏洞的声音，这闪烁的眼仁，表示出一种猛烈的印象。途中，马克罗夫和涅暑大诺夫几乎是不曾谈过话的；他的肝火冲上顶来……到这时候才一概发泄了。

浅克拉和奥斯突罗杜摩夫看着他，笑着他，时而简短地表示一声赞意。涅暑大诺夫却是有点莫明其妙了。起初他很想反对。他想到躁进的不利益，他想到时机未熟的无谋的举动的危险；毫无犹豫，——对于目前的状态毫无顾虑，一般的人民究竟希望的甚么也不假思索，便要决定一切的行动，这是他最引以为惊怪的……但他的纤细的，如像琴弦一样紧张着的神经，渐渐地渐渐地紧凑地战栗起来了，——他又怀疑了起来，眼中几几乎流出了激昂的眼泪，赞成着马克罗夫的意见，用急凑的声调谈说起来，他的激烈比马克罗夫还要超过。

这是很难说的，这样的转变不知道怎么能够引起。是他对于自己刚才的不热心的态度的后悔？是他在恼恨自己和他人？是他想窒杀那啮着他心中的一种蠹虫？是他想对于目前的同志们表示自己的同意？……还是马克罗夫的热辩，使他的热血实在是沸腾了呢？

他们的谈话一直说到东方发白了。奥斯突罗杜摩夫和浅克拉·玛殊玲全不曾离开他们的坐位，马克罗夫和涅暑大诺夫却是全不曾坐下过；马克罗夫站着不曾移动，就像一名哨兵，涅暑大诺夫不住地在室中走来走去，他的脚步是不平均的，时而急，时而徐……

他们谈到他们举事的大方针，他们谈到当得执行的方略，他们谈到各人分担的职务；他们挑选了宣传文件，把散佚了的篇帙塞在一个小囊里；话头又说到一位哥鲁遂金（Goluschkin），这是一位很有钱的信旧教的商人，这位商人说是虽没有甚么教育，但是很可靠的，——后来又说到一位年青的宣传家克司拉可夫（Kislakoff），这个人虽是很聪明，但是有点轻浮，过于仗恃了自己的才能；梭罗明的名字也说出了……

"是那位管理造纸工场的梭罗明么？"涅暑大诺夫想起在西皮雅金席

上听来的话，他这样问着。

“是的，”马克罗夫答应着。“你定要认识他才好。我们还不曾十分尝试过他，但他是很能干的人物。”

哥罗普罗克人叶累埋又浮上画面来了。西皮雅金家里的齐里儿也推荐了，还有一位绰号“葫芦嘴”的闷得来（Mendeley）；不过这位葫芦是不大靠得着，因为他不吃酒的时候是很勇敢，但一吃了酒时便简直全不中用了；不幸的是他不吃酒的时候几乎没有。

“你自己的农夫们呢？” 涅暑大诺夫问马克罗夫。“在这些人中没有一个人可以算数的吗？”

马克罗夫说是有；但他没有举出名字来，他又说到城里人和师范学生，这师范学生们的体力是很好的，……他们打一拳，可以打出一个洞呢！

涅暑大诺夫问到贵族的状态。马克罗夫回答着说有五六位同志：都是青年……并且里面有一位非常澈底，而且是德意志人；——可惜的是德意志人难以信任，这是周知的事实；只要有一点风吹草动，他们便会卖自己以前的同志！……此外他们要等待克司拉可夫把报告送来才能晓得。

“军队呢？兵士们呢？”涅暑大诺夫更继续地问着。

马克罗夫踌躇起来了，纽着他的颊须，他到头说着，关于这一方面……唉，……到现在……唉，还没有甚么把握，他又说总之克司拉可夫的报告总会有好消息的……

涅暑大诺夫忍耐不着问道：“到底克司拉可夫是甚么人呢？”

马克罗夫很有含蓄地微笑着，他说出克司拉可夫是这样一个人……是这样这样一个人……

“但是我也不十分知道他，”他接着又说；“我全盘只见过他两次；但是他写的信真好，他的信真好呢！我把信给你们看罢……那真正是好！简直是一团火！他的精力真正是不晓得疲倦呢！他至少走遍全国五六遍……每过一个车站他要写十页二十页的信。”

涅暑大诺夫向奥斯突罗杜摩夫递了一次眼色，但是这位坐着不动，就好像一尊铜像一样；他连眉毛也不掀动一下；浅克拉 · 玛殊玲苦笑着把嘴唇紧闭，她也同样地没有感触。

涅暑大诺夫想问马克罗夫，他是以怎样的社会主义的精神的施设在整理他的庄园，或者是想整理的……

但在这时候奥斯突罗杜摩夫却说起话来了。

他说，“现在说这些有甚么用呢？到后来总是要变的。”

话头又转到政治问题了。涅暑大诺夫的心中暗暗有蠹虫咬着，渐渐要吃他了，咬得愈紧，他的话头愈残酷起来。……他只饮了一杯啤酒，但他总觉得是全然醉了的一样。他的头昏晕起来，心脏跳得大而且痛。到早晨四点钟的时候谈话才终结了，各人都留心着引退了，深怕搅醒了在前室里睡熟了的下人——涅暑大诺夫在他就寝之前还立了好一会不曾移动，他的眼睛俯视着地板。马克罗夫的话声，仍然在耳里作苦涩的回响。这位男子显然是害了单思病；他定然在苦闷；他对于自己的幸福的希望是绝灭了的，——而他却是怎样地忘了自己，怎样地还举其全身全灵的力量，对于自己所信认的真理倾倒呢！他的脑精是狭隘的，涅暑大诺夫这样作想……但是有一个狭隘的脑精的人不比……不比这眼前的我，高超百倍吗?!

但是他的心中又激昂了起来，反对他这种自卑的念头。

“甚么，我难道不会做牺牲吗！不过还须忍耐一下罢了，足下……并且你，巴克林君哟，你总有一天会看见我的作为，我虽然是一位‘文人’，虽然是一位造韵的工匠……”

他气冲冲地把头发一抛，把牙齿锯了两下，他傯促地把衣裳脱了，倒在一张冷湿的床上。

“你请睡呀！”门后听出浅克拉的声音。“我和你毗邻呢。”

“你请安睡罢，” 涅暑大诺夫回答她，——那时他记忆起来，在整整一夜中她的眼睛始终是看着他的。

“她对于我会有甚么心事吗？”他默默地在自己心中发问，——一种羞耻的感情袭着他了。“啊，甚么我睡罢！”

但是他的神经却不肯听命……待他沉到困难而不安的睡眠里的时候，太阳已经高高升上空中了。

迟迟地才起了床来，头是非常沉重。他把衣服穿好，走到窗边去，才看见马克罗夫的房子并不能算是真的庄园。他的房子完全是孤独的，离一座小林子不远。一边有一所小小的谷仓，一座马房，一个有屋覆的酒窟，一座半分颓圮了的小茅屋；别一边有一个极小的池子，一所菜园，一方麻圃，和一座同样颓败的小茅屋；稍远处一所烘谷的火炉，一个打谷场，一所藏车的小库——这便是呈现在他的眼里的，全部的壮观。一切都是褴褛而可怜的——但这外观不是所谓零落和荒废，却是如像一株根头不好的树木，从来不曾开过花的。

涅暑大诺夫走下去了。浅克拉 · 玛殊玲在食堂中坐在一个开水壶前面——好像在等待他的光景。

她告诉他，奥斯突罗杜摩夫为公事到远方去了，要隔十四天才能转来；房主人却去监督他的工人去了。五月已经将近月尾，目下并没有甚么忙着的事情；马克罗夫因此想出一件工事来，用自己的私费去开伐一座小小的榉树林子，他清晨一早便是到那儿去的。

涅暑大诺夫精神上感受着一种异样的倦怠。昨晚上说了许多迟延的不可能，说了许多立地“进行”的绝对必要……但是怎样进行呢？——又向那一方面立地呢？

关于这一层在浅克拉是不成问题的：因为她不知道踌躇和犹豫；她当做甚么事情，她是全然认定了的——就是到K县去。她的眼光是不能超过这个地点的。

涅暑大诺夫不知道该和她说甚么话的好，他把茶喝过之后，把帽子戴上，把他的步武移向榉树林去。途中他遇着些农夫，马克罗夫往日的家奴，在田地上施播肥料。他和他们交谈，但不能从他们得出些甚么。他们也像感受着疲倦——但是是一种肉体的，自然的疲倦，这疲倦的意思和他自己所感受着的，没有些儿相同。

他们说，他们从前的主人是一位普通的人，只是稍稍有点特别；他们说他会穷到尽头的，因为他不知道甚么是条理，他只想照着他自己的章法做，不想照着他父亲学。“他真是博学！想甚么就做甚么，——他说的话，我们可一句也不懂！……但是他真是一位好人呢！”

涅暑大诺夫又向前走去，最后遇着马克罗夫自己。

他在四处盘旋，周围绕着一群工匠。他和他们谈话，努力向他们说明，用手招呼着叫他们停止的光景，从远方可以历历看出。在他旁边站着一位助手，一位矮小的独眼的男子，他的外貌不外是恭顺而已。这位助手时常说：“凡事遵命！”——使他的主人非常不快，他的主人要再独立一点才能喜欢的。

涅暑大诺夫走向马克罗夫面前，他在他的脸上看见他自己所感受着的同样的精神倦怠的表现。

他们彼此招呼着；马克罗夫立刻便把昨晚上讨论的问题和他谈论起来，便是谈到迫在眼前的革命；但是倦怠的表情从他的脸上并不见消去。他是被尘土和汗水蒙笼着，小小的木屑，绿色的苔茸挂在他的衣上；他的声音全然嗄了……围绕着他的工匠们保守着沉默：他们是怕他，还是心悦诚服他，这是令人疑惑的……

涅暑大诺夫看着马克罗夫，奥斯突罗杜摩夫的话又浮上了脑际："现在说这些有甚么用呢？到后来总是要变的。"

工匠中之一人做错了一件事情，他来向马克罗夫求饶……马克罗夫起初大发雷霆，痛骂了一阵——然后才允许了他的请求。

"到后来总是要变的！"

涅暑大诺夫向他的主人讨车马回去。马克罗夫觉得对于这个要求有几分惊怪的样子，他答道，停一晌，一切便会停当了。

他和涅暑大诺夫同路回家，……他蹒跚着走路，就和全然无力的疲倦了的人一样。

"你有甚么不好处吗？"涅暑大诺夫问他。

"我简直吃不下了！"马克罗夫粗糙地回答着。"无论你怎样同这些人讲，简直没有法使他们懂……叫他们怎样，他们总是不做的……他们连本国语也不懂……譬如说'分'（utschastok）他们是很晓得的……说'分担'（utschastije）他们就全然不晓得了。……他们还在想我分些土地给他们呢！"

马克罗夫曾经起过这样的想头，他把共产的原理向农夫说明，想把这项原理实现，——但是他们才强硬地反对。他把他的说明刚好说完的时候，有一位老农夫对他这样说：

"坑是已经太深了，到现在我们是再也看不见底的了。"……

这句话简直把马克罗夫弄绝望了。

走到家里的时候，他遣散了一切的人，命把马车驾好，准备早膳。他的家仆只是一名矮小的哥萨克人，一位司厨房的女仆，一位马夫，和一位很老的老汉，耳上有毛，穿着一件长袖的粗布棉袄：他是好多年辰以前马克罗夫的祖父的侍仆了。

这位老汉时常带着一种不可言说的悲哀的表情把眼睛望着他的主人；此外他不做事情，并且也像没有事情可做了；他只终日地坐在门阶的坐凳上不移他的位置。

早膳是硬蛋，鲨鱼，肉糜的冷羹——（哥萨克家奴把芥末盛在一个古式的香油瓶里，把醋盛在一个往年的香水瓶里）——食后涅暑大诺夫坐上昨晚坐来的马车上面了。但是三头的御马只有两头：因为第三一头跛了；才替他钉了脚掌。早膳中马克罗夫没说甚么话，也没吃甚么，只是深深的沉重的呼吸……关于他的产业没说上两三句话，说时他又把他手来摆了两摆，无力地绝望地……

“到后来总是要变的。”

浅克拉 · 玛殊玲请涅暑大诺夫把她带到城里去；她想去买些东西。

“回来的时候，”她说，“我可以坐在农夫的货车上；再不然我也可以走路回来。”

马克罗夫送他出门的时候，他向涅暑大诺夫说，不久还要去访他，……到那时……那时——（他突然整作起来，突然又恢复了元气）——那时定有最后的处治；那时梭罗明也会来；他，马克罗夫，只还要等待瓦士里 · 尼可拉奕逸奇的消息……消息到后只有一件事情，便是立地“进行”，因为民众的忍耐是要消尽了！

民众的忍耐，民众不是连“分担”的意义也不晓得吗！

“老实”，涅暑大诺夫说：“你说要把甚么人的信……是甚么人呢？……唉，克司拉可夫的信你要把给我看呢？……”

“停一响罢，停一响罢！”马克罗夫偬促地回答。“你会……你会一时得手把全部看完的。”

马车摇动起来了。

“你准备好罢！”马克罗夫说了他最后的一声。

他站在阶缘上，在他的旁边站着那位老家人——不变的悲哀在他的眼光里，昂起他老朽着的身体，两手反叉在背上，发散着裸麦面包和破棉的臭味，在他面前进行着甚么事情他也不晓得，他是马克罗夫的祖父的残废的旧仆了。……

马车走到城前，浅克拉都没有说话，她只吸着香烟。他们抵拢城门的时候，她才突然深深地叹息了一声。

“这位可怜的马克罗夫，真觉得可怜，”她说着，脸上罩着一层愁云。

“唉，”涅署大诺夫回答她：“他太肯无缘无故懊恼了，他的庄园好像不十分如意的光景。”

“这倒没有甚么可怜处。”

“那吗你和他表这样深的同情是为的甚么呢？”

“他是不幸的人，——他没有事情能够成就！……像他那样再好的人恐怕没有……但是……唉，人总是看不起他！”

涅署大诺夫看着他的女伴。

“你怕知道他些甚么实在事情吗？”

“我甚么也不知道……不过这是甚么人都自会觉得的。请了，阿勒克西司·杜米突里弈逸奇。”

浅克拉下了车，——涅署大诺夫回到西皮雅金庄上时已经迟了一点钟了。——他的心趣不甚好……无眠的一夜……一切的这些谈话，这些论争……

一个美好的面容从窗上望出来，向着他殷勤地微笑……那是西皮雅金夫人在向他表示欢迎的诚意。

“啊，她的眼睛真好！”他这样暗自想着。

十二

食时来客很多，食后涅署大诺夫看见照常的牌场，他逃回自己的房里。

他很想独自一人在无人处整理他出游所得的印象。

食中华莲卿留心地看过他好几次，——但是那时候好像还不是她和他谈话的时间；说到玛丽亚娜时，自从她突然向他表白，使他惶惑之后，她觉不好见他，只是回避。

涅署大诺夫执着笔；他深想和他的友人西林写信；但是他不知道该怎样叙述，——便是对于这位朋友他也找不出话来了；或者在他脑中混杂着的矛盾的思想和感慨，他怕也不能梳理出来，他把一切事情推到明天了。

在今天的来客中他也看见客尔罗美采夫；他这人的高傲，他这人的贵族式的慢心，再没有和今天表示得这般厉害的了；但是他的放肆的谈吐对于涅署大诺夫全没有些儿影响：因为他是全然没有注意他的。

周围好像有一层云雾；他和世界的中间好像有一层半透明的帷幕垂挂着的光景；真是奇怪呢！——透过这层帷幕他看见三个人影——并且都是女人的面孔——三个面孔都异样地把眼睛望着他。那是西皮雅金夫人，浅克拉·玛殊玲和玛丽亚娜。

这是甚么意思呢？为甚么单是这三个面孔呢？她们彼此有甚么共通点吗？她们对于他有甚么要求吗？

他早早便上床，但是不能入睡。凄绝的，阴翳的念头，——想到不可回避的告终，想到死的念头，悄悄地走来扣他的心室……这种死的念头，来在他的心中不仅一次了。他好久以来便在彷徨不定的思索，时而对于这寂灭的现象发生畏惧，时而差不多又抱着欢乐去迎受……

最后他终感受着一种特殊的，于他是熟悉的冲动……他站起身来，走去坐在书案旁边，稍稍瞑想了一会，他几乎不改一字地在他保存得如像圣物一样的钞本中写出了下面的一首诗来：

朋友哟，我是死到临头了，
我把我的遗言向你们昭告：
请快把我一切的文章烧弃！
把些花来装饰着我的幽居，
请把那一切的窗户推开，
让太阳的柔辉亲切地向我流来！……
在那邻接的房中请把笙歌齐奏，
莫用把哀切的薤露唱来扰我心头！
就请像在那结婚的筵上
尽把那胡弓紧奏，跳舞欢狂！……
我力弱的耳官倾听着急管繁丝，
我可闭着眼睛入睡一般死去……
没用把无用的悲伤搅乱死前的雍容，
让我在欢乐的余音之中徐徐入梦！

他写着朋友一个字的时候，他想到了西林。他低声把诗念了一遍，他笔下所写的，他自己也吃了一惊。这种怀疑，这种冷淡，这种无信仰的轻率，——这怎么能够和他在马克罗夫家里所谈的原则相调和呢？

他把钞本投在抽屉里，回到床上去。但是一直等到天光破晓，第一批的百灵鸟在曙白的空中唱歌的时候，他才入睡了……

第二天他坐在台球室里的时候——他刚好把他的授业弄完——西皮雅金夫人走进来，向周围看了一下，微笑着向他走去，把他招到她自己的房里。

她穿着一件轻薄的纱衣，极简单而且极好看：袖口上有襞饰的出袖仅仅达到两肘，腰上围着一根博带，头发编成浓髻垂在颈上。她的全身：从她半开着的两眼的柔光，声音的甘媚以至于一举一动，以至于步行，都有活着的完美和温柔，一种慎重的勖励的温柔。

西皮雅金夫人把涅暑大诺夫引到她的寝室里。房屋是很舒适，很如意的，充满了花香和馥郁的情味，充满了女人衣裳的清韵和当前的一位夫人的美光。

她叫涅暑大诺夫坐在一只安乐椅上，她自己坐在他的旁边，开始问他出游的光景和马克罗夫的生活——她问得非常贴切，非常殷勤，非常和稳！对于她哥哥的状态，她表示着非常的同情，关于他哥哥的情事她在涅暑大诺夫面前是从未提起过的。听她的一言一句好像玛丽亚娜对他哥哥灌入的感情，似乎没有逃脱她的注意；她觉得不大舒服……是因为这种感情没有得到玛丽亚娜的承应，还是因为她哥哥选择上的这位姑娘，是他完全不曾了解，——这是很难决定的。总之她是明明白白地想笼络涅暑大诺夫，想博得他的信赖，想把他从退让里强迫出来。

华莲卿好像更有点灰心，恨他不很了解她的光景……

涅暑大诺夫听着她的话，看着她的手，看着她的肩头，时时又瞥视她的红唇，瞥视她微微波动着的两鬓……起初他只是极简短地回答；好像有东西缚着他的喉咙，有东西塞着他的胸部一样。……

但是这种感情渐渐转变成别的一种情境，这种情境虽然仍然不安，但决不是全然不快：因为这样一位美貌的妇人，这样一位贵族的女性，竟能够喜欢他，喜欢他一位贫贱的书生，并且她不惟喜欢他，而且好像还有点媚他的光景，这是他决不曾想到的。

“她为甚么这样做呢？”涅暑大诺夫暗自发问，——但是寻不出回答。

照实际上说来，他也好像没有感受定要一个回答的必要。

西皮雅金夫人说到科儿雅上来了；她竟对涅暑大诺夫说出，她只是专为她儿子的事情希望和他对谈，——她想领教他关于教育俄国儿童的意见。

在她的心中突然生出这种希望，这真有些出乎意外。但是在根本上并不是想听他甚么儿童教育的意见！实在的事情是她感触着一种肉欲的风息，感觉着驾御这位无经验的顽强的青年的必要，使他跪在她自己脚下的必要……

但是在这儿我们要稍微追叙一点往事了。

华莲卿·迷海罗乌那是一位极顽固而平庸的将军的女儿，将军尽了五十年的职务才博得一个宝星，——她的母亲是一位极狡猾而贪婪的小俄罗斯[①]人，她的外貌很忠实而且有点愚蠢，而她却利用这种外貌取得种种的利益，这是小俄罗斯地方的女人的特性。

华莲卿的父母是不十分富裕的；但她也入了一座有名的学院，她在这儿别人虽把她当成一位女共和主义者，但她以十分的勤勉和聪明的举止很博得了上位者的欢心。

她从学院毕业回来的时候，她和她的母亲——（她的哥哥正好回庄上去了，她的仅仅得到一个宝星的父亲是已经死了）——住在一间装饰得很美的居室里，这儿是很冷的，人如谈话时，呼气立地会变成白雾。

华莲卿笑着说，这间房子“简直是座教堂”。

她坚忍地耐受着这种贫困受迫的生活的不便，——她的性格是很平稳的。

得着她母亲的帮助，她得以在社会上去交际：随处都称赞她是可爱的，很有教养的，而且——很有门第的姑娘，便在上流社会里也博得这样的赞奖。

华莲卿有不少的求婚者了；她选上了西皮雅金，在反掌之间便使他钟爱了她……他自己不久也就觉得，他再也不能得到一位更好的妻室了。她聪明，不是坏聪明——宁是好的，她的本质的最深处是冷静而平淡……但是她却不许别人对于她是平淡的。

华莲卿有那样的特长，这是“殷勤”的利己者所特有的，——在这种特长里没有诗，也没有真实的情感，有的却是好意，同情，甚至于柔媚。这种可爱的利己者人们谨防和他反对，——他是专制的，他是不甘愿离人而孤独的。像华莲卿这样的女人惯把有经验的热情的男子蛊惑，而她们自己却最喜欢的是有规则的安静的生活。道德在她们是无力的——不足以激刺她们；只是这一种坚决的意志也就是她们的不可思议的秘密的一部分了。这样快活的冷淡的女性怎会突然生出一种无意的隐密的要求，这样的一种浮火怎么会把她搏着，这在男子们是难于了解的！男子心里想道，时候到了，冰快要解冻了；但是那灿烂的冰却只是放光——而决不涣散，决不悲酸。

---

① 白俄罗斯的旧称。——编者

西皮雅金夫人稍稍蛊惑一下人，那是无关紧要的：因为她十分知道她不曾犯过危险，而且也不会的。但是她看见别人的眼睛时而得意，时而丧心，看见别人的脸泛着欲求或者恐怖的红晕，听见别人的声音吃格而颤栗，使别人的神魂恼乱——哦，这于她的心情是怎么甜蜜的哟！她自己睡在洁白的寝台上安享着平和的睡眠，夜深人定后想到这些情急的言辞，目光，长叹，于她又是怎样的适意哟！待她回到她自己来，发见出她的不可犯不可侵的意识——或则降心相从去受她的所天，她有教养的良人合法的爱抚，那时又有一种怎么快心的微笑呢！这于她是一种十分惬适的感触，她有时竟弱不能禁，竟想做一件好事，想拯救渴求着她的一位第二者了……

有一次有位公使馆的秘书因为爱她发了狂，竟把喉管割断了，她为他建设了一座小小的灵堂！她从幼时宗教信仰便是很薄弱的人，对于这位青年她却真诚为他祈祷了。

她和涅暑大诺夫谈话的心境也正是这样，她设尽种种的方法努力想制服他。她觉得蔼然可亲，她在他的面前除去了一切的隔阂，怀着殷勤的好奇心，半分母性的慈和，看着这位美好而有趣的青年，这位野性难驯的彻底主义者渐渐地羞怯地向着她自己走来……这些感情在一天，一小时，一分钟后都是要涣散而无孑遗的，——但是在这时候她感受着几几乎含混着笑意的一种满足甚至还有几分畏惧和忧闷……

她把他的出身置在意外，她明明知道孤独无助的人对于这一层是十分提防着的，而她开始问涅暑大诺夫的少年时代，问他的家族了……在这时她由他惶惑的短简的答词看来，晓得她走错了一步，她想补救她这过失，要还问了一些。……在夏天的时节，倦人的正午的威热里，开残了的蔷薇花还想再开一些芬郁的花瓣，这花瓣到晚来时立地又要把十分的鲜意掩闭的……

但是她的过失也没有补救成功……涅暑大诺夫在心上受了伤，他再不能全然亲信地忘却自己了。那种苦痛，他常常在灵魂的最深处感觉着而决不曾离开的苦痛，又从新激发起来，他的猜疑，他的平民的暴怒又觉醒了。

他自己想道：“我不是为这样原故跑到这儿来的。”

他又记起巴克林的如嘲似讽的忠告来了。……话头一时中断，他利用着这个机会站立起来，微微鞠了一躬，正如他自己心中无意之间骂出的

“真是蠢”的一样走了出去。

他的恼乱在华莲卿心里并不曾介意……她微笑着目送他出去，照这微笑看来，她把这恼乱对于她自己是十分善意地解释着的。

在台球室里，涅暑大诺夫遇着玛丽亚娜。她立着，两手紧紧操在胸上，背倚着窗子，在寝室的门前不远。她的脸上差不多布满了暗云；她的勇敢的眼睛十分怀疑地；十分紧迫地看着涅暑大诺夫，她的紧闭着的嘴唇表示出一种蔑意，一种令人难堪的怜悯，使他竟不得不怆惶地立住……

他勉强地问道：“你有甚么话想和我说么？”

玛丽亚娜迟迟地回答。

“没……或者，唉……但是此刻没。”

“甚么时候才有呢？”

“那吗……或者是——明天；或者——永远没！我到底还不知道……你究竟是甚么人。”

“但是，”涅暑大诺夫说，“我偶尔觉得……好像我们两人之间……”

“并且你也全然不晓得我！”玛丽亚娜插着说。“但是你请等我罢。说不定明天有。我现在要找我……女主人。等到明天罢。”

涅暑大诺夫走了两步，却又突然退回来。

“唉，玛丽亚娜姑娘……我好久就想求你，求你许我去参观你的学校去，去看……唉，你在那儿做的事情……趁着还没有闭校之前呢。”

“我是随时都可以的……但是我想和你说的话并不是学校。”

“是甚么呢？”

“等到明天罢！”玛丽亚娜回答。

但是他们没有等到明天。就在那天晚上，从台阶不远处排列起去一行菩提树下，他们两人谈叙起来了。

十三

她最初开口说。

“涅暑大诺夫君，”她的声音有些急促，“你好像被华莲卿 · 迷海罗乌那完全弄昏了……”

她没等待着答辞，便转身远远向树列走去：他随伴着她。

他沉默了一会才问道：“你怎么会这样想呢？”

“我该不会错罢？假使我是错了，那她今天的计画便怕失败了。她怎么地苦心经营，怎么投出了她的密网，我是很晓得的。”

涅暑大诺夫没有回答一声，只侧视着他奇怪的女伴。

“你请听罢，”她接着说；“我明白地向你说：我不爱华莲卿 · 迷海罗乌那，——你是很晓得的。或者我怕对不住你……但你请等一下，还不忙批评我……”

声音窒塞了。她的脸红了起来，她兴奋了……她的偾张总是这样一种形态，就好像她在发怒一样。

“你心里或者在问，”她重新又说，“这位姑娘怎么向我说出这些话呢？在我把马克罗夫君的事情对你说的时候，你会是那样想过的。”

她突然弯下腰去摘了一朵小小的菌子，揉碎了又把来投去了。

“你弄错了，玛丽亚娜姑娘，”涅暑大诺夫说，“我想的却是反对，我以为我得你亲信了我，并且这种想头使我高兴。”

涅暑大诺夫的话不是全部真确：因为这种想头是他现在才起的。

玛丽亚娜匆促地看了他一眼，她一直到这个时候眼睛都是避着他的。

“不是因为你得我亲信了你，”她带着几分沉思的音调；“我实在还完全不知道你……不过你的位置和我的是一样！我们同样是不幸；这便是使我们接近的原因。”

“你是不幸吗？”涅暑大诺夫问她。

“你不是吗？”玛丽亚娜反问。

他没有回答。

“你知道我的身世么？”她热心地说，“我的父亲的身世？他的追放？”

“我不知道！”

“那吗我告诉你罢，他被法庭召唤了，宣布了罪状，他把他的位阶和……一切都失掉了……被流到西比利亚。随后他就死了……我的母亲也死了。我的舅父西皮雅金是我母亲的兄弟，收容了我，养育我……我靠他的费用生活着……他是我的恩翁……华莲卿·迷海罗乌那是我的恩太太呢；但是我报他们的只有极黑心的负义，因为我好像有一个顽石的心肠，——他人的饭是不好吃的……我不愿受人保护的祸害……我不能忍耐这寄生的生活……我也不说谎……我就每天受着别人的针刺，我也不会因为这样便哭，因为我是很高傲的。”

玛丽亚娜断断续续地说着这些话的时候，她只是匆匆地向前走得愈快。

她突然停住了。

“我的舅母只想把我弄开，她把我许给那可恶的客尔罗美采夫了，你也知道么？……我的思想在她是十分知道的，她以为我是虚无主义者。……他呢？……不消说我也不会合他的心意。……我本来不好看，——不过别人可以卖我。这怕也是一件好事情罢！”

“但是你为甚么……”涅暑大诺夫开始说。

他忍着了。

玛丽亚娜又从侧面投视了他一瞥。

“我为甚么不允许马克罗夫的要求——你是想这样说吗？是罢？唉，……但是我怎么好呢？他是一个好人……不过我不能够从他，我不爱他。”

玛丽亚娜又把她的步武加速了，好像要解除她同伴者，对于她这不曾期待的告白，回答的义务一样。

他们走到树列的尽头处了。

玛丽亚娜突然转到一条小路上去，这路是通向蓊密的枞林的。

涅暑大诺夫跟随着她。他觉得有两层意思受着紧迫：这位闭关的姑娘在他面前突然这样开心见肠地细说，这是很值得注意；而这种开心见肠不曾惊愕他，他觉得是十分自然，这更是使他惊骇的。

玛丽亚娜突然回转身来，在路中站着，——她的面孔竟突然直现在涅暑大诺夫的面前——她把她的眼睛紧紧地望着他的。

“阿勒克西司·杜米突里弈逸奇，”她说：“你不要把我的舅母当成坏人呢。……不然！其实她只是虚伪，她是女戏子；在她的一切都是打算……她想一切的人赞仰她是美人，她又想一切的人崇拜她是圣母！她一发明一句中听的话，她对一个人说了，又对第二个人说，又对第三人，——总带着一个面貌，好像她是才发见出的光景；她立刻在适当的时候，耍她那满好的眼睛！她十分知道她自己，——她知道她是祝雷司登的玛东那（Dresdner Madonna）[1]；她是甚么人也不爱的！她装着很关心科儿雅的样子——其实她于教育上一切的关心只不过和些聪明人来谈谈他罢了。她不愿别人不好……她真是殷勤！她不会动一个指头来救你……但是，假使于她有用而且有利的时候——她便……唉，她便呢！”

玛丽亚娜沉默了。她的怒气窒塞了她。她很想发泄它，她不能再支持了！但是她的声音突然使她窒碍了。

玛丽亚娜是特别的一种不幸的性质——这样的人在俄国遇着的很不少……正义使他们满足，但没有快乐给他们；而他们对于不正是很敏感的，疾恶如仇的心性激荡着他们灵魂的深处。

她在谈话中，涅暑大诺夫留心看着她：她的有几分不整饬的短发的红脸和她紧闭着的嘴唇的颤栗，于他好像是威胁的；有意义的——而且美好的。太阳的光线从树枝的密网漏下，斜射在她的额上如像金色的斑点，——这些火舌，和她全部颜面上兴奋着的表情，和她大大地睁开不动而发光的两眼，和她声音的热烈的余响，是很调和的。

“你对我说罢，”涅暑大诺夫最后问她，“你为甚么以我为不幸呢？你难道知道我过往的身世吗？”

玛丽亚娜微微点头。

---

① Dresdner：德国有名都，美术馆为Augustus I所建，内有Raphael的“Madonna di San Sisto”，又有Holbein的“Madonna”，此处所指当是前者。——译者[祝雷司登（Dresdner），现通译为德累斯顿。Augustus I，即奥古斯特一世（1750—1827）。Dresdner Madonna，指拉斐尔的《西斯廷圣母》，而非荷尔拜因的《圣母》。——编者]

“是的。”

“那吗……你是怎么样知道的呢？还是有人把我的事情告诉了你吗？”

“我晓得……你的来历。”

“你晓得……甚么人告诉你的呢？”

“唉，她！总是她——她，华莲卿·迷海罗乌那，你为她所昏迷了的！她在我的面前说——用她含蓄的，但可是很明了的调门；不是同情的声调，只是做起一个超越了一切先入见的自由妇人的面孔——她说新家庭教师的来历真是有特别的情事哟！我请你不要见怪，华莲卿·迷海罗乌那的脾气凡是遇着新来的人，她都要用同样的调门说到我身上来，她的外侄女的家庭真有特别的情事哟，她的父亲因为有吞蚀公款的行为被流到西比利亚去过！……她自以为是贵妇人……其实只不过是一个响簧，一位女戏子——这便是你的勒斐尔的玛东那呢！”

“饶我罢，”涅暑大诺夫说：“为甚么要说我的玛东那呢？”

玛丽亚娜掉转身去，又往前走起来。

“你和她不是畅谈了那么一阵吗！”她到头迟钝着说了出来。

涅暑大诺夫回答道，“我几乎一句话也没有说，只是她自己说了大半天。”

玛丽亚娜默默地在他前面走。路径突然生出转折，枞林好像往后退了，在他们前面显出一团小小的空地，中央处一株杨柳，杨柳空干的周围围着轮形的木凳。

玛丽亚娜坐在这凳上；涅暑大诺夫坐在她的旁边。在他们的头上悠静地摇漾着长条的柳枝，枝上覆着了青嫩的小叶。在他们周围的细草中开着白色的铃兰，全部的空场中流着嫩草的清香，——在枞树林中被树脂的浓香拴窒着的他们的胸部，在此得到一种舒畅的感觉。

“你说想要参观我们的学校吗？”玛丽亚娜又说起话来。“好，我们去罢……不过……我不晓得……你怕得不到甚么满足。你晓得的，我们的校长是一位副教士。他是一位好人，——但你想不到，他和学生们说些甚么东西！学生中有一位名叫格来舍（Garassey），是一位九岁的孤儿，这个孩子便是最好的学生了！”

玛丽亚娜突然把她的话题改变，好像她自己也完全改变了的样子：她的颜色转苍白了，她完全镇静了，她的脸上显出惶惑的情形，好像她刚才说过的话使她害羞的光景。她明明想涅署大诺夫提出一个甚么“问题”——关于学校和农民的问题，——不想再接续着刚才所说的调子。

但是在这一瞬间他对于“问题”完全没有兴会。

“玛丽亚娜姑娘，”他开始说：“我不瞒你，我实在不曾想出……在我们两人之中会进行到这步田地，”——（听到“进行”两字她微微惊动了一下）——“我觉得，我们突然之间便……十分……十分接近了。但是这是当然的。我们早就互相亲近，只是没有说出口来罢了。……所以我也全不客气了。……你说你住在这儿是很碍难很苦痛的；但是你的舅父，据我看来，他虽然有点褊狭，但他是一位有同情的人。……他难道不能了解你的地位吗？他不袒护你吗？”

“我的舅父？第一，他简直不是人，他是一官员[①]，——是顾问或者是部长……我是不晓得的。其次……唉，不说罢，我不想徒说废话，我也不想背地骂人；我的地位在这儿也并不十分受迫，并不十分痛苦；这儿并没有人作难我；我舅母的绣花针的刺激完全是不算数的……我是全无拘束。”

涅署大诺夫瞠然看着玛丽亚娜。

“那吗……你刚才对我所说的一切，岂不……”

“你要笑我的时候，请你笑我罢，”她打断他的话头。“但是我说我是不幸，我不是因为我自己的不幸。我每每觉得我好像在替全国的被压制者和困苦者受苦……或者宁可说是，——我不是受苦，我是在为他们愤怒，不平，并且……准备着……把自己的生命为他们牺牲。我的不幸是我只是一位柔弱的女儿，一位寄食者，我一无所能，我也一无所知！我父亲流在西比利亚，我和我母亲住在莫斯科的时候——那时候，啊，我真想去看望他呢！我并不是完全特别地爱他，敬他，我是想亲自去看，用我自己的眼睛去看，被放逐的人的生活，罪人的生活，究竟是甚么光景！……我对于我自己和一切冷静的，富裕的，享福的人，我是怎样地恼恨哟！……随后他回来了，受了摧折，受了折磨，——他东向着人低头，西向着人下气，向有力的人讨求他们的恩惠……啊……那是多么难受哟！好在他死了……并且母亲也死了！但是我却留在世上……有甚么用呢？只感觉我是

① 原版本作“员官”，现据上下文校改。——编者补

不好的人，我负恩，我和人不能和协……我一无所知，不能成人，也不能成个物件！”

玛丽亚娜背在一边，她的手滑到木凳上。涅暑大诺夫深深同情她；他想握这放弃着的手……但是玛丽亚娜立刻缩回去了，不是因为涅暑大诺夫的举动不在礼，——却是决不愿她自己有向人求怜的光景。

从枞树枝间远远有妇人的衣裳闪着……

玛丽亚娜把头抬起。

她说道：“你看，你的玛东那遣发她的探子来了。这位女工是常常监视着我的，我在甚么地方和甚么人谈话，她立刻便去报知那恩人太太的！……我的舅母好像觉得我在和你谈话，她不高兴——尤其是她在你面前演出了那幕感伤的一幕之后。总之已经是回去的时候了。我们走罢。”

玛丽亚娜立起身来；涅暑大诺夫也起来了。她掉过头来看着他，在她的面孔上突然闪着一种好像孩子一样的，可爱的，还有几分惶惑的情态。

“你该不会怪我罢？你该不会以为我也在向你做作罢？……不会的，你不会那样想，”涅暑大诺夫还没回答她的时候，她早接着说了。“你是恰好和我一样的——不幸；就是你的性格……也不幸和我的一样。……明天我们去参观学校去罢，因为我们现在是好朋友了。”

玛丽亚娜和涅暑大诺夫走近房子的时候，华莲卿·迷海罗乌那从露台高处用望远镜望着他们，照常地嫣然一笑，把头慢慢地摆了两摆；她从开着的玻窗门走回会客室，西皮雅金已经在那儿和许多来客在打牌了，她一字一音地高声拖长着说道：

“啊，外面真是潮湿呀！那真很不卫生呢。”

玛丽亚娜和涅暑大诺夫交换了一回眼色；西皮雅金刚好赢了他牌面一着，他抬头望了他夫人一眼——真正的官派的一眼，——回头又向着这才从幽暗的林园里回来的两位年青人同样看了一眼，微睡着的冷眼，而有灼灼的透视力的冷眼。

十四

又经过了两礼拜了。

一切都是照常。西皮雅金处理着每日的事务——虽然不像个部长，但的确像个部员——依然和从前一样是高尚的博爱的而且是有点烦燥的样子。科儿雅照常读书。一种沉闷的怒火不断地闷绕着安那·沙哈罗乌拿，总想炎炎地爆发起来。客人走来，杂谈，打牌，而且——好像全不倦怠，华莲卿依然和涅署大诺夫作弄——不过她的殷勤中明明加上了几分讥讽了。

玛丽亚娜和涅署大诺夫成了忠实的朋友。他所惊异的是，他觉得她的性格是比较平稳的，别人可以和她谈话，不受甚么过激的反对。

他和她去把学校参观了两次，但是在他头一次去参观的时候，早就觉得那是徒劳的事业了。

副教士老人是学校的绝对的统率者，而且是受着西皮雅金的指使的。

副教士教的是国文与习字，虽然是依照古法，但也不恶；不过在试验的时候，他出些很不恰当的问题。譬如他有一次问格来舍：

"《圣经》上说'云中的暗水'是作甚么解释？"

格来舍依着副教士老人自己的解释回答道：

"这是不能解释。"

此外这座学校因为夏季的农忙不久便要放假，一直放到秋天的。

涅署大诺夫记起巴克林和别的友人的忠告，他和农民们努力接近起来；但他立刻又想着他是不能不尽力地研究的，他是不能只做这一点宣传。

他的一生差不多都是在城里过活了的，所以在他和乡人之间隔着一条深壑，无论如何努力都是跳渡不过的深壑。

他已经得着机会，和酒汉齐里儿[①]乃至和葫芦嘴闷得来交谈了；但是——奇怪！他在他们面前觉得畏怯，除开听得无的放矢的猛烈的骂詈语外，他从他们没有得到甚么。

另外有一位农人名叫费土奕夫（Fitujeff），更使他骇得倒退了，这位农人有一个极狞猛的面孔，——可以说是强盗面孔……

“哈，我这回找着一个人了！”涅暑大诺夫这样想。但是你看！这位费土奕夫才是一位无家无室的流氓；他虽然是健康而且精干，他却不能工作，公家把他所得的土地收回了！

“我不能够！”费土奕夫吐着宏洞的诉苦的声音，慨然地一声长叹；“我不能够工作！请把我杀了罢！但我在找着职业之前，我要自杀了！”

他这样向着人说，归根是求了一点施舍——求了几个钢板去买点面包……他的面孔就好像林那尔多·林那尔底尼（Rinaldo Rinaldini）的杰作一样。

涅暑大诺夫调查工人也没有甚么结果。他们不是极端的放纵，便是极端的闭关，涅暑大诺夫在他们那儿简直说不上话来。

在这个机会他写了一封长信给他的朋友西林，信中他苦诉他自己的不灵敏，他归罪到他受的教育不好，和他可厌弃的文学倾向。

他突然这样想起来了，他在宣传事业上的真正的职务是不在用口舌，是在用文笔，但这却使他不胜狼狈了。凡是他写在纸上的东西，连他自己也觉得修饰得厉害，好像在唱戏的一样，好像在徒说空话的一样，——并且——啊，真是惶恐！——他不知不觉地又在苦练着他的诗句，纯然沉醉到怀疑的境地了。

他简直决心——（这是亲密和友情的可注意的表现！）——把他的失败向玛丽亚娜诉说了。……他所惊异的是这一次也得着她的同情：这同情不消说不是对于他的文学的努力，是对于他所自苦而在她也深是同病的，那种道德的苦闷。

玛丽亚娜对于“文学”也显然是一位反对者——但是她之所以不爱马克罗夫，却正因为他全没有“文学”的倾向！这样的一种矛盾，玛丽亚娜

① 原版本作“齐黑尔”，现据上下文校改。——编者

自己不消说也还不敢十分承认；但是凡为在我们是半明半昧的秘密，才是我们最强的一面。

日期就这样逍遥而去——悠悠地，纡徐地，但却不是沉滞地。

涅署大诺夫陷在一种奇异的心绪里面了。他不满足他自己和他自己的作为——或者可以说是没有作为；他的话头差不多时常露着这种特异的自谴的苦趣：但是在他的内心，在他的心脏的最深秘的襞绉里，他却感受着一种愉适，一种静宁。是田园清静，是夏气爽人，是食餍甘美，是生活闲适的结果？还是因为他第一次才玩味到人生的甘味，才得和一位女性的心魂相接触的缘故呢？这是很难说的！总而言之不管他对于他的朋友西林如何认真诉苦，而在他神魂的深处是感受着宁静和满足的。

然而他这种心境突然在不经意之间便要被人扰乱了……

有一天清晨，他接着瓦士里·尼可拉奕逸奇的一封密信，信中叫他和马克罗夫准备着等待后命，叫他立刻去认识梭罗明和一位信旧教的商人住在S县的哥鲁遂金。

这封信把涅署大诺夫平和的心境搅乱了；他从这信里面读出对于他自己毫无作为的非难。这种苦趣，好久以来只是不曾表现的，突然又充满了他的内心。

午餐时客尔罗美采夫走来——全然惊倒地，全然失望地。

“啊，真是意外呀！”他带着要哭的声音叫着，“我刚才在新闻上读到一段惊天动地的消息呢！我的友人，我的迷海尔君，塞尔比亚的侯爵，在白尔格拉德（Belgrad）死于暴汉之手！……这些雅可宾党，这些革命党员，假如有铁腕把他们捉着的时候，你看我会把他们怎么样！”

西皮雅金先生告了罪，然后才说到雅可宾党的暗杀是不会有的，因为在塞尔维亚地方也决没有雅可宾党，暗杀的人是奥布伦诺以奇的对头，卡拉格沃尔格维以奇（Karageorgewitsch）的党羽……

但是客尔罗美采夫不顾这些，他仍然带着哭声继续着说，说侯爵是他怎样好的一位朋友，送了他怎样好的一管猎枪！……他愈说得起紧，愈说得生起火焰来，他从外国的雅可宾党，说到本国的虚无主义者和社会主义者，说到后来竟至痛骂起来。他把一大团白面包拿在两只手里，在他的羹盘上劈成了两半，——就好像纯粹的巴黎人一样——他的意思是说，凡是有敢于反对的人，他都要这样把他腰折，捣烂，毁灭！

“是时候了，是时候了！”他一面把匙羹送往口中，一面叫着。“是时候了，是时候了！”他又重复着说，说时他把他的酒杯递给侍者，叫他斟一杯舍腊酒（Xeres）①。

他又褒奖起《莫斯科新报》的记者，——褒奖起拉底司拉司，Notre bon et cher Ladislaus（我亲爱的拉底司拉司）不住地在他的舌头上反复。

他在说这些话的时候，时时把眼睛看着涅暑大诺夫，好像是在说：“这是在对着你说的呢！打你的耳光！这也是在说你，这也是呢！”

涅暑大诺夫终竟忍耐不住，他开始替新时代青年的希望，原则，理想辩护起来了——他的声音嘶破而且有点颤栗（但决不是因为畏怯的颤栗）。

客尔罗美采夫立刻开始咆哮起来——他暴怒时总是要这样吐出嘶声的——甚至谩骂了。

西皮雅金郑重地左袒着涅暑大诺夫；华莲卿也和她的丈夫一样：安那·沙哈罗乌拿努力地想引开科儿雅的注意，把她愤怒着的眼睛从她的风帽脚底左看一下，右看一下；玛丽亚娜全然不动，她好像化了石的一样。

但是涅暑大诺夫把拉底司拉司的名字听到二十遍的时候，他暴跳起来，突然把拳头在桌上打了一下，他叫道：

“真是好座偶像！你以为我们不晓得拉底司拉司是甚么人么！天生的痞棍！——请收检了罢！”

“甚么！这这这……是甚么？”客尔罗美采夫吃格着狂叫起来……“像白拉昇克朗普伯爵（Blasenkrampff）科乌里遂金侯爵（Kowrischkin）一类的贵人都尊敬他的人，你能那样说吗？”

涅暑大诺夫把肩头耸了一下。

“承蒙你推荐！科乌里遂金侯爵，这位舐肥的热心家……”

“拉底司拉司是我的朋友！”客尔罗美采夫叫着。“他是我的同僚，——而我……”

“那就更对不住你，”涅暑大诺夫打断他的话头；“换句话说：你和他是同意见的，我说他的话也恰好配得上你。”

---

① 又译作雪莉酒，一种产于西班牙的白葡萄酒。——编者

“甚——么！这这——这还了得！你你立刻就该受……”

“老先生，我立刻就该受甚么？”涅署大诺夫故意谦恭着俏皮他，又把他的话头打断。

两人这样的争执，假使西皮雅金不立地起来调停，是谁也不知道会怎么了结的。只见西皮雅金把声调担高起来，做出一种姿势，这种姿势是政治家的风威还是家主的尊严，这是人所不能不惊疑的，他沉静地说明他在他的席上不愿再听这样失乎中庸的谈论；他说明他是从先以来便定了一个规则——他又改正着说是神圣的规则——禁制一切过分的逾越，不过有一个条件——（他说到这儿把戴着印环的次指伸起来）——这个条件是在礼让和温雅的范围以内维持这个规则；所以他一方面责备涅署大诺夫有些失了检点，但是他还年青这是可以宽恕的，——而他方面又责备客尔罗美采夫攻击异已的人未免过火——这种过火不消说是出于为公益的热诚。

“在我家里，”他这样结束着，“在我西皮雅金家里，没有雅可宾党人，也没有痞棍，有的都是绅士，他们能互相了解，互相紧紧地握手的。”

涅署大诺夫和客尔罗美采夫沉默着了，但却不曾互相握手；他们两人互相了解的时候显然还没有到来。实际上：他们还彼此含着憎恨。

在不快的沉默，不舒适的沉默之中，食事终结了。西皮雅金想说一件外交的逸闻，——但也在中途便停止了。

玛丽亚娜执拗地俯视着她的食盘。涅署大诺夫的谈吐在她心中所唤起的同情，她不愿意使人看见：但不是出于畏怯——哦不是！——她是觉得西皮雅金夫人的灼灼不亲切的眼睛在凝视着她，她是最不愿意被她看出。

西皮雅金夫人的眼睛实在是始终在看她和涅署大诺夫。他的突然的暴发起初使这位聪明伶俐的夫人吃了不小的一惊；继而在她的心中生了一个启示，一个内在的闪光，她自己不觉地私语了一声：“啊哈！”……她立地了解到涅署大诺夫是从她离开了，——这位涅署大诺夫，她刚才还好像笼络得尚好的涅署大诺夫。

“这是怎么弄起的呢？……是这位玛丽亚娜……？唉，不错，玛丽亚娜……她喜欢他……而他也……我要设法对付了！”西皮雅金夫人这样结束了她的观察。

那时候客尔罗美采夫是气得不能出气。两点钟后他在打扑克说“不要”或者“我买”的时候心里也还不快——虽然他自己要装着“超越一切”的样子，但是听他的声音便知道有一种不平的沉闷。

西皮雅金得着机会吐露他的谈锋，把这场欲来的暴风雨镇慑了，只有他自己是感受着充分的满足……

他通晓拉丁文，费尔几（Vergil）①的我愿你（Quos ego）他是知道。虽然他自己比不得镇慑风浪的海神奈孛通（Neptun）②；但在这一瞬间记忆起这位海神使他生着同情的感觉。

① 费尔几，古罗马诗人，生于纪元前 70 年，死于纪元前 19 年。——译者[Vergil，现通译为维吉尔。——编者]

② 现通译为尼普顿，出自罗马神话。——编者

十五

在恰好的时机上，涅暑大诺夫退了出来，回到他的房里。

他甚么也不愿意见面——除玛丽亚娜之外甚么人也不愿意见面。她的居室是在一个长廊的尽处，这个长廊是把二层楼完全分成两部的。涅暑大诺夫往她的房里只去过一次——并且只坐了几分钟；但是他觉得，假如去扣她的门，她必定不会生气，不仅不会生气，好像她还有想和他谈话的希望。

已经夜深了，是十点钟的时候。西皮雅金和他的夫人在桌上的一场扰攘之后觉得没有更缠惹他的必要，他们只继续着和客尔罗美采夫打牌。

玛丽亚娜在食事过后不久也不见了，华莲卿已经问了她两次。

“玛丽亚娜到甚么地方去了呢？”她起初用俄国语问了一次，后来又用法国话问，她的问话并不是对着甚么人发的，宁是对着壁头，就好像是一般受了大惊的人的常态；但是不久她也热中到扑克上面去了。

涅暑大诺夫在他的房中走来走去地走了好一会；他又通过长廊一直走到玛丽亚娜的门次，他轻轻地扣门。

没有回应。

他再扣了一次……想把房门推开……门是锁着的。

但是等他刚好走回自己的房里，刚好坐下的时候，他自己的房门微微戛了一声，他听见玛丽亚娜的声息：

“阿勒克西司 · 杜米突里弈逸奇君，是你来扣我的门吗？”

他立刻跳起，跑到廊外来。

玛丽亚娜立在门前；手里持着一枝烛，脸色是苍白的，不动。

“唉……是我……”他微微地说。

她回答道：“你来罢。”

她向廊道走去但她还未走到尽头处，在一所低低的门前站着了。她用手把门推开，涅署大诺夫看见一间小小的几乎是空无所有的房子。

“阿勒克西司君，我们进这里面去的好；这儿不会有人来搅我们。”

涅署大诺夫听从了。玛丽亚娜把烛放在窗棂上，转过来向着他。

她说：“我晓得，你为甚么立即便想和我说话，你住在这庄子里真是难过——恰好和我一样。”

“啊，我很想和你讲话，玛丽亚娜姑娘，”涅署大诺夫回答着。“但是我们自从互相亲近了以后，我在这庄子里的生活并不难过了。”

玛丽亚娜谢意葱茏的微微一笑。

“我谢你，阿勒克西司君；但是你说罢，像这样的不愉快，你还有意思留在这里吗？”

“我想，这里的人不会使我久住——这里的人会逐我出去。”

“你不愿意自行告退吗？”

“自己……决不！”

“为甚么呢？”

“你要想知道真实的理由吗？因为你在这儿。”——

玛丽亚娜把头低下，稍稍向房里的深处退了几步。

“并且，”涅署大诺夫接着又说：“我是有不能不留在这儿的任务……你还甚么也不晓得。……但是我要对你说——我觉得，我不能不对你说！”

他挨近玛丽亚娜，握着她的手，——她也不退缩，只紧紧觑着他的眼睛。

“你请听！”他突然情不自禁地叫起来。“你请听我说罢！”

室中本有两三个坐椅，他没有坐着，只是站在玛丽亚娜面前，紧紧执着她的手，立刻向她诉说起来，好像得着灵感一般地，热烈地，流利的谈锋连他自己也不曾预料，他把他的计画，他的希望，使他得就西皮雅金聘请的原因，向她诉说了！——他又说到他的团体，他的友人，他的过去，凡他从不曾对人说过的一切，他都向她说了！更还说到他所接受着的密信，说到瓦士里·尼可拉奕逸奇，——一言以蔽之，他是把一切都说了，甚至把西林也说了！

他说得爽快，没有停滞，没有一些儿踌躇，好像他自己在责备自己，为甚么早不曾把这一切的秘密向玛丽亚娜开陈，——他好像在她面前要求赎罪的光景。

她把注意力十分灌注着倾听着他。她得的第一次印象是没大的惊异……但这种感情渐渐消去了。感谢，矜荣，倾心，决意——这种感受充满她全部的心灵。她的面貌，她的眼睛，都在放射光辉；她把别一只手也放在涅暑大诺夫的手上；她的嘴唇开着，表示一种入神的情态……她立刻成了不可思议的美好了。

他说终结了，看着她，这样倾诚这样相熟的一个面孔，好像他才初次看见的一样。

他急剧地，深深地呼吸了一下……

“哦，我把一切都对你说了，我这一举真好！”他的嘴唇用力地微语着。

“唉，你这一举真好，……你这一举真好！”她也照样反复地微语：她是无心地仿效着他；她的声音是断断续续的。“可不是吗，你是知道的，”她接着说，“我是袒护你的人，我也想把我的力量献给你的事业，只要该做的事情，我是甚么都愿意做，只要别人把我遣去，我是可以赴汤蹈火的，我常常把我全部的心神希愿着你所希愿……”

她也沉默了。再说一句话时——感动的眼泪会来到她的眼里了。她的强毅的性情突然化成了融蜡一样。渴想着做事，渴想着牺牲，立刻的牺牲，这样的渴想使她失却主宰了。

在这一瞬时，门外听见人的脚步声——当心的，急剧的，轻轻的脚步声。

玛丽亚娜突然抬起头来，把她的手解开了。她立地全然改变了，她好像是快活的光景了。一种轻蔑和勇敢的表情在她的脸上显出。

“我知道，在这时候来偷听我们的是甚么人，”她说的声音非常高，每个字的回响在长廊中返应过来；“西皮雅金夫人在偷听我们……但是这于我是全不关痛痒的。”

轻轻的脚步声停止着了。

“好！”玛丽亚娜向涅暑大诺夫说：“我该做甚么事情呢？你要怎样用我呢？你说罢——你说！我该做甚么事情呢？”

“甚么事情你该做吗？”涅暑大诺夫答她。“我还不晓得。……我接到马克罗夫寄来一封信……”

“几时？几时？”

“今天晚上。我明天要和他到梭罗明的工场里去。”

“啊……啊……马克罗夫真是一位好人！真是一位好朋友。”

“就和我一样么？”

玛丽亚娜直视着涅暑大诺夫的眼睛。

“不……不和你一样。”

“那吗和甚么一样呢？”

她突然避在一边。

“啊，你在我的心中是成为了甚么，我在这一瞬时是感受着甚么，你或者全不知道……”

涅暑大诺夫觉得他的心脏急遽地搏动；他无心把眼睛垂下了。这位处女，这在爱他——他，一位无家可归的穷学生，——这委身于他，这准备着顺从他，和他同向一个目标努力——这位勇敢的处女，这位玛丽亚娜，在这一瞬间对于涅暑大诺夫，成为了一切真善美的化身——成为了未曾领略的父母爱，兄弟爱，异性爱的化身，——成为了幸福，祖国，战争，自由的化身了！

他抬起头来，看见玛丽亚娜的眼睛又在望着他了。

哦，这自由的明眸怎样地一直炯射到了他灵魂的最深部哟！

“所以，”他又断续地说，“明天我要去……等我从那儿转来的时候，我要……把一切……都向你说……”（他突然觉得他的口气好像太客气了的一样）“……我看见了甚么，决心做甚么，我都要向你说。从此以后凡是我所做的所想的我都要——我都要……向你说！”

“啊，好极！”玛丽亚娜叫出来，从新握着了他的手。“我也要把一切都告诉你呢。”

说这个“你”字的时候是十分轻易，十分随意地从嘴间流出，很自然地，很像两小无猜地尔我相呼的一样。

“信我可以看么？”

“你看罢，你看罢，在这儿！”

玛丽亚娜把信看了一遍，她的眼光望着涅暑大诺夫含着一种敬意。

“他们把这样重大的事情委托你吗？”

他只以微笑回答，把信藏在衣包里。

“真是难得呢，”他说，“我们彼此都把我们的爱情表现了——啊，我们是互相爱慕着！——我们两人却不曾有一句话说到爱情上来。”

“又何须乎要话说呢？”她微语着，突然把两臂展开，环抱着他的颈脖，把她的头倚在他的肩上……但是他们彼此都不曾接吻一次，——这好像太陈腐了，——至少他们两人都有这样的感觉，——他们彼此紧紧把手握了一回，立刻又分开了。

玛丽亚娜又取起烛来，烛是放在空房的窗棂上的，——到这时候她才生出了一种惊惶意来。他把烛吹灭了，在深深的暗黑中急遽地从长廊走去，回到她自己的房里，把衣裳脱了，横在暗黑之中就寝，这种暗黑便在现刻也还是于她十分亲密的。

十六

涅暑大诺夫第二天清晨醒来的时候，他想到昨晚所做的事情，不惟不曾感觉着些儿的不安；反转觉得他自己是被健康的清洁的快乐充满了，好像他做了一件事情，在好久以前就该实现的一样。

他去向西皮雅金请了两天假，西皮雅金带着严厉的面孔许了他，他才走向马克罗夫家里去。

在出发之前他得以和玛丽亚娜交谈。她也毫不觉得有甚么不安和惶惑；她快活地沉着地看着他，也十分泰然自若地和他作亲密的称呼。

她所不安的，只是他在马克罗夫家里所经历的事情，她叫他一切都要对她说。

"这是不用说的，"涅暑大诺夫回答她。

他想道：我们实际上为甚么要不安呢？在我们的接近上，人身的感情是在……副贰的地位，我们是——以事业作合的吗？是，是以事业作合的！

涅暑大诺夫这样想，他自己也没有去揣察他这思想中究竟有多少是真，有多少是——误。

他看见马克罗夫依然还是倦怠和沉郁的神气。他们粗率地把餐事用了，又坐上前回坐过那乘马车里——（第二的一匹马也跛了；用了一匹很幼稚的耕马来替代，这是从别人租来的，从未曾驾过车过。）——向着梭罗明所经营的商人法来奕夫（**Falejeff**）的大纺织工场走去。

涅暑大诺夫的好奇心紧张到最高潮了；他要去接触的人是他在一月以来早已听熟了，而他却延迟到现在的。

梭罗明是已经叙述过的了……两位行人刚好到工场门口，通报了名姓的时候，他们被人引到"技师长"住的侧陋的小房里：技师长此时却到工场的正厂上去了。引路的工人退去通知去了以后，两人走近窗边去观察四向。

工场是很繁盛的，工事是过分的充足；从各方面都听着急剧的骚音与繁响，工作是不间断的；机器的鼾声砰声，织机的轧戛声，车轮的嗡营和萧骚，革带的猫叫；木桶，推车，载着货的货车在四处运转消灭；呼声，叫声，吹哨声，在空气中搏击；男工们在衬衫上系着腰带，用小口的革条把头发束着，女工们穿着紧身衣在空场中迅速地走过，车马纡徐地重沉沉地走去……千万人的力量在周围震颤，碰头，搏击。一切都在整饬的、合理的、全速的动作里面。

但是无论在那一方面，无论是甚么东西，不惟看不出甚么辉煌或者整饬；而且，竟连清洁也没有；到处都是随便，污秽，煤烟；东边坏了一扇玻璃，西边又颓了一垛粉壁，在这儿欠着一面木板，在那儿又罅起一道破门。在正面的厂地中央一个庞大的黑荡，一荡的败水泛着虹霓般的五彩；远处堆积一些散砖；四方的湿地上都是草筵和帆布的破褴，破箱和断绠的残骸；几匹骨瘦如柴的毛头狗儿在四处走来走去，一点也没有吠声；一个四岁光景的男孩子，便便的芋薯大腹，蒙茸的头发，全身被煤烟浆着，坐在一只角上的木棚旁边，就好像被全世界投弃了的一样，哭得非常凄切；在孩子的旁边有一头同样被煤烟浆紧了的母猪，带着她一群驳杂的猪子，啖着黄芽菜的菜头；在一处空地上摇晃着一些褛褴的换洗衣服，——那一处不是奇臭，不是难堪的薰蒸哟！真正是俄罗斯的工场，不是德国的，也不是法国的！

涅署大诺夫向着马克罗夫投了一瞥含蓄的眼光。

他说，“别人总对我夸讲梭罗明的非常的材干，这样的不整饬实在使我大吃一惊，我是不曾想到的。”

“这不是不整饬，”马克罗夫不高兴地回答，“这只是俄罗斯人的不爱干净。总而言之，工场里面用的是好几万人呢！梭罗明不能不顾虑到旧习，也不能不顾虑到工场主的性格上，他是吃人面包的下手呢。你知道法来奕夫究竟是个甚么东西么？”

“一点也不晓得。”

“他是莫斯科的最大的守财奴。是一位布尔爵姓（Bourgeois）[①]（第三阶级）[②]——只说这一点就够了！”

正在这时候梭罗明走进房来。这对于涅暑大诺夫又是出乎意外。一眼看来梭罗明就好像一位芬兰人，或者更像瑞典人。

他很高，发是棕色，瘦削而精干；他的面孔黄而长，鼻短而阔，眼睛极小而呈碧色，光力柔和，唇有力而微突，齿大而白，微髭掩映着的颐部尖削。

他穿一件工作衣，而且是火夫穿的一件有覆口包的短褂，一顶极破褴的油布帽，涂炭脂的长统皮鞋，一条麻布的围巾。

他还随带着一位四十来往岁的男子，穿着宽长的上衣，极灵活的浪民的面孔，纯黑的灼灼的眼睛，他这眼睛在进房门的时候立地看着涅暑大诺夫。……他是已经知道马克罗夫的。他叫保罗（Paul），是梭罗明的助手。

梭罗明徐徐地走到两位来访者的面前，沉默着把他胼胝着的筋骨棱棱的手向各人伸出，从抽屉里取出一卷封印好了的包裹，始终沉默着交给保罗，保罗拿着立刻退出去了。他把鼻子哼了一下，把手伸了两伸，把帽子脱了，坐在一只小小的漆了的木椅上，他指着一只同样性质的梭发说道：

“请。”

马克罗夫先把他的同伴介绍给梭罗明，梭罗明和涅暑大诺夫又握了一次手。

随后马克罗夫又才说到“事业”上来，说到瓦士里·尼可拉奕逸奇的密信上来。涅暑大诺夫把信交给梭罗明。他读的时候——是徐徐地，注意地，一行一行地读着——涅暑大诺夫看着他。

梭罗明坐在窗畔。已经偏了西的太阳明晃晃地照着他炽灼的有些汗渍的面孔和他棕色的尘布着的头发，在这头发上闪出一群金色的闪烁的光点。他读信时鼻翼有些颤动，嘴唇开合着，好像把每个字都说出了的一样；他两手紧紧地高捧着信纸。这一切的态度，不知道是甚么缘故，使涅

① 现通译为布尔乔亚。——编者

② 现通译为第三等级，指18世纪末法国资产阶级革命前，包括资产阶级、城市贫民、商贩、手工业者、农民在内的纳税人。第一等级为僧侣，第二等级为贵族。——编者

署大诺夫得了一个好的印象。

梭罗明把信交还了他，微笑着又听马克罗夫的说话，他的话是说得很长的。待他终竟说完了时，梭罗明说——他的声音有些嘶嗄，但是年青而有力，这使涅署大诺夫也得了一个快适的印象。

“我看，我这儿不是谈话的地方；倒不如到你家里去，——只有十四里路远呢。你们是坐马车来的吗？”

“是的。”

“好……那吗请你们也给我一个座位罢。还有一点钟工夫我们便要罢工了，那时我便没有事了。我们可以彼此畅谈。你也是没事么？”他转向着涅署大诺夫。

“有两天没事。”

“好。那吗我们便在那儿过夜罢。惹尔格君，行么？”

“甚么话！不消说是行的。”

“好，……我立刻便要完事的。请你们让我整刷一下。”

“但是你的工场呢？”马克罗夫的音调带着含蓄的意思。

梭罗明向旁边看了一下。

“我们立刻便详谈，”他又重说一遍，“你们等我一下罢……我立刻就来……我忘记了一点事情。”

他走了。假使涅署大诺夫心里没有好的印象时，他会这样想乃至会问马克罗夫说：“这也是真正的同志吗？”但是这样的一种想念不能浮上他的心来。

一点钟后，大工场的各层楼中把职工的喧嚣着的人群从各处的阶梯，各处的出口处流出，马克罗夫，涅署大诺夫和梭罗明坐着的马车从厂门转向村道上去。

“瓦士里·费多体奇（Wassili Fedotitsch）！还是要做工么？”保罗送到门次，向着梭罗明说。

“等一下罢……”梭罗明回答。“那是说的夜工的事情，”他向他的同伴们说明。

他们走到波雍科屋，在形式上也算吃了晚餐，他们吸了烟，谈了一夜的话来没有止息，这种习惯无论在那一国都不会有的。

在这儿梭罗明也使涅暑大诺夫的希怀受了欺骗。他说话说得非常少——少到几乎可以说是不曾说话的程度；但是他听得非常注意，他要加批评或者下注意的时候，总是非常着实，非常有内含，而且是非常简短。

在俄罗斯国中立地有革命爆发，这是梭罗明所不相信的；但是他对于别人也不把自己的意见去强求同意，他尽他们去尝试自己的力量而观察他们——不是隔岸观火，是在他们的旁边临视着的。比得堡的革命党人他很相识，到某种程度他也和他们表同情，因为他自己也是从民众出来的；但是民众的没有远见的事实，他是顾虑着的，没有民众是“百事无成”，要觉悟民众却还要长久的准备，——但这准备的方法和目的和他们的却是不同。正因为这样他才回避着，不是如像滑头一样临阵脱逃，是如像有健全的智慧的人一样，不想无益破灭他人和自己。……“但是他对于别人的意见为甚么要敬听呢？……为甚么不呢？……只要有机会时，他是要教养他自己的。……”

梭罗明是一位教会司事的唯一的儿子。他有五位姐妹都嫁给了牧师和教会的用人去了。他却得着他父亲，一位严肃的清白的父亲的裁夺，背弃了僧院去研究数学，尤其是工业，他对于这项学问是很有嗜好的。一位英国人，他受着他的指导的，爱他如爱自己的儿子一样，供给他的学资，把他送到曼恰司特（Manchester）[①]去留学，他在这儿住了两年，学习英语。不久他才接受着莫斯科商人的工场管理。他因为在英国受过教育来的，他对于部下虽是十分谨严，但他却受着他们的敬爱。

“他是我们的徒党呀！”他们时常肯这样说。

他的父亲也十分喜欢他，说他是“有福气的人，”所悲观的只是他不想结婚罢了。

在马克罗夫家里这一场夜话中，梭罗明始终缄守着沉默，这是已经说过了的；但是待马克罗夫说到他对于工场的工人有希望时，梭罗明照常简短地注意他，说俄国的工人是世界中顶柔顺的人民，他们和外国的工人是没有些儿类似的。

“农民呢？”马克罗夫问他。

① 英国有名的工业都市。——译者[现通译为曼彻斯特。——编者]

“农民？农民之中现在已经有不少的暴发户，他们还会跟着时间增加的；但是这些暴发户只知道他们自己的利益；别的是全然蠢如鹿豕。”

“那吗我们在甚么地方找呢？”

梭罗明微笑着。

“找罢，你们总会寻得。”

他差不多总在发笑，但是他的笑容也就和他全部的性格一样是单纯，是有意义的。

他对于涅署大诺夫表示着一种特别的态度。这青年学生在他的心中唤醒了一种同情，差不多是慈爱的感情。

涅署大诺夫有一次突然兴奋了起来，面色全盘涨红了。梭罗明徐徐立起身来，移着步武从房中穿过，把涅署大诺夫头上开着的一眼小小的窗子掩闭了。……

涅署大诺夫不解地看着他，他娓婉地对他说：“你不要受了风才好。”

涅署大诺夫便问他，在他所经营的工场里是行的那一种社会主义的思想，并且问他有没有这样的意见，使工人们得以分受的劳动所得？

“好朋友，”梭罗明回答他，“我们建了一座学校和一座极小的礼拜堂——单就这一点，我们的主人已经暴跳得如像一只老熊一样了呢！”

梭罗明只有一次是认真冒了火，把他有力的拳头猛烈地在案上打了一下，把案上的一切，甚至连一支四十磅的墨水瓶都跳跃起来了：因为他听见人说出一场不公平的裁判，法庭对于一个职工团所下的，和这职工团所应受的痛苦。……

涅署大诺夫和马克罗夫说到怎样“进行”的问题，说到怎样去实现计画的问题时，梭罗明又注意着竟以尊敬的态度倾听，在这时候他也没有说话。

谈话继续了四点钟，——他们是甚么都说到了！马克罗夫的话中说到那不倦的旅行家克司拉可夫和他通的信，这信总是非常有趣的；他许了涅署大诺夫，要把信给他看，并且因为信太长，不十分容易读，而且又太渊博，还许他拿回去慢慢细阅。信里面有些诗——不是甚么随便的咬文嚼字，却是真实的社会主义的倾向诗。

从克司拉可夫说到军队，说到副官，说到德国人，最后说到他关于俄罗斯的炮术的论文。

涅睹大诺夫推论到诗人海涅（Heine）①与白尔讷（Börnθ）②的正反对，论到普鲁东，论到艺术的写实主义等等。

梭罗明呢？——他听着，留心地听着，吸着他的香烟，没有停止过他的微笑，但是他虽不曾说过一句惊人的话，而在根底上存着的真理，他好像比别人还要了解得明白些的神情，他也是始终表现着的。

四下钟了……涅睹大诺夫与马克罗夫倦得不能再支持了，而梭罗明却仍然很爽快的。

朋友们分散了；但在分散之前，他们约定明天往城里去会旧教徒的商人哥鲁遂金，商量宣传的事体。哥鲁遂金也是很热心的人，他并且还约过邀集新人的同志。

哥鲁遂金究竟值得去拜访与否，梭罗明一人起初还在怀疑，但是结局他也表示了同意了。

---

① Heinrich Heine（1797—1856），德国诗人。——译者

② Börnə，Karl Ludwig（1786—1873），德国政论家及讽刺家。——译者

十七

马克罗夫的客人还未起床的时候，他的妹子，西皮雅金夫人，专差了一个人送了一封信来。

信里华莲卿说了些不重要的家常事，求他把借去的书籍退还，末后带说着一件“很有趣的”新闻：她说他的往日的光，玛丽亚娜，爱上了家庭教师涅暑大诺夫；而他也回答了她的爱；并且这一切话并不是谗言，实在是她，华莲卿·迷海罗乌那，亲眼看见，亲耳听见的。

马克罗夫的面孔黑得如像暗夜一样了……但是他没有说话，他叫人把书籍给了来人。涅暑大诺夫起来的时候，他照常向他问了早安，他还把约束好了的克司拉可夫的信交给了他；但是他不留在他的旁边，各自走出去“看他自己的家事”去了。

涅暑大诺夫回到他的房里，看这交给他的信：这位年青的宣传者在信里不住地吹歔他自己，吹歔他热心的办事：他说，他在最近一月之内走了十一县，九镇，二十村，五十三小村，一座庄园，八座工场；有十六夜睡在草仓，一夜睡在马房，一夜更睡在牛栏（他在这儿用括弧加上了一个“注意”，说是虱子是全不足介意的）；他逃到农家的草房里去过，逃到工人的剥拉克[1]里去过；随处演说，宣讲，分送传单，跑着采集报告；他在当场立刻便写在纸上，有时或用最新式的记忆法保存在记忆里；他怕写了十四封长信，二十八封短信，十八张明片，（这里面有四封是用铅笔，一封是用血，一封是用煤烟调成的墨水。）但是他这些业绩能够办到的原因，是因为他知道照着昆亭·雍松（Quentin Johnson），瑞尔里志奇（Swerlitzki），克来留司（Carrelius），和其政治家统计家的模范把他的时

① Baracke，结构粗率的小屋。——译者

间系统地分类。

然后他又说到他自己，说到他的幸运，说到他怎样把胡力远(Fourier) [1]关于热情的原理实现了；他说寻着了真实的"地基"的，要数他是第一人，他是"在这世界上不会不留踪迹"的，并且以他二十二岁的青年，便已经解决了人生和科学的一切问题，连他自己也不胜惊异；最后他说到他要改造俄国，俄国要为他"震撼"。

Dixi II（再者）他把这个字加上去。这个字在克司拉可夫信中不知道重复了多少遍，并且每回都有两重的惊号。在有一封信上有一首社会主义的诗，这是寄给一位少女的，起首一句：

没用爱我身——请爱我思想!

涅暑大诺夫的惊异，对于这位克司拉可夫君的滥吹，没有对于马克罗夫的单纯的朴直那样厉害……他想了一两下之后他接着说：

"文学哟，混蛋罢！就是这位克司拉可夫先生也怕有用处。"

吃茶的时候主客三人坐在餐室里；但是昨晚说的话不再提起了。他们没有一个笑的，只有梭罗明一人是泰然自若，其他两人的沉默是泄漏了他们内部的不安。

茶后他们往城里去；马克罗夫的老仆人仍然坐在阶段上，把他特别的悲哀的眼睛送着他的旧主。

商人哥鲁遂金，涅暑大诺夫要去结识的，是一位有钱的信旧教的药材商的儿子。他不想把他父亲的财产增添，他只是一位公爷，一位俄国式的享乐主义者；出纳会稽的事情他是全然不顾的。

他怕有四十岁光景，身体颇魁梧，貌丑，鼻扁平，极小的猪一样的眼睛；他说话很快，说时不断地在话里犯重台，不断地手舞足蹈，时时扬起笑声……他的印象是好像一位失了教养的，极端自负的老大孩子。

他自以为是有教养的人，因为他穿的是德国式的衣裳，他和贫富各界的交游很广；他看戏，他保护下流的女优，他和女优们谈一种奇怪的会话，以为是法国话。

他的最重要的热心是渴想出名：他的名字哥鲁遂金能够响遍世

① Charles Fourier(1772—1827)，法国社会主义者。——译者[现通译为傅立叶。——编者]

界，——全世界的人谈到加比东·哥鲁遂金（Kapiton Golusahkin），能够如像谈到稣屋罗夫（Suworoff）[①]和颇登金（Potemkin）[②]一般，那是他最热烈的希望。

这种热望战胜了他生来的利欲心，把他迫成了一个反抗主义者，这是他常常自鸣得意的（但这反抗主义者一字，他起初说成"反项"，到后来总听人改正了的），最终他竟成了一个虚无主义者：他吹歔极端自由的意见，嘲弄他同宗派的信徒，他只照着加特力派吃斋[③]，他玩扑克，他饮香槟酒如像饮水。他吹歔着自由的意见也全无顾虑——他说："因为我把我的钱买贿了一切的衙门，弥缝了一切的罅隙，封了一切的驴嘴，塞了一切的耳朵。"

他是鳏夫，他没有儿女；他姊妹的儿子们畏缩着寄食在他家里；但是他骂他们是没有家教的豚犬，野蛮人，他不准他们和他见面。

他住的是一家宏大的石造房子，但是收拾得却不甚好；有些房室是完全照着外国风装饰着，别的又全无装饰，只看见一些小小的坐椅和白麻布绷就的梭发。到处都挂着画，而且是顶下等的画：红色的风景，蓝色的海景，摩尔勒（Moller）[④]的《亲吻》，肥大的裸体妇人，膝是红的，肘也是红的。

哥鲁遂金虽然没有家族，他的家里却是充满了下人和食客：他收容他们是出于慷慨，也是因为他的好名，——他想得些人来供他的指挥，供他的颐使。

"我的家臣们"！这是他常常高傲着说的。他不读书，但是他很能记忆得一些有名的话句。

这三位年青的人在哥鲁遂金的书斋里会着他。他穿着博大的大衣，口

---

① Alexander Vasiliewitsch Suworoff（1729—1800），俄国的将军。——译者[现通译为苏法洛夫。——编者]

② Grigory Alexandrowitsch Potemkin（1739—1791），俄国政治家。——译者[现通译为波将金。——编者]

③ 加特力派斋时吃鸡卵奶油牛奶等。——译者[加特力，即天主教。中世纪以来天主教的神职人员曾奉行素食，以禁欲。——编者]

④ 现通译为莫勒（1812—1874），俄国风俗画家。——编者

里衔着雪茄，做起好像在读报纸的光景。他看见他们的时候立地跳起来，向左向右地跑，红着脸叫人赶快把早餐送来，提出种种质问，又宏朗地发起笑来——这种动作都是同时动作的！

马克罗夫和梭罗明他是已经认识的；只有涅署大诺夫是初次见面。他听见他是大学生，他又笑起来，又和他握一次手，叫道：

“万岁，万岁！大学生是吾党精练的新兵！……学识是明，无识是暗！我自己虽然没有受过一个钱的教育，但是我了解一切，因为我在直向着目的进行！”

涅署大诺夫很想说哥鲁遂金先生有点疯癫，有点罣虑……实际上认真是这样的。凡为遇着初次见面的人，哥鲁遂金心里是要对着自己这样说：

“加比东先生！你好生留意罢！不要丢脸！”

但他立刻又整作起来，照常是急凑地，吃格地，杂乱无章地说起那神秘不可思议的克司拉可夫，说起他的性格，又说起普罗拍刚打（Propaganda宣传）的必要（普罗拍刚打这个字他也是很晓得的，但他怕弄错，说得有几分迟疑）。——说到他发现了一位很有希望的青年；据他看来成熟的时机是快要到了……用外科手术的时机（在这句话上他钉了马克罗夫一眼，但他连眉头也不曾动一下）；他又掉头向涅署大诺夫，又大吹特吹起来，他吹的程度和大通信员克司拉可夫不相上下。

他说，好久以前他便把那古时的野蛮制度投到大海里去了；他很晓得普罗来搭力（Proletarier无产阶级）的权利（他说到普罗来搭力这个字他也是很留心的）；他把商店闭了改成银行，是因为想增殖资本，——但是这资本是为要……在公共的运动上，唉，是为民众的利益上，随时可以挪用的；他，哥鲁遂金，根本上是反对资本！

在这时候，下人把早餐运进房来。哥鲁遂金立地大有意义地咳了两下，招待他的客人，请随便动手，他先示了一个模范，把一满杯培法白兰地一饮而尽了。

客人们就了席。哥鲁遂金先取了一大片腌鱼到口里，极在行地又饮了一杯，他说道：

“诸君，请罢，请尝尝这上好的麦公酒（Macon）[1]如何？”

他又向着涅暑大诺夫问他是从甚么地方来，住在甚么地方，是否是想长住，待他听说是住在西皮雅金家里时，他叫出道：

“我认得这位先生！这是一位空头！”

他骂起S县全部的有产者来了，他说，他们不仅没有感到他们国民的义务，连他自己的利益也不晓得……

但是奇怪的是，不怕他在这样地高谈阔论，在他那左顾右盼的眼中却明明有一种不安的气色。——涅暑大诺夫弄不明白了，这位家伙究竟是甚么材料，这人到底于他们甚么用处呢。梭罗明和平常一样沉默着，马克罗夫的面孔却黑得十分厉害，涅暑大诺夫问他“有甚么病痛吗？”——马克罗夫答道没有，但是他的声音里面明明有这样的意思：我对你实说罢，我就有病有痛，我也不对你说明，这是我的本分。

哥鲁遂金又骂起甚么人来了，他接着又突然赞美起新时代的青年：

“啊，好聪明而勇敢的青年！啊，好勇敢的青年！啊！”

梭罗明插着问他，他所说的究竟是怎样的青年，这样的青年究竟在那里。

哥鲁遂金笑起来反复说了两遍道：

“噢，你不久便会看见，你不久便会看见！”

他又问梭罗明的工场，问他的主人“忘八蛋”，梭罗明只很简单地回答他。那时哥鲁遂金向各人劝饮香槟酒，偏在涅暑大诺夫耳边，低低地说道：

“我们为共和干杯！”

咕噜咕噜咕噜地便吞了一杯。

涅暑大诺夫举起杯做了饮的样子，梭罗明推辞着不饮早酒，马克罗夫却愤愤地干了一杯，干到不留一珠残滴。他实在是忍耐不过了；他好像在说：“我们是来图哺啜的，我们的目的简直一句也说不到……”

“诸君”，他不高兴地叫着，用手来把桌面打了一下……

但是正在他要说话的时候，进来了一位头儿光滑的人，带着病容，一个嘴尖鼻削的狐狸一样的面孔。他穿着商人惯穿的衣服，恭敬地走拢来张开两臂。他向各人鞠躬了，低声地在哥鲁遂金耳边耳语。

---

① 又译为马孔酒，法国葡萄酒的一种。——编者

“立刻就来，立刻就来！”哥鲁遂金急遽地回答道。“诸君”，他又接着说，“我望你们恕我……是我的帐簿先生畏时牙（Wassja）有件顶要紧的事情要和我商量，我要告罪一下；但是我希望诸君不要见怪，今天——三点钟的时候，请在我这里会食；我们更可以畅谈！”

梭罗明和涅暑大诺夫不知道怎样回答的好；但是马克罗夫却立刻回答着，他的面孔和声音都有几分愤意：

“不消说是还要来的！不然——我们岂不是在唱滑稽戏吗？”

“多谢你们，诸君，多谢你们！”哥鲁遂金回答；他向马克罗夫点着头，接着说：“我总之在事业上捐一千卢布，请你放心！”

说时他把右手的小指和拇指在他面前接连接触了三遍，表示他的信实。

“三点钟的时候我等你们！”他送客出门，在门限处还对他们这样叫着。

“等我们罢！”马克罗夫一个人回答。

三人刚好走出街头，梭罗明说道：

“两位朋友，我打算坐车回工场去了。等到吃饭的时候我们做甚么事情呢？白混吗？我们这位绅商，……好像一匹山羊，毛也没有，奶也没有。”

“吓，他会给点毛呢！”不爽快的马克罗夫说。“他约过我们一千卢布。难道我们要在他面前呕吐吗？我们不能太洁癖了；只要有地方可以拿钱，我们便要拿。”

“他是决不会使我呕吐的！”梭罗明稳静地回答着。“但是我就留在这儿，也没有用。总之，”他说着，微微望着涅暑大诺夫发笑，“只要你们愿意，我也留下罢。士为知己者死，女为悦己者容呢。”

马克罗夫举起头来。

“我们走到公园里去罢……今天天气好。我们可以去看些人来。”

“好，我们去罢。”

他们去了；马克罗夫和梭罗明前行，涅暑大诺夫随后。

十八

涅署大诺夫在一种奇妙的心境里。自最近两日来，何等多的新印象，何等多的新相识哟！……他在生涯中第一次和一位处女结合，这位处女他总好像是十分爱慕；他从事了开始一件事业，这件事业他也总算在十分尽心……那吗，结果呢？他是幸福而满足吗？否！

他在踌躇吗？他感受着恐惧吗？他觉得被人搅乱了吗？——哦否，决不是！

战争爆发的时候，站在阵前的先锋定要感受一种迫促，一种全副精神的紧张，他至少是感受着这样的吗？——也不是！

那吗他至少是悬念着这“事业”？悬念着他的爱人吗？——哦，可诅咒的怀疑心哟！他极轻微地动着他的嘴唇低语。

狂叫的时候狂叫了，愤怒的时候愤怒了，但这目前的倦怠，这一句话也不想说的心绪，这是从那儿来的呢？

他借狂叫来窒息的一种内在的声音，究竟是甚么呢？……但是玛丽亚娜，这极诚挚的女伴，这清纯而强毅的灵魂，这不可思议的少女，——难道是并不爱他的吗？得以遇着她，得以领受她的友情，她的爱慕，难道不是一件大幸事吗？并且这两位男子，这在他的前面走着的，这马克罗夫，这梭罗明，他对于他们虽还不十分相熟，而他自己已感觉着十分的倾爱，——这不是俄罗斯精神，俄罗斯生活极卓越的代表吗？——得和他们结识，得和他们相交，这不同样是一种幸福吗？

这不安的朦胧的感情，这心中的郁闷，这倒底是从甚么地方来？这忧愁是甚么意思，甚么原故呢？

假如你是一个梦想家，一位忧郁者，他的嘴唇又在微语着，你为甚么又和着革命家鬼混呢？你去写写诗，坐在一嵎调整你区区的心思和感印，埋头在些无聊的心理的推敲和间不容发的纤巧里，——你决莫以为，你这病的神经过敏的兴奋和情趣，和那男性的愤恨，和那信念坚毅的男子所激起的尊严的怒威，有甚么共通的性质罢！哦哈牟雷特，哈牟雷特：丹麦的王子，怎样才可以逃出你的鬼影呢？怎样才可以不在任何方面都仿效你，甚至连你自卑的恶趣也要仿效呢？

“阿勒克西司！喂，好朋友！俄罗斯的哈牟雷特！”突然一种相熟的重唇音好像这一切萦想的反响一样，突然叫了出来。“真正是你么，我这眼前看见的？”

涅暑大诺夫抬起头来，看见巴克林立在他的面前，大吃了一惊——巴克林，穿着牧羊人的衣裳，一件奶油色的夏季短褂，一顶大草帽滚着天青色的绷带，朝天带着，——上了漆的皮鞋！

他跛着立即走向涅暑大诺夫面前，执着他的手。

“第一，”他说，“我们虽然是在一个公开的园子里，我们不得不照着俄国的古风互相拥抱……我们要亲三遍吻……一！二！三！……第二，你要晓得，今天假使我不在这儿遇着你，明天我是会要得着再见你的幸福的，——因为你的住所我知道，我是因为特别的事情到这里来的，……怎样来的——随后再说罢。第三，请你把我介绍给你的同伴。你只简单地对我说，他们是谁，再对他们说，我是谁，——就这样我们就够了！”

涅暑大诺夫满足了他朋友的希望，把他的名字和马克罗夫，梭罗明的名字介绍了，再说他们各人是甚么人，住在甚么地方，做甚么事情等等。

“好极了！”巴克林叫着。“这儿太混杂，现在让我引你们到一处闲静的坐场去，我在瞎想的时候是常常坐在那儿，观赏自然的美景。那儿的眺望是极好的：县衙门，两座五色的哨房，三位哨兵，没有一条狗！……但是我说的这些话，我是白吃力地想讨你们的欢笑的，你们不要太惊异了罢！……据我朋友的主张，我是代表着俄罗斯式的机智……这正是我所以要生成跛脚的原因呢。”

巴克林把朋友们引到“闲静的”坐场，他驱去了两位乞丐之后，使他们坐下了。青年们“交换起他们的思想”来，这很是一件无聊的事情，尤为是在开首的时候，并且是全然无益的。

“听罢”，巴克林突然说起来，他是向着涅署大诺夫的，“我是怎样落到这儿来，我是不能不向你说明的。你晓得的，我每年夏天都要把我的妹子引到甚么地方去；我今回晓得你在这县城附近滞在着，我便想起在这城内有两个顶可尊敬的人，一位是男子，一位是女子，这两夫妇我们停一下便可以去见识他们……是我母族上的亲戚。我的父亲是平民”——（涅署大诺夫已经是知道的，巴克林是在对着“其余的两人”说）——“我的母亲却是贵族。这两位亲戚已经在好久以前便在招致我们了。好，我想，这是恰好的了，他们是很好的人，我的妹子在那儿非常舒服——我们还会有甚么奢望呢？所以我们便动了身，我们到了这儿……我们在那里非常好……我们是没有二句话可谈。但是那真是好奇怪的怪鸟呢！……你们无论如何是该去见识一下的！……你们在这里做甚么事情，你们在甚么地方吃饭？你们到这儿来是甚么目的？”

“我们在哥鲁遂金家里吃饭，在一位商人的家里，”涅署大诺夫回答他。

“几点钟呢？”

“三点钟。”

“你们访问他是为的……为的……”

巴克林向梭罗明看了一眼，梭罗明只是笑，巴克林又看马克罗夫，马克罗夫的面孔是愈见沉黑了……

“阿勒克西司，请你对他们说罢……请你给他们一个暗号罢……请你，请你对他们说，叫他们不要和我客气……我不是你们的同志吗？……我不是属于你们的团体的吗？”

“哥鲁遂金也是我们的同志呢，”涅署大诺夫说。

“啊哈！——好极了！……但是到三点钟的时候还很长……你们听我罢，——我们到我亲戚家里去！”

“你真是蠢！我们怎么能够直接去扣人的门呢？”

“你请莫担心！一切都有我……你们要晓得，真是一个沙漠中的沃土呢！……没有政治问题，没有文学的论争，没有现代的一切甚么去搅扰那儿……真是鼓肚皮的房子，这在现在是不能再看见的。家里充满着的气息是古风的；住的人是古风；人在里面呼吸着的空气是古风；在那儿可以看见的一切都是古风；迦达林二世（Katharina II）[1]，粉，衣装，——纯粹的十八世纪！男主人和女主人，公和母——是一对矮小的，古式的，极古式的夫妇。两人是同样的年纪，都没有绉纹，圆团的，肥满的，清爽的；真正是一对不能分离的鹦鹉；性情好到愚蠢的地步，好到圣人的地步，——好到没有尽头！‘没有尽头的’好处说是时常和道德情操的完全缺乏是携手偕行的……但这些哲理的穿凿我且不愿管；我只晓得我的两位老亲眷是一切好人的精华！他们没有儿女。真是幸福的宝贝呢！城里人都称他们是宝贝。他们穿着同样的衣装：燕尾的长袍，材料是非常结实，在现在是再寻不出的了。他们极其相像，——唯一的不同处只在女的戴的是风帽，男的戴的是寝帽，——寝帽和风帽虽同有一样的襞绉，只是没有颈帔；这颈帔便是唯一的区别点，因为男的没有胡须。他叫福牟遂加（Fomuschka），女的叫斐牟遂加（Fimuschka）。这样的人我对你说，出钱也当去看呢。他们彼此相爱，——相爱到不可能的地步；去拜访他们的人，他们都欢迎。并且是十分殷勤的：不消开腔他们便把所有的宝物立地都拿出来。只有一件事情在他那儿是禁止的，便是禁止吃烟；不是因为他们信旧教，是因为他们怕闻烟气……因为在他们的时代，我们要晓得，是完全还没有烟出世呢！……金丝鸟也是禁物，因为那时候这种鸟儿也是还不晓得的……你们直说罢……这是件大幸事呢！……怎么样，你们同路去么？”

“但是……我不晓得……”涅署大诺夫开始说。

“停一下罢！我还没有说完。他们两人都有同样的声音；我们把眼睛闭了时，简直不知道他们那一个在谈话。福牟遂加的声音只是稍微明白一点；话说完了……朋友们：你们是在做大事业的，不消说是在准备着剧烈的战斗，——在你们跳到暴风雨的激动里时，你们为甚么不暂时潜到……”

“潜到死水里！”马克罗夫插断了他。

“唉，正好说是死水呢！——但不会便是腐水！——他们是像沙漠里的水池一样，水虽然不流，但是总永远是清澄的，因为在他们的池底有

---

① 迦达林二世（1729—1796）：俄国女帝。——译者［现通译为叶卡捷琳娜二世，俄国历史上有名的女皇帝。——编者］

泉源存在。唉，就是我那两位老亲眷在他们的极深的心地中也有内在的泉源呢，——清洁的，极清洁的泉源！简单说罢，你们想知道百年前或者百五十年前的人是怎样生活的，那你们就请赶快，和我一道去，因为总有一天总有一刻时候——不消说他们两人是同日同时的——我的一对小鹦鹉会从架上跌下来，这全部的古风便会随着他们立地绝迹，那座小小的鼓腹房子也会消掉，在那儿会标出些惯会在我祖母所说的'人类的废墟'上生出的东西，便是荨麻，牛蒡，蓟草，艾草，酸模；便是这条街也是不会存在，别的人会来，世上永远看不见相同的景物，直到天荒地老永远看不见……"

涅暑大诺夫说道："我们去罢，你们怎么样呢？"

"我是极表同情的，"梭罗明说，"我到那儿去是没有用处……但是有趣……只要巴克林君认真能够保证我们，我们去时不会有甚么不便的时候……为甚么不呢？"

"你请放心！"巴克林从他的一方面说，"他们会是很高兴的——我可不用再说。那儿一点也没有客气的必要！我对你们说，他们是幸福的宝贝，我们可以请他们在我们面前唱些甚么调子……马克罗夫君，你呢？你也同去么？"

马克罗夫兴致恶劣地把肩头耸了一下。

"我一个人不能留在这儿！……请罢……把我们带去罢。"

青年们从坐处站起来了。

"你同路的真是好不高兴的一位家伙！"巴克林在涅暑大诺夫的耳边说，他是指着马克罗夫。"恰好像施洗礼的约翰一样，吃的是蝗虫……单吃蝗虫，没有用蜂蜜！……但那别一位"，他接着说，用头指示着梭罗明，"那倒是一位好汉子，他笑得真是好！……我觉得只有这样的人才能这样的笑，这种人是站在人上而不自觉的。"

"究竟有这样的人吗？"涅暑大诺夫问他。

"这样的人很少，但是是有的。"巴克林回答了他。

十九

福牟遂加和斐牟遂加——他们的全名是妥马司·劳伦浅维奇(Thomas Lawrentjewitsch)，和威斐米亚·颇罗拿·苏波浅夫（Euphemia Pawlowna Subotjeff）——两人都是小俄罗斯的乡里的贵族，差不多是S县中最年老的人。

他们在好久的年辰以前便结了婚，差不多在不能追忆的年辰以前便在他们先祖传来的，在城尽头处的一座木造的屋子里住居下了。他们没有旅行过一次，无论在那一方面也没有改换过他们的生活和习惯。时间在他们是停留着的；“新奇的时风”没有一次吹越过他们这“沙漠中的沃土”的界限。

他们的财产是有限的；但是一年里面他们的佃户们仍然如往年①一样要送来好几次的鸡禽和五谷；在一定的时候，他们村庄上的正长要送贡品和一双山鸠来，这说是在他们的林子里面打的，——林子，现在已经是不存在了。他们在客堂的门限处请他吃茶，送他一顶阉羊皮帽，一对绿色的麂皮②手套，祝他的归路平安。

他们的家里仍然和往年一样还有许多家奴。老奴客尔略鄙奇(Kalliopitsch)，穿一件非常厚实的短衣，袖头坚硬而高耸，有小小的钢铁纽扣，他照旧是拖长着声音，堂皇地报告道：“桌面已经齐备了，”在他女主人的安乐椅后站着便在瞌睡③。他在掌管食堂的壁柜，经理“种种的杯盘，香料和柠檬汁”。

---

① 农奴解放以前。——译者

② 原版作“麞皮”，据上下文校改。——编者

③ 原版作“磕睡”，据上下文校改。——编者

假如有人问他听见说过奴隶的解放没有的时候，他定规会答道，“这样瞎说的蠢人世间上真是不少，这样的自由只有土耳其人才有，我谢天谢地没有受他们的吹嘘。”

在这屋子里面还有一位伛偻的小姑娘名叫普胡加（Pofka），她的主人是把她补充奶母的职分的。中餐的时候老婢瓦士廉乌拿（Wassiljewna）出来，头上裹着一幅大黑巾，谈着许多的新闻：谈到拿破仑第一，谈到一千八百十二年的战争，谈到反基督教，谈到白色的黑奴，声音就好像山羊一样；她有时又带着凄凉的声调，把颐部撑在手上，说她所做的梦和先兆；她也爱说她打扑克的输赢。

苏波浅夫的房子，一眼看来和城内别的房子不同：它是全用槲木造的，窗眼是正四角形，御寒的腰窗是永远不能取掉的。凡是一切的前堂后寝大房小榭都是齐备的，还有有阑干的高台，旋柱上的物架，衖道和回廊。

房子前面用木栏围成一个中庭般的厂地，房子后面有一座花园，——这花园里面是包含着农场，车库，谷仓，酒窟，冰房，——真正是一个巢穴！在这些仓窟里面，储积不甚丰富，有些是已经颓圮了；但是一切都因为年古而可贵，没有人去扪触它们。

苏波浅夫夫妇只有一对很老的茸毛马，背是洼陷下去了的；有一匹老得来毛都斑白了，名叫着“不动。”这两匹马每月至多一次的光景要驾上一座有趣的，全城都知道的乘舆，就好像一个地球仪把前部四分之一截去了的一样。内部是绷着黄色的外国料子，上面缀着些小圆形的补绽。这种料子至早也怕是以利沙伯（Elisabeth）[①]女王时代在乌突雷虚特（Utrecht）[②]或者里昂（Lyon）[③]地方织就的！

苏波浅夫的御者也是非常的老迈；他时常发着些鱼油和沥青的臭味；他的胡须直从眼下生出，他的眉毛就好像小小的喷水一样连到他的浓须。他的动作一切都很迟缓的，撮取一服鼻烟要费五分钟，把鞭子插在腰带上要费两分钟，把“不动”驾在车上要费两个钟头以上。他的名字叫着培尔

① Elisabeth（1533—1603）英女王。——译者[现通译为伊丽莎白一世。——编者]

② Utrecht，荷兰都市。——译者[现通译为乌德勒克。——编者]

③ Lyon，法国都市。——译者[现通译为里昂。——编者]

斐遂加（Perfischka）。

苏波浅夫夫妇出游的时候，路道稍微有些坡坂时，他们两人是要非常吃惊的——（就是下坡的时候也是一样）；——他们紧紧吊着车上的革带，大声地反复念着一种咒文：“神灵神灵，赐我马以萨牟幼尔（Samuel）①的力量——赐我们以飞毛的轻爽！”

全城的人都把苏波浅夫夫妇当成怪人，甚至几乎当成痴子。他们的生活与现在的时代不调和，他们自己也很觉得；但是他们全不介意。他们还完完全全地生活在他们生产的时代，他们长大的时代，他们结婚的时代。

他们的生活只有一点和古代不同：他们没有一次，决没有一次责罚过人，鞭打过人的。假如他们的家人有一位滥酒或者偷盗的时候，他们总是要忍耐，忍耐，忍耐得许久——就好像人们忍耐雨天的光景，——到头终不得不放下决心，把他解雇去另就别主。他们说道：“轮番地等别人也去忍耐他罢。”

但是这种不幸的事情遇着他们的很少，少到在他们的生涯中要构成一个时代的光景。譬如他们肯这样说：“我们用着那不好的阿多遂加（Aldoschka）的时候，已经是好久以前的事了；”或者说：“我们从祖父传来的那顶狐尾帽被人偷去了的时候……”

在苏波浅夫夫妇家里，这样的皮帽也还是有的。

另外还有一种古时的特征在他们那儿寻不出的：便是福牟遂加和斐牟遂加两人都不十分信仰宗教。福牟遂加甚至还抱着福禄特尔（Voltaire）②的思想，教士们使斐牟遂加如像怕死一样害怕；她以为教士们的眼睛是十恶不善的。

“今天有一位教士来看我，”她说，“你看，就好像酸败了的乳酪一样！”

他们到教会的时候很少，吃斋只照加特力派的规矩，还是要吃鸡蛋，奶油和牛奶的。这件事情城里人都晓得，不消说在他们的名誉上是不大有利。但是他们的好心是引不起甚么反对的；不怕世间的饶舌决不容赦这

① 现通译为撒母耳，《旧约》中的先知。——编者

② 福禄特尔（1694—1778）：法兰西革命以前的自由思想家。——译者［现通译为伏尔泰。——编者］

两位奇人，给他们的绰号叫瓢瓜叫宝贝，但是他们实际上是受着一般人的尊敬。

是的，别人在尊敬他们；但是却没有人去拜访他们，他们也不因此而伤感。他们决没有倦怠的时候，他们所以也永不分开，也不想和别人交际。

福年遂加和斐年遂加都没有病过；即使他或者她时而有些不爽快的时候，他们两人饮一点菩提花汤，把点暖油来搽搽尾闾，或者在脚底上灌些融脂，他们的不爽快也就消失了。

他们每天的生活都是一样；他们起床很迟，清早用臼形的小碗吃巧克力（据他们说："茶是在他们的时代之后才流行的"），他们对坐着或者杂谈——（材料是决不会穷乏的）——或者读《娱乐世界》，《世界大观》，《爱窝尼登》（Aoniden），——或者翻阅一册旧的挟诸簿[1]，红的皮装，金的切边，据上面的署签看来，是一位白普 · 杜 · 加毗里奴（Barbe de Kabyline）夫人的遗物了。

这本挟诸簿是怎样而且是几时落在他们手里的，连他们自己也不知道了，在那里面有些法国的诗，和许多俄国的诗，也还有些抄录——如像这下面的关于"启泽罗"（Cecero）[2]的短想一样。

"启泽罗就刑司官职时心境，可由下文说明：启泽罗历任官职，必呼天为正以证己心之清白，启泽罗盖自以为受仰最神圣之羁绊而重视司刑之官，启泽罗不仅不干犯刑律以求安乐，亦力避人世所必需之逸娱而不耽溺。"

下面署着："在西比利亚，饥寒困苦中书此。"

题名《齐尔西时》（Thyrsis）[3]一诗是很好的，里面有下列的两节：

全部的宇宙之中支配着和平，
清露在四周亲切地辉映：
他亲吻着郊野，亲吻着河滨——
向眼前的万汇赋与新生。

---

① Album：普通用以挟相片和风景画片的。——译者

② 罗马古哲。——译者［现通译为西塞罗（前 106—前 43）。——编者］

③ 又译作《赛尔西》。——编者

只有齐尔西时一人心头吃紧，
不能不饱受着苦痛酸辛……
可爱的阿奈答（Aneta）不能再来亲临，
他好像，已经是没有生命！

又有一首即兴诗是一千七百九十年一位过路的军官在“五月六日”写上的：

哦我永远不能忘你，
你美好的村居！
你使我下榻于斯，
刚好是五月初四，
我得着无上的光荣，
在这儿和佳宾共饮，
和着些高贵的夫人，
姑娘们年纪青青，
还有些有趣的卿卿，
我不愿呼她们的姓名。

抉诸簿的最末一页没有诗，却有些对于腹痛，惊风，和——寄生虫的药方。

苏波浅夫夫妇是正二点钟开饭的，他们的食桌上只是些古式的烹调：冻奶饼，黄瓜酸羹，冷肉配奶浆白菜，芥子酱，鱼糕，酥油饺，酸酱，肉糜，黄花鸡，蜂蜜馒头之类。食后他们是要昼寝的——只睡一个钟头，不再久睡，——随后他们又相向对坐饮杨梅羹，有时又饮柠檬炭酸水，汽泡几几乎要全部跑出瓶外：老夫妇非常喜欢，但是老奴客尔略鄙奇却非常恼怒：因为他不得不扫除这“泞渍”，他对着老婢和厨房还要诅咒发明这种饮料的人……

“这有甚么用呢？”他爱这样说。“用来弄脏家具，再没有甚么可取！”

过后苏波浅夫夫妇又要开始朗读，或者嘲笑侏儒女婢普胡加，或者同声唱着古时的恋歌——（他们的声音是完全相同的：高而不强，微微有点颤栗和嘶嗄，尤为是在午睡过后，但是总不是十分噪耳的。）——或者他们还要打打扑克，但是他们又是一种古式的打法，譬如打螃蟹，打苍蝇，打巴斯顿的对对和。

过后又烧开水，晚上他们是饮茶……这一点是他们对于时代精神的唯一的让步；但是他们还时常说，这是一种弱点，这“中国药草”的饮用是要把国民弄得非常衰弱的。

总之他们是谨慎着不想苛责现代而称誉古代的：因为他们从生下地来便过的是那种古代的生活；别人只要不强迫他们改变生活时，他们是听随别人去过活别种的乃是更好的生活的。

八点钟的时候客尔略鄙奇把晚餐运出来，免不掉的是“奥可罗遂加”（Okroschka）①；在九点钟的时候，高而蓬松的羽褥床已经柔软地把福牟遂加和斐牟遂加的肉体拥抱着，一种安甜的睡眠立刻落下他们的眼睑上了。

到这时候在这老屋中是全然静寂了：小小的油灯在圣像前燃着，一种清淡的檀木和麝香的香气在空气中荡漾，蟋蟀振起羽来，善良而可笑的，无嫌猜的一对老人安甜地睡着。

所谓一对“宝贝”或者如像巴克林所说的“不分离的鹦鹉”便是这样，他们现在收容着他的妹子，而他现在要把他的友人引去的。

他的妹子是一位聪明而貌美的姑娘——最好的尤其是她一双眼睛；——但是她的不幸的伺偻拙拆了她，剥夺了她一切的自信，一切的快心，使她多疑，甚至几几乎顽执了。此外她还有一个很奇怪的名字叫着时浪都理牙（Snandulia）。

她的哥哥想把她名字改变，变成素菲（Sophie），但是她顽执地保守着她奇怪的名字，她说，一个驼背女儿只配叫着时浪都理牙。

她是很有点音乐的天才，会弹一手的好钢琴。

“这是因为我的指爪长的原故，”她说时不免有些心苦；“驼背子都是有这样的长指爪的。”

福牟遂加和斐牟遂加刚从午睡起来，正要吹用他们的柠檬炭酸水的时候，来拜访的人恰恰走来了。

---

① Okroschka：菜名。肉片，鱼片，黄瓜片等和酒所拌成的冷食。——译者

“我们走进十八世纪去罢！”巴克林在跨进苏波浅夫家的门限时，他这样叫着。

实在的，十八世纪在前厅上已经迎着这来访的客人，青色的小屏风画着戴着假发的骑士，淑女，这俨然是十八世纪的景象。

这种影画是拉瓦特尔（Lavater）[①]绍介的，在前世纪（十八世纪）的八十年代很流行于俄国。

这许多客人——共总是四个人！——突然的来访，在这极寡交游的家屋里引了一个非常的骚扰。穿靴的和赤足的跫音来来往往；不少的女人的面孔现了一下又消去了；闭门的声音，叹息的声音，喷嚏的声音，急凑地微语着“啊，滚蛋罢！”的声音！

最后客尔略鄙奇穿着他走须的短褂出现了，打开“客堂”的门，高声地叫着：

“喜拉 · 桑牟松逸奇老爷和其他诸位老爷！”

苏波浅夫夫妇和他们的下人一样怆惶起来。四个大人闯进他们比较宽厂的客堂，这使他们惊异了；但是巴克林立刻去安抚他们，用了些很有趣的说明，说涅署大诺夫、梭罗明、马克罗夫是平和的人，他们和官府是全无关系的。

福牟遂加和斐牟遂加对于一切的行政上的人员都称为“官府”，他们是很不愿意接见的。

时浪都理牙被她哥哥的催促走进客堂来，比苏波浅夫老夫妇更慌张，更狼狈得厉害。老夫妇——两人同时以同一的表现——请他们的客人就坐，问他们是要茶，要巧克力，还是要柠檬炭酸水，请都各随所欲。他们听见客人说都不要甚么，说他们是在商人哥鲁遂金家里用了早餐，不久又要到那儿去吃中饭的，他们也就不再勉强，两人都同样地把小小的手叉在腹前，准备着和客人说话。

在起初的时候谈话是不很流利的，但不久也就添起生趣起来。巴克林说了一段郭哥里的有名的故事，说一位村长走进室塞得快要断气的教堂里去，说是点心也不输于这村长之走进教堂，走进一样室塞得快要断气

---

① Johann Kaspar Lavater（1741—1801）：德国神学家兼骨相学家。——译者

的胃脏里去，他的话使两位老人欢喜得非常。他们笑得把眼泪都流到颊上来了。就是他们的笑也完全是一样：嘶叫着，咳嗽，脸红起来，发出一身的汗。

像在苏波浅夫夫妇这一类的人，郭哥里的故事是很能得一个有生气的，甚至很强烈的印象，巴克林是很知道的。但是他的目的愈其在安慰这两位老人，宁是在把他们表示给他的朋友，所以他把方策改变了，他立刻使两位老人提起精神来，毫不受一些儿拘束。

福牟遂加把他的一个木雕的鼻烟壶取出来，在这鼻烟壶上从前是有三十六个人的面孔表示着种种的姿势的；这些面孔都已经消灭了好久了；但是福牟遂加还能看见，到现在也还能看见，他能够把他们一一数出来，用指头指着。

他说："你看，这儿的一个人是在向窗外看着的。你看，他伸着他的脑袋。"

他用他柔软的指尖所指示着的地方，仍然是平板地和鼻烟壶的别的部分一样。

他又把他客人们的注意引到他头上挂着的一张油画：画的是一个侧面的猎人骑着一匹黄骊马，在雪覆着的平野上驰骋。猎人戴着一顶白色的羊皮高帽，抽着蓝色的羽簇，骆驼绒的外帔，上着天鹅绒的边饰，腰上扣一根有镀金的银扣腰带；一只丝编的手套插在带间；手套旁挂着一把匕首，银柄上面有黑色的珐琅花纹。这位照外观上看来是很年青很肥状的猎人，在他的一只手里拿着一个有红须的大牛角；别的一只手执缰绳和马策。马的四只脚全然在空中浮荡，画家十分注意地画上了蹄铁，连一个钉子也不会忘记。

"你们看呀，"福牟遂加说，说着把他肥圆的指头指着那四个半圆形的斑点，这是在那马脚后画在雪地上的；"你们看这雪地上的蹄迹，——艺术家是甚么都留心到了的。"

蹄迹为甚么只有四个呢？为甚么再后一些便看不出别的蹄迹呢？这一个疑问福牟遂加没有说话便通过了。

"并且这猎人——是我呢！"他默了一会带着羞涩的微笑接着说。

"甚么！"涅署大诺夫叫着，"你是打过猎的吗？"

“唉……但是没有好久。我有一回骑起马大跑，从马头抛了下来，伤了我的“苦尔派”（Kurpey）。斐牟遂加骇得甚么似的，禁止我不再打猎……以后就没有打了。”

“你伤了甚么！”涅暑大诺夫问他。

“苦尔派，”福牟遂加稍微把声音放低些又重说了一遍。

访问者彼此面面相觑。没人知道这个字是甚么意思，——只有马克罗夫他是晓得的，他晓得哥萨克或者扯尔克人的帽上的羽簇叫“苦尔派”，但是福牟遂加怎么能够伤到这羽簇呢？……没有人问他，他这个字所表示的究竟是甚么意思。

“哪，你在那样说你自己的时候，”斐牟遂加突然说起来，“那吗，我也要说我一点了。”

她说着打开一个极小的“朋涅都约”（bonheur du jour）——这是一种古式的书案，脚小而曲，盖头穹窿，开盖时盖板插入桌背——拿出一张嵌在卵圆铜匣里的水彩肖像画来。像是画的一个裸体的四岁的孩子，肩上披着肩帔，胸前一根蓝带，在用小小的指头戏弄箭尖。孩子在微笑，头是很蒙茸的，有一些儿偏着。

斐牟遂加把水彩画指示给客人。

“这是我……”她说着。

“你？”

“唉，是我。那时我还是顶小的时候。那时候有一位法国画家，一位顶出色的画家，到我先父的家里来，他在我先父的受洗日上替我画的。他真是殷勤呢，这位法国人！他后来还时常来访问我们。他来时，把一只脚向后一缩，又赶快走两步，接着我们的一双手亲吻。他走的时候，接吻他自己的指头，——唉，唉，他自己的指头！随着他又向左向右向前向后的鞠躬！啊，他真殷勤，这位法国人！”

来客称赞这画家的作品；巴克林竟说是还可寻出几分相似处来。

福牟遂加又说到现在的法国人来，他说他们好像是变得很坏的了。

“但是是甚么原故呢？妥马司 · 劳伦浅维奇，”他被他的女人问着。

“是甚么原故？你想一想罢，他们有的是甚么名字！”

“譬如？”

“啊，譬如：诺乡——村——老蓝[①]！这简直是强盗的名字！”

福牟遂加问到现在法兰西国的宰制者的名字来。人告诉他是拿破仑当世。他觉得很惊异。而且同时是不满足的样子。

“怎么，这么老的一个人……”他开始说着。

但是他立刻沉默着了，带着不安的神情向周围一看。

福牟遂加本不十分知道法文，他读的福禄特尔只是翻译——（在他的枕头下面一个小小的匣子就如像保存着的圣物一样的匣子里面有《康底德》（Candide）[②]的翻译的抄本），——有时他要遇着不懂的字句譬如：“先生，那是一个福司巴克（fausse parquet）”——（是说：“那是一个疑问”，“那是不真确”。）——这样一句话他受了多少的嘲弄，一直到后来遇着一位有学问的法国人才替他解释了，说是一千七百八十九年以前法兰西的国会用语。

因为会话中正在把法国和法国人做中心，斐牟遂加遂决心想解决她一个疑问，这个是苦着了她好久的。起初她想问马克罗夫，但是马克罗夫做起个非常严肃的面孔！梭罗明倒不使她害怕……但是，不！他的样子很平常，他怕不懂法语！她自己在这样想。所以她向着了涅署大诺夫。

“好先生，我要想问你一句，”她开始说：“请你恕我，但是因为我的亲戚喜拉·桑牟松逸奇时常嘲笑我这可怜的老妈子，因为我没有学问。”

“你想问我的是甚么呢？”涅署大诺夫回答她。

“我想问你的是：假如要用法国话问‘那是甚么？’的时候——是不是说：克舍·克舍·克舍拉？”

“是。”

“也可以说：‘克舍·克舍拉’么？”

“也可以。”

更能简单说：“‘克舍拉’么？”

“自然。”

“都是一样的吗？”

“都是一样的。”

---

① Nogent Saint Lorraine的发音。——译者

② 又译为《赣第德》。——编者

斐牟遂加想了一下，又断念着把手动了一动。

“啊，喜鲁遂加[1]，”她结局说着，“我是错了，你是不错。啊，但是，法国人真怪呢！”

巴克林要求两位老人唱一首甚么短歌，……他们都笑起来了，怪他想起了这样的一种想头；但是他们也没有受甚么强要，他们只提出了一个条件，要时浪都理牙弹钢琴，替他们伴奏——谱她是晓得的。

在客堂的一隅实际有一架小小的钢琴，来客直到此时都不会有人注意到。时浪都理牙坐在琴前，弹了几调……钢琴的声音是没有牙齿的，酸的，没有力量的，可怜的音调——涅暑大诺夫自有生以来永不曾听见过和这样类似的；但是两位老人立刻唱起他们的歌[2]来了：

只是为受苦痛——

福牟遂加提起头来，

苦痛藏在爱中，
上帝使人爱人，
只是为受苦痛？

斐牟遂加回答。

试问谁能钟情
能不饮酸茹恨？
不能，不能，不能！

福牟遂加赓续着唱；

不能，不能，不能！

斐牟遂加回答；

只因情和苦恨

---

① Siluschka Sila Somsonitsch的缩小辞。——译者

② 以下歌词以《爱之歌》为题，收入《沫若译诗集》，创造社出版部1928年版。——编者

原是携手偕行
不论中外古今！

两人合唱了：

不论中外古今！[①]

福牟遂加又一人回答着。
“好极，好极！”巴克林叫了起来；“这是第一节，还有第二节呢！”
“好，”时浪都理牙回应着，“我要给他们弹起颤音来。”
福牟遂加又提头唱道：

试问率土之滨
能否可有一人，
爱人而不烦闷，
而不苦诉悲情？

斐牟遂加和歌：

如舟之遇暴风，
爱海波涛汹猛，
心疾疗之何从？
无用，无用，无用！

福牟遂加叫着；他停了一下，让时浪都理牙弹出颤音来。
时浪都理牙弹着，斐牟遂加赓歌：

无用，无用，无用！

两人又合唱：

此心还诸天公！

① 《沫若译诗集》人民文学出版社 **1957** 年版中，译者将两处“中外古今”校改为“内外古今”。——编者

空空，空空，空空！

空空，空空，空空！

全歌终结后又是一番颤音煞尾。

“好极了，好极了！”除马克罗夫而外大家都激赞起来，都击掌起来。

“他们难道不觉得，”击掌过后涅暑大诺夫这样想起来，“他们就好像丑脚一样吗？好像不觉得的光景……纵使觉得，他们会以为：‘这又有甚么坏处呢？我们并不是做来害人，我们是款待我们的佳客！’认真想来，他们是不错，万分不错！”

他这样想着时，突然向他们致起谢来，他们只微微点头回他，并没有从他们的安乐椅上站起……

但在这时候侧房的门突然开了——那好像是寝室或者是闺房，在这里面早听着有微语声，响动声了——普胡加驼背姑娘随着老婢瓦士廉乌拿走了出来。

小姑娘开始叫起来做些怪像，老婢时而抑制着她，时而嗾使着她。

马克罗夫已经早现着不耐烦的情形——梭罗明始终是笑，比平常还要笑得厉害些——马克罗夫突然向着福牟遂加。

“我真是不解，”他照旧是严厉地说，“以你们这样有见识的人——据人说来，你们不是福禄特尔的崇拜者吗？——你们才能够把可怜无告的人拿来取乐，把这可怜的残废……”

他说到这儿想起巴克林的妹子来，又突然沉默了。但是福牟遂加红起脸来，把头上的帽子揉了两揉，吃格着说：“唉，……我不是那样……是她，是她自己……”但是普胡加此时跳到马克罗夫面前。

“谁个叫你，”她带着卷舌音叫着，“说我主人的坏话呢？他们收容我可怜无告的人，保护我，养育我，你才不高兴吗？你嫉妒别人有饭吃吗？你是从那儿来的？你黑脑壳，你拆白党，你臭流氓，你忘八胡子！”

说着普胡加把她肥短的手指来比示他八字形的胡子。

瓦士廉乌拿隙着她完全没有牙齿的嘴发笑，从邻室里，更笑出一种响亮的声音。

“不消说我并不能裁判你们，”马克罗夫从新向着福牟遂加；“收养可怜的人和残废的人自然是件好事……但是我要告诉你们：你们十分奢华地过活着不管别人的休戚，对于邻人竟连一指的援助也不想加被——这却不是好事；我对你们直说，你们这样的一种慈悲，我至少是以为没有价值的。”

普胡加更劈耳一样惊叫起来了。马克罗夫说的甚么她完全不懂，但是她懂得这位“黑脑壳”是在责备她的主人……这样一种无礼的东西！

瓦士廉乌拿也黑着面孔啾啾起来了，福牟遂加把两手叉在胸前，回头向着他的女人说——几几乎带着哭声——

“斐牟遂加呀，你听见么，这位贵客所说的？我们是罪人，是不好的人，是伪善者……我们是在图安逸呢……哦，哦，哦！……我们不得不走到街头去，把我们的家屋舍了，把扫帚拿在手里去自求生活呢……哦，哦，哦！”

普胡加把这伤心的话听着的时候，她叫得更高声了，斐牟遂加闭着眼睛，紧缩着嘴唇，深深地呼吸，准备着高声长叹。……

这些场面假如巴克林不起来加入的时候，谁也不知道是会怎样终结的。

“这是甚么话！”他开首说起话来，说着他把手摇动，大声地发笑：“啊，——你们不知羞吗？……马克罗夫先生只在作玩，但因为他的面孔非常严肃，说得有点吃力，——你们竟当成真话了！那是全不足介意的呀！……好妈妈，我们快要走了！我可以劳神你么？请你替我们卜卜卦，……你是很晓得的啦！……妹妹，请你去把扑克拿来！”

斐牟遂加向她丈夫看了一眼，她看他又全然无事地静坐着了，她也才振作起来。

“扑克，扑克……”她说：“但是不记得了，好先生……我忘记了……我好久就没有摩过扑克了……”

但是她终竟从时浪都理牙手中拿着了她的古怪的一种扑克。

“我替那一位卜卦呢？”

“替我们四人，”巴克林说着，又暗自想道：“啊，真是一位好婆婆！简直是可以在掌上玩弄……真是有趣……替我们四人呀，好妈妈！”他又高声地重说一遍。“请判断我们的运命，我们的性格，我们的将来……简单说，我们的一切！”斐牟遂加把扑克散开来，但她突然又把来投在桌上。

“我不要甚么扑克！”她叫着。“我就不要扑克我也晓得你们各位的性格！……人的性格是怎样，运命便是怎样……“那儿的那位”——（她指着梭罗明）——是冷静沉着”；“这位”——（她用指头严指着马克罗夫）——“是一位激烈的，危险的人……”（普胡加向着马克罗夫把舌头伸了一下）；——“你呢”——（她望着巴克林）——“你呢我不用说；你自己晓得你是甚么，——是一只风筝！再说到这位……”

她指着涅署大诺夫，踌躇着了。

“我甚么呢？”涅署大诺夫问她，“请你说罢：我是怎样一个人？”

“你是怎样一个人……”斐牟遂加把声音拖长着说：“你是一位可怜的人；唉，唉，你是一位可怜的人！”

涅署大诺夫惊愕了。

“可怜！甚么原故呢？”

“没有甚么：只是你使我觉得可怜……就是这样！”

“但是甚么原故呢？”

“甚么原故！因为我的眼睛这样告诉我……你以为我是蠢人吗？唉，我比你还聪明……不怕你的头发就是红的……你使我觉得可怜……你的运命也就是这样！”

众人都沉默了……彼此面面相觑……但总没有说话。

巴克林叫道：“好，我们走了，我们搅扰了你们。这几位先生们现刻要走了……我也要走……请了，多谢你们的盛意。”

“请了，请了，再见罢，不要忘记我们！”福牟遂加和斐牟遂加同时说出，同样的声调。

福牟遂加突然唱着一种祝辞的叠语：

“万岁，万岁，万万岁……”

“万岁，万岁！”客尔略鄙奇出乎意外地突然粗莽地反复着，他替几位青年把门开开了……

四人突然现在鼓腹屋前的街上了，那时普胡加在窗后向着他们叫道：

“蠢东西！蠢东西！”

巴克林放开喉嗓地笑起来；但是没有人和他，马克罗夫还一一把他的同伴看了一下，好像他希望有人发怒的光景……

只有梭罗明依然是微笑着。

二十

“好啊！”巴克林开始说话，“我们刚才还在十八世纪——现在一跳跳进二十世纪了……哥鲁遂金是一位很进步的人，我们不能把他算在这十九世纪①里面。”

“你究竟认得他吗？”涅署大诺夫问他。

“他是名闻四海的人；并且我说‘我们’，我是想和你们一道去的。”

“甚么！你不是并不和他相识吗？”

“你真是笑人！你难道和我的鹦鹉相识吗？”

“但是你介绍了我们！”

“那吗，你现在介绍我罢！……在你们和我之间不会是有秘密的；就是哥鲁遂金他也是很宽大的人。你请看，我这一去，他一定是很高兴的。并且在这S县里没有客气的必要。”

“不错，”马克罗夫呶呶地说，“我看，这儿的人实在太不客气。”

巴克林摇了摇头。

“你怕是在说我罢……好，也不要紧！我是该受你谴责的……但是你请听我劝你罢，好朋友，你的胆汁性使你不高兴，但我请你暂息尊怒罢！第一……”

“我的顶顶好的朋友，”马克罗夫鲁莽地插着他说：“我也要劝你——并且比你还要当心——我是不喜欢说笑话的——今天是更不喜欢！说到我的性质时”——（他在性质两字上尤为用力。）——“你不会便有已经晓得的余裕：因为我们相识，今天才是第一次呢。”

“唉，唉，千万不要那样生气，——千万不要太认真！就不说我也是

---

① 读者须注意：本小说所叙是1868年的事情，还是十九世纪。——译者

信实你的！”

他掉头向着梭罗明，他说：

“唉，足下，炯眼的斐牟遂加说你是冷静的人，你实在也很镇静——你看我怎么样，我是不是故意使人不快，动不动想说笑话的人？我不过只求你们把我带到哥鲁遂金家里，——除此而外我也并不是坏人……马克罗夫先生黑起一个面孔，总不会是因为我的原故。”

梭罗明起初耸了一边的肩头，接着又耸一边；这是他的习惯，在他不能立地寻出答话来的时候，他总是这样的。

他到头回答道：“不待说呢，巴克林君，你是并不妨害甚么人的；你为甚么不能同到哥鲁遂金家里去呢？我们在那儿也会像在你亲戚家里，会很有趣——而且也是有益的。”

巴克林把指头扬他一下。

“啊，啊，你在谈讽诮话！总之这些都不说——你也是要到哥鲁遂金家里的吗？”

“我自然是要去。横直今天这一天是失掉了的。”

“那吗好，我们走进二十世纪去罢！走进二十世纪去！涅暑大诺夫，先锋的引导者，引起我们走！”

“好，我们走……但是你可不要又把你的机智来满洒。你的材料，恐怕快要干净了呢。”

“请你放心，我倒还有不少的储蓄呢，”巴克林快兴地回答，他答着便在众人的前面急步，照他自己说来，宁是“跛步着。”

“这位先生真是有趣，”梭罗明跟随着他，和涅暑大诺夫挽着手说：“譬如，我们如被追放到西比利亚时，我们如得着他，可以暂时忘着目前的苦楚了。……”

马克罗夫一人默默地在众人的后面走着。……

在这时商人哥鲁遂金家中正准备着“风流”的席面。非常肥腻，非常恶劣的鱼羹，种种的拍特雪脂（pâtés chauds炙肉圆）和腐里加舍（fricassée煮粉肉）——（哥鲁遂金不怕他是信旧教的人，他是立在欧洲文明的顶上的，吃的是法国式的番菜；他的厨房是因为不爱干净从一个俱乐部里逐出的，）——顶要紧的是拿出了好几瓶香槟酒来放在冰上。

主人做些无聊的假殷勤来欢迎这几位的年青人，勉强的笑容，匆忙的举动，这是他惯做的。他看见巴克林同来果然如所预料是非常欢喜；他只这样问道：

“这岂不是我们同志的一人吗？”

他不等一句回话便又叫出道：

“啊，这是不消说得！”

他接着说他是才从县知事那里回来，那位“忘八蛋”因为一件甚么慈善事情时常搅扰着他……

哥鲁遂金心里究竟以得和县知事接触为无上的光荣，还是以得在这些怀抱着进步思想的青年面前诋骂官府为无上的满足，这实在是很难说定的。接着他又介绍了那位约定了的新入党的党员。这新党员是甚么人呢？这就是清早的时候在哥鲁遂金耳边说了些甚么话的，那位头儿光滑，有痨病的狐狸面孔，哥鲁遂金叫他是畏时牙——就是他的书记。

“他是不会说话的，”哥鲁遂金说着，他把五个指头伸着指示他，“但是我们的事情他是以全身全灵担负的。”

畏时牙鞠躬，脸红了，䀹䀹眼睛，露齿微笑，他做作得简直莫明其妙，不知道他到底还是出类拔萃的蠢猪，还是狗头狗脑的代表了。

“啊，我们就席罢，诸君，我们就席罢！”哥鲁遂金叫着。

大家把各人所喜欢的菜先择好后，彼此都就座了。

鱼羹用后，哥鲁遂金立地命人把香槟酒拿来，就好像凝脂一样一大堵一大堵地从瓶颈流到杯中。

“我们的事业万岁！”哥鲁遂金叫着，他把他的眼睛䀹了两䀹，颐指着侍仆，好像在说在客人面前，他当侍奉周到一点。

新入党的畏时牙沉默着没有说话。他坐在凳子边上，表示他十分谦抑的下从的样子，这个样子和他以全身心奉献于原理的实行上那种坚毅的信念是不相调和的，——但是他的酒量真是好！……别的人都在谈话，这是说的主人和巴克林；尤其是巴克林。

涅暑大诺夫感受着一种沉闷；马克罗夫愤愤然作怒容——和在苏波浅夫家里又不同了，但是程度是一样的；梭罗明在注意着观察。

巴克林高兴得甚么似的。他的痛快的谈话使哥鲁遂金非常满足：他没有想到，竟连这位“跛子”时常在向他邻座的涅署大诺夫耳边谈他哥鲁遂金的讥诮话呢！他以为这个孩子倒是一位好货，人是可以驾御他，——把他来取乐的。假如巴克林是坐在他的身旁时，他定然早把指头触了他的侧腹，或者拍了他的肩膊了。他隔着桌面向巴克林表示同情，把头向着他摇点……但是不幸的是他被马克罗夫这朵“暗云”，而他方面又被梭罗明和涅署大诺夫把他隔阂了。

但是巴克林说一句话，他总要笑一次，笑得非常放肆，甚至还没有说话早笑得打着肚皮，露着他青色的齿龈了。

巴克林立地看取了他的心事，开始谩骂起来——这种工夫是他特别当行的——他骂倒一切的一切；骂倒保守主义者，自由主义者，官吏，律师，工场主，地主，省会议员，国会议员，——骂倒莫斯科和比得堡！

“对啦，对啦，对啦！”哥鲁遂金赞成他，“不错，不错！譬如我们这儿的市长——简直是一条驴子！第一流的猪头三……我们向他这样这样地说明一件事情——他简直一点也不懂，我们的县知事也是一样呢！”

“甚么，县知事也是一位猪头三吗？”巴克林带着一种好奇的神气问他。

“唉，是一头驴子呢！”

“你看他还是这个这个呢，还是唔唔唔呢？”

“甚么？”哥鲁遂金有几分惶惑地问着。

“啊，你不懂吗？我们国度里文官是这个这个的口吃，武官是唔唔唔的鼻吃，——只有顶大的高官是口也吃，鼻也吃的。”

哥鲁遂金笑得把眼泪都流出来了。

“唉，唉，唉，”他口吃着了，“他是鼻吃……他是鼻吃……他是武棒棒！”

“好个蠢材！”巴克林向涅署大诺夫耳语。

“在我们俄罗斯的国度里，”哥鲁遂金接着叫起来了，“一切都是腐败的，一切都是，一切都是！”

“加皮东阁下，”巴克林谄谀着叫他——他又低声地向涅署大诺夫说道：“他为甚么只是动他的膀子？就好像他的上衣挚着他的胁窝一样。——加皮东阁下，中庸在我们现代是没有用的了。”

“中庸！”哥鲁遂金叫着，他突然停止着发笑，呈出一种粗暴的神情：“只要有时，立刻便斩草除根！——畏时牙，喝酒呀，你没中用的家伙！”

“加皮东，我是在喝呢，”书记回应着，满满喝了一杯香槟。

哥鲁遂金也浮了一大白。

“他是怎么搅起的，能够受这样的侮辱呢？”巴克林向涅暑大诺夫耳语。

“习惯呢！”涅暑大诺夫回答他。

但是投降到酒里的不仅是书记一人。饮到后者各人都渐渐把舌禁解开了，涅暑大诺夫，马克罗夫乃至梭罗明都参加到会话里来。

涅暑大诺夫起初对于自己怀着一种反对和轻蔑的念头，因为他不忠于他自己的性格，因为他在贪享欢乐——但他开始说起话来，他说空论是该作废的，——现在是应该说到“实行”，——他甚至说到那“新闻的天地”了。

但是他又不觉得自相矛盾地，说到实行时所必要的，所赖以支持的物质的条件，这是实际的真正的要素，他却无论在那一方面都没有见到。

“社会上没有同情，民众间没有了解……一个胡桃壳只是空响一场！”

不消说是没有人回答他；并不是因为没有人能够回答，是因为各人都想听明他的意见。

马克罗夫说起话来；他的沉闷含怒的声音发出单调的，硬撑的，忿郁的余响。

（“别人会说他在切黄芽菜呢！”巴克林说他。）

他说的究竟是些甚么，真正是不容易决定；只有“炮术”一个字时常听见……好像他在指说这一方面他所发觉的缺点一样。德国人和副官的话也渗入了。

梭罗明说话的时候，他说，同是等待有两种的不同：一种是等待着袖手无为，一种是等待着一面准备未来的经纪。

“我们不是这种缓进论者，”马克罗夫忿忿地说。

“这种缓进论者，”梭罗明说，“从前是从上而下的，我们现在要从下而上。”

“这种温和论滚蛋罢！我们反对，我们大反对！”哥鲁遂金粗暴地乱叫。“凡事都要一刀两断！”

“这么说来，你出门的时候要从窗口里跳出吗？”

“唉，我要跳！”哥鲁遂金咆哮着。“我要跳！畏时牙也要跳啦！我叫他跳——他便会跳的！不是吗，畏时牙，你不跳吗？”

书记干了他的一杯香槟。

“加皮东，你到的地方我总是要到的……我们还消说甚么呢？”

“哈！我是晓得的！……我把你可以像一只——像一只羊角一样在我手上转！”

话头打乱了，在这些醉汉的辩舌上建起了“巴贝尔（Babel）的塔[①]”绝顶地狂嚣动乱起来……就如像澄静的秋空里，初雪在回旋击荡的一般——哥鲁遂金的餐室里，热燠的空气中，这样的文字如像进步，支配，文学，租税问题，宗教问题，妇女问题，法律问题；古典主义，写实主义，虚无主义，共产主义；国际的，僧侣的，自由的，资本；行政，组织，社会化，乃至结晶——也在回旋击荡着。

哥鲁遂金好像完全兴奋了，并且恰好像是因为这场骚嚷；他真正的福气好像就在这一点了！……他是得了胜利了！他好像在说：“我们在此！快让路呀，不然我要杀人！……加皮东 · 哥鲁遂金来了！”

书记终久为这尊贵的灵浆表现出效果来，他开始呶呶地说，向着他的餐盘说了一些话，突然他好像着了魔的一样大声叫道：

“中——中学堂的事情究竟怎么办呢?!”

哥鲁遂金立地站起来，昂起他紫红色的脸，脸上胜利和权力意识的表情奇妙地渗杂着一种别的心绪的表情——暗暗在惊怖而战栗的表情，他放开喉嗓大叫道：

“我再牺牲一千罢！——畏时牙，拿来！”

“已经拿来了！不要发躁！”畏时牙低声地回答着。

巴克林在最后的一刻钟正和这位畏时牙一样勇敢地沉醉了，他苍白着脸，流着汗，突然从座上跳起来，他把两手高高举起，徐徐地叫道：

“我牺牲！你才说了；我牺牲呢！……哦，好个神圣的话的不值价哟！牺牲！牺牲的精神哟！没有人敢于达到你，你所加畀人的责任，没有人能够勉尽义务，至少坐在这儿的人是没有一个能够——而这位曲辫子，

① 巴贝尔的塔：考古家以为即**Babylon**国幼弗拉底河畔之**Bel(Baal)**神殿。此处是倾斜零乱之意。——译者

这位猪头三，这位可怜的饭桶，摇了摇他便便的大腹，洒了一把的卢布，他便在高叫着“牺牲”了！报酬有给你的呢，你在等待着月桂冠罢——你好个拆白党哟！”

巴克林的这些话，哥鲁遂金不是没有听见，也不是不懂；他或者把他当成了笑谈，因为他还重复说了一遍：“唉，一千卢布！加皮东·哥鲁遂金说过的话，是和福音书一样地神圣的！”

他突然把手插进衣包里。

“你看，你看，这是现钱！吞下去罢，把来塞进你们的皮囊里，并且不要忘记加皮东！”

他那时的确是有点醉意了，他就好像小儿谈话一样把自己用成第三人称。

马克罗夫默默地把投在香槟酒泛湿了的桌布上的钱收下了。接着众人便站起来——好像没有再久留的余地的光景，——并且天气已经黑下来了。各人都拿着帽子走了。

他们一走到露天里来，彼此都觉得有点头晕，巴克林尤为厉害。

“唉，我们现在走那儿去呢？”他好吃力地说了一句。

“我不晓得你要往那儿去，”梭罗明回答着他：“我要回去了。”

“回工场吗？”

“是呢，回工场。”

“在这个时候？在这晚间吗？走路吗？”

“不消说得呢。这儿又没有狼，也没有强盗，走路很安全，并且晚上的空气也好。”

“但是有八里路呢！”

“就有十里路也不要紧。再见了，诸位朋友，再见。”

梭罗明把上衣扣起，把帽子拉到额部，吸燃一支香烟，大踏步地走去。

“你又往那儿去呢？”巴克林向着涅暑大诺夫。

“到他那里。”

他指着马克罗夫，马克罗夫把两手操在胸上站着不动。

“我们有马车。”

“好极……我呢，好朋友，我要到那沙漠中的沃土里去，到福牟遂加和斐牟遂加家里。好朋友，我现在可以向你说我的意见么？那儿和这儿——这两座都是吾岂瓢的房子……只是住在十八世纪里面比住在二十世纪里面和我们俄罗斯人的生活更亲切些呢……请了，朋友们，我是昏濛濛的……请你们不要十分和我究竟。……我还要对你们说！在这全世界上没有比我妹子时浪都理牙还好的女人……唉，妹子是驼背，并且名叫时浪都理牙。世间上总是这样！……总之她是应该叫着这样的……你们知道圣时浪都理牙么？人类的大慈大悲的信女，她到监狱里医犯人的伤和病……好，再见罢！涅暑大诺夫，可怜的人！……再见！唉，你，军官阁下……唔，铁面大王，再见！”

他东偏西倒地跛拐着，慢慢向那“沙漠中的沃土”走去。

马克罗夫和涅暑大诺夫两人走向寄放着马车的客店里去，把马驾好，走了半个钟头的光景才走到村道上去了。

卷下

二十一

天上低低地垂着暗云。虽然夜幕还未紧闭，车轮的辙迹还白模糊地直现在车前，但左右的景物都已蒙在雾里，各个对象的轮廓已颓败成朦胧的大斑点了。沉阴不定的暗夜；湿风一阵阵地吹来；带着雨香和麦田的香味。做着目标的槲树丛林已经走过了，在这儿路道要转方向，车行更不安稳；狭窄的道路时隐时现……车夫进行得愈慢了。

“我们要不走错路才好！”涅署大诺夫说，他直到此时都是沉默着的。

“不要担心，路是不会走错的，”马克罗夫回答他。“在这一天不会更有不幸了。”

“顶不幸的是那一件呢？”

“那一件是顶不幸吗？我们无益地消费了一天，你不以为不幸吗？”

“那是……不消说……在哥鲁遂金家里！我们不吃这多酒好了。我头痛得难耐。”

“我不是说的哥鲁遂金。总之他给我们的钱，在这一点上我们今天的拜访不能算是全无结果了！”

“那吗你自然是恨巴克林把我们引到他的——他叫他们是甚么的呢？——引到他的不可分离的鹦哥家里去的吗？”

“那儿无苦可诉，也没有甚么快乐。我不是以这种游戏为可乐的人……这种不幸我是不上算的。”

“那一种才上算呢？”

马克罗夫没有回答——他只是愈朝角上引退，好像要藏躲的光景。涅署大诺夫不能够看出他的面貌；只有他的胡须像一横笔墨画一样垂下；但是他从清晨以来早晓得马克罗夫有一种隐藏着的不快了——他不十分知道是甚么原故。

“惹尔格君，”他默了一会说：“你好像很认真地对于克司拉可夫君的信札感着趣味呢？今天你把给我读了，但我看来——请你恕我不客气罢——那简直是没有价值的！”

马克罗夫突然抬起头来。

“第一，”他含着怒意说，“你对于这信的意见我完全不能同意；我觉得那是很值得尊重，而且是很有诚意的！其次呢：克司拉可夫在工作，尽力，最重要的是他有信仰；他信仰我们的事业，他信仰革命！并且我还要向你申明，阿勒克西司君：——我觉得你——你对于我们的事业是冷淡的，——你不信仰我们的事业。”

“你这话是从甚么上得来的结论呢？”涅暑大诺夫徐徐地说出。

“从甚么得出的结论？从你自己所说的话！从你全部的行为！在哥鲁遂金家里，说他不曾看见我们有可以维持的要素的是甚么人？不是你吗？——要叫我们把这种要素指示给他的是甚么人？不是你吗？——并且你的那位朋友，那位空头忘八，那位巴克林先生，把两眼朝着天，说我们里面没有人能够牺牲，那时候最初和他表示同情，点头赞许是甚么人？不是你吗？——你口里要说甚么，你心里要想甚么——这是你自己的本分；但是说到我来，我是晓得有这样的人，能够把自己的一切都抛掉，把一生的快乐，——甚至把恋爱的幸福都抛掉，——专心为奉献于他的信念，以求言行一致，……你呢？你今天的脑筋里不消说是……完全想着别的事情的了！”

“今天？为甚么独于是今天呢？”

“啊哈，你还装着不晓得，你幸福的东福庵（Don Juan）[①]，恋爱的胜利者哟！”马克罗夫叫着完全把车夫忘记了，车夫虽然没有回头，但他是会听得很明白的。

车夫在这时候实在也是忙着找路，顾不到坐在他后面的两人的争论了。他专心地甚至畏缩地驾御着那正中的一头马儿，这马儿执拗地摇着头而人立，车子突然下了一个斜坡，在这儿的路上是不曾有的。

① 东福庵：西班牙文学中的有名的假想人物，好像我们中国的贾宝玉。——译者[现通译为唐璜。——编者]

“对不住——我不懂你说的甚么，”涅暑大诺夫说。

马克罗夫勉强地发出一声苦笑。

“你不懂我说的！哈，哈，哈！……老先生，我甚么都晓得的了！我晓得你昨天晚上对着甚么人表白了你的爱情；我晓得你仗恃你的美貌和谈锋把甚么人迷惑了；我晓得甚么人把你引到了她的房里……在晚上十点钟以后！”

“老爷！”车夫突然掉过头来向着马克罗夫，“请你把这缰绳握着一下；我要下车去看……我觉得我们的路是走错了。……那儿好像有一个坑……”

马车实在是倾倒在一边了。

马克罗夫把车夫交给他的缰绳执着，仍然是高声地说：

“阿勒克西司君，我也并不责备你！你是善用机会……你是一点也没有错。你对于我们的事业并不相投，我也并不奇怪；我再对你说一遍，你的脑里是另外想着一件事情，我在这个机会上说我一句话：女人的心喜欢的甚么，她所要求的是甚么，我是晓得的！”

“好了，我现在晓得你了，”涅暑大诺夫说；“我现在了解你的苦处，我现在也揣想得到是甚么人偷听了我们，急急地告诉了你的。”

但是马克罗夫却好像不曾听见涅暑大诺夫的说话一样，他接续着说，故意把每个字拖长，好像在唱歌的光景：

“这也不是甚么大功德，不是甚么有好了不起的道德上和肉体上的过人处……不是！这不过是一种轻佻的游戏——一切私生子的呢！……”

最后一句马克罗夫是急促地一顿一顿地吐出的——说了他突然沉默了，如像僵了一样。

涅暑大诺夫在暗黑中觉得他全部的面孔都苍白了，觉得有一种寒噤从他的颊上冲过。他好容易才制服了他自己，没有跳起去扼着马克罗夫的咽喉……“只有血才能报复这场侮辱，只有血……”

“我又找着路了，”车夫叫着，从前轮的近旁处升起来。“我弄错了一下，我向左边转了一下……但现刻不要紧了。要不到多少时候，离家不上两里路光景。请你们坐着！”

他又跳上了座位，从马克罗夫手里把缰绳接过来，把中马掉向一边……马车剧烈地摇震了两下，又平稳地迅速地在平路上走着了。黑暗好像要分破，要升上了，……一朵淡薄的烟云浮起，——前面现着一座小山，——有微弱的灯光闪烁，——又消去了……又现出一朵灯光……一匹狗儿叫了起来……

灯光愈渐添多了。

“你既这样凌辱了我，”涅暑大诺夫到头说出口来，“你是晓得的，惹尔格君，我今天晚上是不能够在你家里过夜了，我现在没有法子，到了你家里的时候，只能求你把你的马车借给我，我好转回城里；明天我总有法子回去……你那时总可以得到我的消息，你大约是期待着的。”

马克罗夫没有立地回答。

“涅暑大诺夫，”他突然用沉闷着差不多绝望的声音说道：“涅暑大诺夫！千万求你到我家里去——只要你肯，我便向你叩头，求你恕我罢！……涅暑大诺夫！请你……请你把我说的一些疯话都忘记，忘记了罢！啊，谁能晓得我是不幸到没有尽头处哟！”

马克罗夫把拳头捶胸——他的心头好像呕出了一声长叹。

“涅暑大诺夫！请你慷慨些！把你的手给我……请你不要拒绝我的求饶！”

涅暑大诺夫迟疑着，但终竟把手伸给了他。

马克罗夫紧紧地握着，握得涅暑大诺夫几乎叫出了。

马车停在了马克罗夫家的阶前。

“涅暑大诺夫君，你听罢，”一刻钟后马克罗夫在房里向着他说，“你听罢！”

他十分亲热地说着，这种出于不意的亲热对于他的得了胜利的情敌，他很毒地侮辱了的人，在几点钟以前还想杀死他，想把他捣成粉碎的人——在这种亲热之中有永远的和协，有悲痛的恳求，同时有一种权利……涅暑大诺夫也和他亲热起来，他是承认了这种权利了。

“你听罢！我刚才对你说，说我是抛弃了恋爱的幸福，说我是专心致诚地献身于我的信念的人……但这是谎话，牛皮呢！世间上没有人爱过我，我也不曾抛弃过甚么！我是生来是不幸的，我依然是不幸……或者应该是这样。——我是说不到恋爱上来的；我的问题在别处！因为你能够爱人而且被人爱……你能够把两者合而为一……并且同时能做革命的事情……所以你是一位幸福的人呢！……我羡慕你……但是我……唉……我是望不到。你是幸福！你是幸福！但是我……唉，我是望不到呢！”

马克罗夫低声地把这些话说了，他是坐在一只矮凳上，垂着头，无力地把两手觯着。

涅暑大诺夫立在他的面前，沉在一种模糊的梦境里；虽然马克罗夫说他是幸福的人——他没有这样的希望，他不觉得他自己是幸福。

“在我年青的时候，”马克罗夫说着，“有一位女人把我欺骗了；她是很好的一位女子，但是她把我骗了……她爱了甚么人呢？爱了一位德国人，一位副官！……而玛丽亚娜……”

他中断了……这是他说她名字的第一次，这个名字好像烧着了他的嘴唇。

“玛丽亚娜没有骗我：因为她在我面前说过，她并不喜欢我……实在的，我怎么能够使她喜欢呢？……好……她现在献身于你了……这有甚么相干呢？这不是她的自由吗？”

“停一下，停一下罢！”涅暑大诺夫叫着，“你在说甚么?!‘她献身于我’是甚么意思！……你的妹子是怎样写给你的我不知道，但我向你发誓……”

“我不是说的肉体的意义；但是她是精神上献身于你了，——她把她的心给了你，把她的灵魂给了你了，”马克罗夫插断他，他听着涅暑大诺夫的叫声明明觉得轻爽了一点。“并且她是不错……至于我的妹子……她自然没有伤害我的意思……她在根本上倒完全是冷淡的；但是她的确是恨你……也恨玛丽亚娜……她没有说谎……她要做甚么尽可以做甚么，于我是不相干的！”

“不错”，涅暑大诺夫心里这样想，“她是恨我们。”

“万事都在朝顶好的方面走，”马克罗夫接着说，没有改变他的姿势。“现在最后的羁绊也扯断了，不再纠缠我了！你要向我说，‘哥鲁遂金是一位蒙瞶的人’——或者是也说不定！你要向我说，‘克司拉可夫的信是可笑的，’——也尽管说罢！总之人是要把主要的眼目认定的。从他的报告上看来，一切都已经就绪了……你怕也不相信罢？”

涅暑大诺夫没有回答。

“说不定你的意见是不错的。但是我们假如要等凡百事情都准备好了才动手时，我们是甚么事情都不能做了。在事前要较量一切的结果时，结果之中的确会有许多不好的存在。譬如我们的先驱者在企图农民解放的时候——他们能够预料到在解放之后农村之间会有一种大利盘剥的阶级发生吗？这种人把一担腐败了的裸麦以六卢布的代价赊给农民，他们从农民所得的是甚么呢？第一（马克罗夫曲了一个指头），他们要这农民作六卢布的工；第二（马克罗夫又曲了一指），他们要收回整整一担的好裸麦；第三（马克罗夫又曲一指），他们来要加上一种利息，换句话说，他们要把农民最后一珠血液都要吸尽！这是我们的农民解放者在事前所会预料的吗？即使他们是预料到了，但他们着手于农民的解放没有预权一切的成果，他们是没有错的！所以我已经是决了心了！”

涅暑大诺夫用一种疑问的惊异的眼光看着马克罗夫；但是他把眼睛避开了。他簇紧的眉头把眼孔盖着；他紧紧咬着嘴唇，啮着他的胡须。

“啊，我是决了心了！”他又重说一遍，说时他用他有毛的棕色的拳头重打他的膝盖。“我是顽固……我不愧是半边小俄罗斯人[①]呢。”

他立起来了，把两脚拖着，就好像他再没有力气举起的一样，他走到他的寝室里去。不一会拿着一个嵌着玛丽亚娜的玻璃像匣又走出来。

“你请收了罢，”他带着一种可怜的但是平静的声音说出；“这是我有一次自己画的。我画得不好，但是你看罢，我觉得很像她”——（那是用铅笔画的侧面像，的确画的很准切。）“你请收了罢，朋友；我送你。同着这张像片我把我的权利……我实在是一点权利也没有……总之我把一切的，唉，一切的都送给你呢！我把一切都送给你，连她也送给你。朋友，她是一位好女儿呢……”

马克罗夫不说话了；他的胸部一上一下地抽咆，历历地可以看见。

“你请收下罢。你难道还在不高兴我吗？好，你请收下。我现在已经没有用了。”

涅暑大诺夫拿着像片；但是有一种特别的感情窒着他的胸部。他好像觉得他没有受这种赠品的权利；他觉得假如马克罗夫能够明显地读破他的

① 马克罗夫的母亲是小俄罗斯人，见前。——译者[小俄罗斯人，白俄罗斯人的旧称。——编者]

心事时，他不会把这像片送他……涅署大诺夫把那有金边的，细心地装在小小的黑匣里面的，小小的圆形纸片拿在手里，他不知道怎样做的好。

“我现在手里握着的，完全是一个人的生命，”他这样想着。

马克罗夫在这一瞬间提出的是甚么的一种牺牲，他是晓得的；但是何以会牺牲到他，何以独于会牺牲到他呢？……他该把这肖像退还马克罗夫么？否！这会是更残酷的打击了。……并且，这面孔不是他所尊重的吗？他不是在爱这个存在吗？

他不免怀着一种内心的惊惧抬头来看马克罗夫……这人不在看他吗？——不在探索他的心事吗？但是马克罗夫总还是把眼睛避在一边。又在啮着他的胡子了。

年老的侍仆拿着烛走进房来。

马克罗夫整作起精神说道：

“是睡的时候了，好朋友，明天清早总会更有甚么好想头罢。明天我借马给你，你可以回去了。请睡罢！”

“你也请睡罢，老人！”他突然加上一句，说时他向着仆人，在他肩头上拍了一下。“不要怪我！”

老人大吃一惊，几乎把灯都掉下去了，看着主人的他的眼光比平常不同，比平常更悲切了。

涅署大诺夫走向他的下榻处去。他的心绪恶劣，不甚舒服。醉后的头仍然在痛，耳里面听着骚音，眼睛不怕闭着，在眼前也看着闪光。哥鲁遂金，书记畏时牙，福牟遂加与斐牟遂加在他的周围跳舞；远处看见玛丽亚娜的像，好像在怀疑着的光景，因为那像并不向他走来……他所做的所说的一切事情，都好像是谎骗，是痴癫，是无用而不足轻重的长物，而他所当得做的，所应努力的目标，却是在那儿的一个未知的，不可及的方角里，是锁在三重的城围中，是埋在地心里的了……

他很想立地起来，走向马克罗夫面前向他说：“这儿奉还了你的赠品！——你请收回罢！”

“呸，人生是怎样无聊哟！”他结局是这样叫出了。

第二天清早一早他又要回去了。马克罗夫已经在门前，周围围着些农人。是他招呼他们来的，还是他们自己来的呢？涅署大诺夫不能决定这个疑问。极简单而平淡地马克罗夫和他诀了别……但是好像他要向他说出些重要事情的光景。那眼光总是惨淡的老仆也已经坐在那门口的阶段上了。

马车不久走到了城的那边，等它又到了田野的时候，平易地回转着前进。马是同样的马，但是车夫在计算多得一项酒钱——大约是因为涅暑大诺夫住的是有钱人的家里，或者另外有一层原故罢；大凡车夫是喝了烧酒，或者将有烧酒喝的时候，马是飞快如风，这是大家都晓得的。

天气虽然不甚鲜朗，但的确是六月的天气：高高的云影在青空中急流，——强烈的终风在经过昨日的雨天所清洒过的路上卷不起一点灰尘，白杨萧骚着，闪烁着，摇漾着——一切都飞过，一切都在动摇——远处的小山中布谷的鸣声清朗地越过幽壑传来，就好像这鸣声也有羽翼，从远处飞来的光景，——群鸦在太阳光中晒羽，裸体的地平线上有大而黑的昆虫在移着步武，那是农夫们的耕马在耕第二道的土田。

但是涅暑大诺夫所经过的一切的光景，都不会顾盼，他竟于不知不觉之间早到了西皮雅金家里了，他的心思是这样恼绕着他……

但是他看见了那房子的屋顶，那上层的楼房，那玛丽亚娜居室的窗户的时候，他振作起来。“啊，”他自语着，他的心里温暖了起来，“他说得不错，她是一位好女子，——并且我是在爱她呢！”

二十二

他赶快把衣服换了，走下楼去教科儿雅的书。

西皮雅金，他在餐室中遇着的，向他冷淡地，照例地行了一礼，从齿缝间问了他旅行的满足与否，又走进他房里去了。

这位政治家在他的统治的精神里面已经这样决定了，暑假过后，立地要把这“过于赤色的”家庭教师送回比得堡去，但等到那时候他只得暂时监视着他。

“我这回实在是失败了，”他自己在这样作想；“但是总不会再出闹乱子罢。”

西皮雅金夫人对于涅暑大诺夫的感情更强烈，更决绝的了。她简直再也不能忍耐他……这位学生子，这位寻常的凡骨头，——太伤了她的面目了！

玛丽亚娜所揣想的并没有错误，偷听她和涅暑大诺夫在长廊里的谈话的正是西皮雅金夫人。……这位高贵的妇人竟不以这样下贱的行为为可耻呢。涅暑大诺夫走后的两天中，她和她“轻佻的”表侄女虽然没有说甚么，但她刻刻都做起一个面孔，好像是说她甚么都知道了，说她是又惊又怒，说她假使不是在轻视她，怜悯她时，她的惊怪还要大……

她只要看见玛丽亚娜或者和她说话的时候，她的两颊实在是泛涨着不能遏抑的内心的轻蔑，她的眉头扬起一种渗和着怜悯的嘲笑；她的灵妙的眼睛看着这顽强的姑娘时微微带着惶惑；又含着凄切的憎恶，这位姑娘照她的“幻想和偏执”看来，结局是和一位不成材的大学生，在暗室里面竟至亲……吻了！

可怜的是玛丽亚娜！她的倔强的矜高的嘴唇，还不曾和他人的嘴唇接触呢。

但是华莲卿对于她的丈夫还不曾告诉过她的发见；她只是隐隐讽讽地

在他的面前说玛丽亚娜，发出些意在言外的微笑。

时而她又有些后悔，悔她不该写信给她哥哥……但是终局是觉得犯后悔比不犯后悔的好，写了的比不写的好了。

早餐的时候，涅暑大诺夫得手在餐室中偷见了玛丽亚娜一眼。他觉得她苍白了，微微瘦了；她今天觉得没甚光彩；但是在他走进餐室时，她向他投视的一瞥迅速的眼光一直射进了他灵魂的最深部。

而华莲卿看见他的时候，却好像私下在反复着说："我恭贺你！高明极了！手腕真不错！"的光景。同时她又在探索他面上的表情，看他曾否看见了她写给她哥哥的信……她结局是判定了，他是把给他看了。

西皮雅金听见涅暑大诺夫访问过梭罗明所经营的工场，他开始问他关于"种种方面的重要的工场设备"；但他从这位年青人的回答上立地看出他在那儿并没有观察得甚么，他沉在一种尊严的沉默里了，就好像他自己在责备自己，他不该把这样严重的一种说明求之于还未懂事的一个孩子！

他离开餐室的时候，玛丽亚娜得手向涅暑大诺夫耳语：

"你在那白桦的古林里等我罢，在园子尽头处的，——我立刻便来。"

"她也这样亲热我——简直和他一样，"涅暑大诺夫这样想着。这虽是有些稀奇，但是是怎样地甜蜜的哟！……并且，假如她突然叫他是"先生"，——假如她要退避他的时候，这会怎样地出乎意外，怎样地——为他所不能想及呢……假如是这样时，他觉得的确是他的不幸。那吗他自然是在恋爱她了？他也不自觉得。不过她是和他接近了，她于他是可尊重的，是不可缺的了，尤其是不可缺的，他在他生命的最深处这样感受着。

玛丽亚娜把他遣去的这座林子，大约有一百株老桦树的光景，其中有一大部分是垂杨。长风依然在吹着；长长的丝枝好像散发一样飘摇；云涛仍然如清晨时分一样在高空中迅速地航行，一朵云头掩过了太阳的时候，周围的景物都变了——不是变成黑暗，是变成一色。云头走开了，明朗的不静的光斑突然又在四处浮动起来，互相交流，重新分散，又和暗影相混。——萧骚，动摇，仍然没有改变；但可是加添了一种喜兴的快感了。激热的情绪和着这种喜兴燥急逼进薄暗的兴奋着的心中……涅暑大诺夫怀在他胸里的正是这样的一种心境。

他倚在一株白桦树上等着。他不知道，他心里感受着的是甚么；但是他也不想知道；他自己觉得不安，同时又觉得比在马克罗夫家里时轻快。第一是他想见她，想同她谈话；突然之间把两者有生命的存在结束着的那种红绳已经把他缠着了……涅署大诺夫想到小火轮要泊岸的时候，从船上投向岸上的那种缆绳……缆绳套上木桩了，船停稳了。

已经到了码头！感谢上帝！

他突然惊动了。女人的衣裳在远处的路上闪漾。那是她了！但是她是向他走来的，还是向他走去的呢？他起初不能明白，直到看见明暗的斑影从下而上地在她的身上跑……她自然是向他走来的了。假如她是从他走去的，那斑影当得是从上向下地浮动。再隔一会儿她站在旁边了，带着亲热的快活面孔站在他的面前，眼睛充满着情爱的光辉，唇上浮着柔和而快爽的微笑。

他握着她向他伸出的手，——但是他不能立地说出话来，她也不能说话。她是走得很快，气息微微有些急喘；但是她看见他在欢喜她的走来，她明明是非常快乐的。

她先把沉默破了。

“好，”她说，“你快说罢，你们决定了的事情！”

涅署大诺夫惊异了。

“决定？……我们有甚么事情应该决定呢？”

“啊，你是晓得的……说罢，你们谈了些甚么话？你会见甚么人？你会着梭罗明没有？……把一切都对我说罢……一切！但是你停一下，我们再往那边退一点。那儿我晓得有一个地方……我们难得被人看见。”

她拖着他走。他柔顺地随着她在深而不密的干草中走过。她把他引到了所说的地方。一株被暴风拔倒了的桦树横在地上。他们坐在这树身上了。

“好，说罢！”她又重说一遍。

但是她自己却接着说道：

“啊我真快乐，我真快乐！我觉得这两天长得没有尽头的一样。你晓得的，我现在的确相信着华莲卿偷听了我们。”

“她写信去告诉了马克罗夫，”涅署大诺夫说。

“告诉了他?!”

玛丽亚娜不作声了，她的脸色渐渐地红涨了起来，——但不是出于羞耻，是一种别的感情把她的血液驱上了两颊。

“那破廉耻的毒妇！”她慢慢地微语着，“她没有这样做的权利……但是又有甚么要紧哟！你说你的，你说你的！”

涅暑大诺夫开始报告……玛丽亚娜默默地听着他，凝神聚气地如像化了石的一样，只有涅暑大诺夫说得太快，或者说得太粗略的时候，她偶尔注意他一下。

一切的详细情形也不见得都使她满足：她笑福牟遂加和斐牟遂加，但她不能赞赏他们。他们的生活和玛丽亚娜的思想太隔远了。

“就好像在听着你说拿布削多诺若尔（**Nabuchodonosor**）[①]一样，”这是她的注释。

但是马克罗夫所说的话，哥鲁遂金的思想（不消说她立地便晓得他是不成器皿的，）尤其是梭罗明有甚么意见，他是怎样的一个人——这些是她所想知道，这些是使她焦燥着的。

“几时，几时你们才动手呢？”

涅暑大诺夫说话的时候，这样的一个问题是时常在她的脑中来往，时常浮上她的嘴唇来的。而他却总想回避她，对于这个问题不给一个决定的答案。到后来他自己也觉得，他只是在玛丽亚娜所不感趣味的事情上缕说着退混时间……并且不意地时常重复。

滑稽的叙说使她不能忍耐；空虚的忧思的声调使她刺心……他不得不重复说到“事业”上来，重复说到“问题”上来。说到这儿再没有冗长的话可以使她倦怠的。涅暑大诺夫想起他未进大学以前的时候，有一年暑假他到他朋友的村庄上去避暑，他向他朋友的孩子们谈说故事，——他们也不喜欢详细的描写，也不喜欢纯粹的人身的印象与感受……他们只要线索，只要事情！玛丽亚娜虽然不是孩子，但她有孩子的纯真的简单的心情。

涅暑大诺夫认真地带着热情地激赞马克罗夫，他说到梭罗明的时候又特别表示全部的同情。他一面热烈地谈说，一面却向自己发问：我这样同

---

① 纪元前六世纪巴士仑士，生于**2529**年前，死于**2486**年前。——译者[现通译为尼布甲尼撒，古巴比伦王国国王。——编者]

情这位人，究竟是甚么原故呢？他并没说过甚么大可惊人的话；他的有些话而且还和我的信念反对。……

“因为他是位稳慎的人，”他这样想，“他是有定见的冷静的男子，如像斐牟遂加所说的一样；他完全是一个男子；一个沉静的坚毅的魄力；他晓得他的欲求，他有自信而能使人信他；他决没有烦燥的时候……最卓越的是他那平衡，他那平衡！这正是要紧处；这些正是我所不及的！”

涅署大诺夫沉默着了，——他简直沉没在他这种穿凿着的思路里……

忽然他觉得有一双手放在他的肩上。

他举起头来：玛丽亚娜用一种关心的柔婉的眼光看着他。

“你，你怎么了？”她问他。

他把她放在自己肩上的手握着，第一次在手上亲了一吻。她微微发笑，——好像在诧异着会有这样的一种殷勤浮上了他的心里。——接着她也凝思着了。

“马克罗夫把西皮雅金夫人的信给你看了吗？”她结局问了出来。

“给我看了。”

“唉……他说过些甚么呢？

“他？……他真慷慨，他简直就是无我精神的具体！他……”

涅署大诺夫想说到画像上来，但他又遏勒着，只重复一句：

“他真是慷慨！”

“是呢，是呢！”

玛丽又凝思着了，她突然在他们坐着的树干上掉身向着涅署大诺夫，快活地问：

“那吗你们怎么决定的呢？”

涅署大诺夫把肩头耸了一下。

“刚才说过的，一直到现在……我们还甚么也没有决定：我们还要等。”

“还要等？……等甚么呢？”

“等最后的命令。”（“但是我是在说谎，”涅署大诺夫心里这样想着。）

“甚么人的呢？”

“这个人……你是晓得的……瓦士里 · 尼可拉奕逸奇。并且我们也不能不等奥斯突罗杜摩夫回来。”

玛丽亚娜疑问地看着他。

“这瓦士里·尼可拉奕逸奇，你究竟看见过他吗？”

“看见过两次，……但没有好久。”

“他是怎样？……是一位了不起的人吗？”

“叫我怎样对你说呢？他现在是我们的领袖……他是统率一切的。没有规律我们的事业是不能进行的；我们是应该服从。”（“但这简直是梦话！”涅暑大诺夫又在这样想。）

“他是甚么样子呢？”

“他是甚么样子？——他矮小，结实，棕黑色的……有点像粗鲁的加尔米克人，两颧骨是突出的。但是他的眼睛很灵活。”

“他说话是怎样的态度呢？”

“他不是说，他是在下命令。”

“为甚么他成了你们的领袖呢？”

“唉，他是有性格的人，有铁一般的意志。他甚么也不畏缩。只要是必要的时候，他可以杀人，简单说，别人都怕他。”

“梭罗明是怎么样呢？”玛丽亚娜略微沉默了一下发问。

“梭罗明也是一样不美；但他的面孔很好，单纯而诚实。这样的面孔在神学生里面——不消说是好的神学生里面是容易看见的。”

涅暑大诺夫把梭罗明详细描写了一阵。玛丽亚娜良久地看着他……好像自语一样说道：

“你也有一个好面孔呢。我觉得和你一同生活是甜蜜的。”

这句话感动了涅暑大诺夫；他从新又握着她的手，引到唇边。……

“不要这样罢！”玛丽亚娜笑着说，别人亲她的手的时候，她总是笑；“你还不晓得，我做了一件对不起你的事情呢。”

“甚么呢？”

“事情是这样：你不在家的时候，我到过你的房里去，——我看见你桌上放着一册小抄本，写着诗……”（涅暑大诺夫惊愕了；他记起，他的抄本的确是放在桌上的）——“并且我要认罪，我禁不住好奇心的驱使，我竟翻开读了……这些诗岂不是你做的吗？”

“是的；玛丽亚娜，我怎么说的好呢？你要晓得这是顶好的证据，我是怎样地对待你，怎样地信赖你了。……因为我几乎一点也不怪你。”

“几乎？那吗，你不是有点怪我吗？……唉，你叫我是玛丽亚娜；我不能叫你是涅暑大诺夫了！我要叫你是阿勒克西司。那首诗，起头是‘朋友哟，我是死到临头了’的……也是你做的么？”

“是的……那也是……只是——请你别再说了……别要苦我罢。”

玛丽亚娜摇了摇头。

“这首诗是很凄凉的……我只希望，你写那诗的时候还不曾接近我。但是诗是好呢——就我所能批评的说来。我觉得你是能够成个文人的；但是我是坚信着，你是有比文学更高更善的使命的。做画——这在别外不能做事情的时候，不消说也是好的。”

涅暑大诺夫迅速地看了她一眼。

“你是那么想的吗？是的，我也和你同意。在文学里成功，不如在事业上失败。”

玛丽亚娜突然站立起来。

“是的，阿勒克西司，你的话不错！”她叫起来，她全部的脸上，被一种崇高的感情的触动美化了，得着了灵感的光辉。“你的话不错！……但是我们或者不会立刻失败；我们总还有些时候呢；你要晓得，我们是会成为有用的，我们的生命不会徒然腐朽，我们要同民众握着手走的……你能够做甚么手工么？不能吗？好，也是一样，——我们要做工，我们要把我们所晓得的一切献给我们的同胞；只要是必要的时候，我就做厨房，做缝工，做洗衣服的女子都可以……你要晓得，你要晓得……这里面是没有报酬，但只有幸福，只有幸福呢！”

玛丽亚娜默着了；但是她向着远方的眼睛，——不是在她前面衮延着的远方，是那个不可见的还存在将来的，但在她是能够看见的远方，——她的眼睛是在放着光辉。……

涅暑大诺夫俯着头走到她面前……

“哦，玛丽亚娜，”他低语着，“我是配不上你！”

她突然战栗着了。

“是时候了，我们回去罢，”她说，“不然又会打发甚么人来探索我们了。总之华莲卿她不想再收养我了。在她的眼睛里看来，我是一位堕落了的女子！”

玛丽亚娜说这句话的时候脸色是十分喜乐的，把眼睛抬起来看着她的涅暑大诺夫，竟也禁不住微笑，禁不住重复了一次：“一位堕落了的女子！”

“只有她觉得是太伤了面子，”玛丽亚娜接着说，“因为你再不听她的诱惑了！……不过这些都是不要紧的……但是……你听呢……我现在不消说是不能够再在这儿住下了……我们不得不逃走。”

“逃走？”涅暑大诺夫返响着。

“自然是逃走呢……你还想留在这儿吗？我们一道走。我们要一同做工。……你肯和我同走么？”

“同走到世界的尽头处！”涅暑大诺夫叫出，他的声音突然感奋得战颤起来，感激地战颤起来。“走，同走到世界的尽头处！”

他在这一瞬间，实在是全没有顾虑，只要是和她同走便走到甚么地方，他都听她引去了。

玛丽亚娜了解他，短促地幸福地叹息了一下。

“你请握着我的手罢……但不要亲吻……你紧紧握着，如像同志一样，如像朋友一样；……好，好！”

两人同路走回家去，默默地，幸福地……嫩草媚妩他们的脚，嫩叶在他们周围萧骚，明暗的斑影[1]在他们的衣裳上急动，两人都笑这生动的光之游戏，笑这愉快的风之驰突，笑这树叶的新鲜的光彩，笑他们的青春，——笑他们彼此。

① 原版本作“班”，据上下文校改。——编者

二十三

梭罗明在哥鲁遂金家燕饮后，走了十里路的夜路，等他走到工场扣木棚的小门的时候，天光快要破晓了。

更夫立刻把门打开，领着的三只守夜犬见着他便摇起尾来。更夫细心地引他进了他小小的居室。更夫看见他监督的无恙归来，显然是十分高兴。

“瓦士里 · 费多体奇（Wassili Fedotitsch），你怎么今晚就回来了？我们都以为你要明天才回来。”

“构里拉（Gawrila），好说呢！在夜里走路更好走些。”

梭罗明和他工人的关系是很好的，不过和寻常不同：他们一方面尊敬他是一位上司，但他们别方面又把他当成同辈，当成他们中之一人：他在他们的眼里是工界上的非凡的干才！

他们说：“瓦士里 · 费多体奇所说的甚么，就好像《福音书》上所说的一样。没有一个人可以比得上他的学问的，没有一个英国鬼子上得上他的手，他一掌便要把他打在沙上！”

实际上有一次有位著名的英国工程师来参观这纺织工场的时候，这位英国人怕是因为梭罗明和他谈英国话，或者是因为真正地佩服他的才能，他始终笑着拍他的肩头，请他到里屋浦（Liverpool）①去；一方面又向着工人们用不完全的俄国话接连地说：“唉不错，他非寻常的好！不得了的好！”——工人们满开心地笑他，的确有几分夸耀地这样说：“啊，我们的监督是一骑当千的人！——是我们的同气！”

实际上他不仅是工人出身，而且是属于他们的。

第二天清早他的助手保罗把他叫醒了，保罗一面帮他穿上衣裳，一面

① 现通译为利物浦。——编者

报告昨天一天的事情，又仰求今天的命令。两人火速地同用了早茶，梭罗明又把他肮脏的作工的短衣穿上，走向工场里去，他的生活又从新走上有规则的轨道了，——有规则地好像一个巨大的车轮。

但是一个新的中断又发生了。

归后第五天上，梭罗明看见一乘华美的，四头骏马的小马车走进工场里来，两三分钟后保罗引着一位穿灰白色制服的下人进来恭敬地交了一封蜡封了的信给梭罗明——是从秘书官西皮雅金阁下寄来的。

信是很香馥馥的，不是甚么香料的香气，唔，却是一种很特别很著名的英国的香味，信也不是书记的手写的，虽是写的第三人称，却是西皮雅金阁下自己，这位高官显爵的阁下，阿尔香诺庄的主人，久仰梭罗明先生的大名，虽无面识，敢“冒昧”请他到庄上去，关于一件重要的工场设施上想领求高教，所以他遣了一乘马车来迎接梭罗明先生，希望他先生光降。假使梭罗明先生不能于即日离开工场时，请先生任意约定一个方便的时日，阁下将再遣马车来迎，不胜荣幸等等。

结尾照例是些谦套话，接着便是很别致，纯是官派的署名，没有见识的人连一个字母也是分别不出的。

信后用第一人称还加上了一节追白：

“我希望你没客气，请到我庄上午餐，衣装随便，请用便服。”（在随便两字上还加上了圈点。）

穿灰白色制服的来价把这封信交给梭罗明，同时还交了一封简单的没有加封的信函。这是从涅暑大诺夫寄来的，信里说：

“请你来罢；你要紧得很；你能够帮助我们——不消说不是西皮雅金。”

梭罗明把西皮雅金的信读后，他想：“哼，你怕我还不会‘随便’吗；我这里一件燕尾服也没有呢……他到底为甚么要来纠缠我呢？……只是徒费我的时间！”

但是他把涅暑大诺夫的信笺读了后，他搔起颈子来，迟疑地走到窗边。

灰白色的来价恭敬地问道：“先生怎样回复呢？”

梭罗明还在窗边立了一下，他把头发摇了两摇，把手按在额上，结局回答道：

“我同你去。我只换一套衣裳。”

来价满得意地走出；梭罗明叫保罗来，同他谈了一下，又走到工场里去。等他穿上一件长袖的黑衣裳，这是乡下的裁缝缝的，戴上一顶翻了红的高统帽，这使他的面孔立地呈出一种呆板的神情，他坐上了小马车，想起他没有戴手套；他叫他形影不离的保罗替他拿了一双才洗好了的白皮手套来，这手套上的各个指头，就好像香蕉糖一样。

梭罗明把手套插在衣包里，叫车夫开车。来价一翻身跳上坐台，熟练的车夫叱起马来，车子滚动着了……

梭罗明要拢西皮雅金庄上的时候，这位政治家放着一本半截的政治的印刷物在膝头上，同他的夫人在客堂中谈这位年青的技师。他对她说，他写信给梭罗明去了，望他能够离开那商人的工场来看他自己的工场，因为他的工场是愈闹愈坏，应该彻底改革一下。

他写给梭罗明的信虽然暗示着今日，但他今天会拒绝不来，或许推延到来日，他简直没有把握。

“但是我们的是造纸工场，不是纺织工场呢，”华莲卿说。

“都是一样的；那儿用的是机器，这儿也用的是机器；而且他是技师呢！”

华莲卿微笑了。

“你好生注意罢；你已经和年青人弄失败了一次；你不要再蹈覆辙罢！”

“你是在说涅暑大诺夫吗？……但是我觉得我们的目的是达到了的；他做科儿雅的先生是很适当。并且你要晓得：non bis in idem 呢！啊，请你恕我抛起文来了……这是说，事无同样呢。”

“你那样想吗？但据我想来世间上一切的事情都是重复了又重复的……尤其是在自然界里……更尤其是在青年界里。”

“Quo voulez-vous dirc?”（你说的是甚么意思呢？）西皮雅金做出一种文雅的姿势把印刷物放在桌上，这样用法国话问着。

“Ouvrez les yeux-et vous verrez!”（把眼睛睁开——你自会看见！）他的夫人这样回答他。

他们因为说的是法国话，所以用的是你字的敬称vous 。

“哼！”西皮雅金吸吸地说。“你是说的这位大学生吗？”

“是，是这位大学生先生。”

“哼！……他做出了”——(他把手放在额上)——“甚么事情吗？吓？”

“把眼睛睁开罢！”

“玛丽亚娜吗？吓？”

这第二个的“吓”字比第一个更带些鼻音了。

西皮雅金把眉头绉了一下。

“好，这些我们随后再清理罢。今天我只想向你说一句……这位梭罗明好像有点粗鲁的样子……唉，那是毫不足怪的：因为少有习惯！……我们要用心和他周旋一下，免得他太吃惊恐了。我不是说的你；你是一个真珠；你开心时，只消一眼便会把人迷倒的！……太太，我向你说呢！我说的是别的一个人……譬如他……”

他指着一顶灰色的，极新式的帽子，挂在一个帽架上的；这是客尔罗美采夫的帽子，他清早就到阿尔香诺庄上来了。

“你晓得的，他是太硬了；他把平民蔑视到底，这是我全不赞成的！并且我这一晌觉得他不静镇，有点暴燥……老实他那件事情……那儿的”——(西皮雅金无定向的把头动了一下；但是他的夫人会意了)——“不成功了吗？吓？”

“所以我说，你把眼睛睁开呀。”

西皮雅金向着她。

“吓”——（这一个‘吓’完全是别的意义，并且也另外是一种很低的音调。）——“会那样吗？……我怕是太把眼睛睁开了！”

“这是你自己的事情。至于这新来的年青人，——只要他今天肯来时，你请放心；我们是要十分儆戒的。”

但是他们的儆戒是过余了的事情。梭罗明不粗鲁，也没有惊恐。

仆人走来报到，西皮雅金立刻站起来高声地说，他的声音在前房里都可听见：

“请客进来呀！不消说是请客进来呀！”

他接着走到客堂门中去，立在门前。梭罗明刚好进门，几乎闯倒西皮雅金，西皮雅金把两手向他伸出，把头向左右摇，殷勤地笑着说：

“啊，你真赐光，我真感谢你！”

接着又把他介绍给华莲卿。

“这是我的夫人，”他说，说时轻轻地拍着梭罗明的肩膊，好像要把他推到华莲卿的面前一样。“太太，这是我们县里的第一位技师和工场监督，瓦士里……费多惹奕维奇 · 梭罗明。”

华莲卿站起来，优婉地把她美的睫毛扬起，殷勤地向着这年青人微笑，就好像遇着一位旧相识的光景，然后把她小小的手伸给他，把手掌向上，把肘拐紧贴着腰侧，把头微微向右偏着，就好像要讨一点施舍的一样。

梭罗明让这一对夫妇献他们的伎俩①，和他们握了手，才应着他们的促请坐下了。

西皮雅金又才用心着问他，可不可以用些甚么中点。但是梭罗明回答着不用，说他在短短的车行中并没有疲乏——说他可以应他的驱遣。

“那吗我可以请你去看看工场么？”西皮雅金问他，面孔就好像深怕失礼的一样，就好像他的显客不好这样待慢的一样。

“立刻去罢。”梭罗明答应他。

“啊，你真爽快！我们还是驾乘马车去呢？——或者还是走路去呢？”

“你的工场想来离这儿不甚远罢？”

“一里多路光景，不甚远。”

“那吗何必坐车呢？”

“好，好极！我的帽子，我的手杖，快，快！……你就请给我们多准备点好菜吧，我的贤惠的太太！我的帽子呀！”

西皮雅金比他的客人还要张皇失措。他又重说一遍：“但是我的帽子呢！”他——一位高官！——他竟跳跑起来，好像高兴的小学生一样。

西皮雅金和梭罗明谈话的时候，华莲卿偷偷地但是注意地观察这“新来的青年。”

这青年平静地坐在安乐椅上，光着的手放在膝上（手套他简直没有带），虽然有几分好奇的光景，但是泰然自若地看着家具，画幅等等。

“这是甚么道理呢？”她这样想。“他是一位平民，完全是一位平民……但是，他的态度怎这么自然呢！”

实在的，梭罗明的态度是非常自然，而且并不是勉强做出的貌似，好像在说：“看罢，看罢，你看我是怎样单纯而自然！”——而他却是像一

---

① 原版本作“技俩”，现据上下文校改。——编者

种人，这种人的思想和感情都是澄明，单纯，但是有力的。

西皮雅金夫人想和他搭上一句话，但是她所惊异的是：她不能立刻寻出一个话题来。

“啊哈，”她自己想，“难道这位工头儿把我制服了吗？”

“良人是非常感谢你的，”她结局开始说，“你肯把你可宝贵的时间替我们牺牲了……”

“我的时间并不十分宝贵呢，”梭罗明回答她，“我也在此不能留多少时候。”

“吓，老熊露出爪牙了！”她用法国话这样想着。

但是在这时候，她的良人戴起帽子，拿起手杖，在开着的房门口现出了。侧着半身，和婉地叫道：

“瓦士里 · 费多惹逸奇！可以去了么？”

梭罗明站起身来，向华莲卿鞠了一躬，随着西皮雅金走去。

“请跟着我来——这儿，这儿，瓦士里 · 费多惹逸奇！”西皮雅金反复着说，就好像他是在稠密的森林里面，梭罗明须得要个引导者的一样。“这儿来！当心些罢，这儿是阶段，瓦士里 · 费多惹逸奇！”

“你叫我父名的时候，”梭罗明泰然地说，“请没叫我是费多惹逸奇（Fedosseïtsch），——我是费多体奇（Fedotitsch）。”

西皮雅金回过头来看他一下，的确有点惊愕的神气。

“啊，对不住，请不要见罪，瓦士里 · 费多体奇！”

“这是不用说的。”

他们刚好走出庄子的时候，客尔罗美采夫偶然遇着他们。

“你要往那儿去呢？”他问西皮雅金，他从侧面来投视了梭罗明一眼。“到工场去吗？ C’est iá l’individü en question?（这便是时常说的那人吗？）”

西皮雅金大睁起眼睛，把头摇摇，好像要告诫他注意的光景。

“是的，是到工场去……要请这位机器专家检查我的过失和愚昧。我可以介绍你们罢，——这是客尔罗美采夫君，是一位相邻的地主，梭罗明君。”

客尔罗美采夫只微微点了两次头，不是向着梭罗明，——竟连一眼也没有看着梭罗明。梭罗明却炯炯地看着他，他半闭的眼睛呈出一种特别的印象。

“我可以同你去吗？”客尔罗美采夫发问。“你晓得的，我是很想见识见识。”

“不消说你可以同我们去呢。”

他们从中庭弯上路去。走不上二十步路光景他们看见一位教士，穿着平常的教士服，把衣袂系了起来，是要回他的教区去的。

客尔罗美采夫立刻和两位同路的人离开，大踏步地向那教士走去，教士完全出乎意外，有几分惶恐了，向他祝了福，在他流着汗的红手上接了一个响吻，他向着梭罗明投着挑战的眼光又走转来。他明明是轻视梭罗明，想给他一个教训。

“你是在示威吗？好朋友，”西皮雅金用法国话说出。

客尔罗美采夫哈哈大笑起来。

“是的，好友，是一个示威运动；现今的时代是必要的。”

他们走到工场了，一位满嘴胡须的小俄罗斯人，牙齿是爆着的，迎接着他们，这位是前技师德国人的继任。这位小俄罗斯人只是一时的代替，他明明是全没中用的，他只反复地说：“是，是，怕是那样，”时常漏着叹声。

检查开始了。

有许多工人是认得梭罗明的，向他行礼。其中有一位他竟向他说道：

“格来戈里（Gregor），你好，你在这儿做事吗？”

他立刻查出，这工场的指导是全不得法的。钱是费得不少，但是没有理由。机器的品质不良；有多少是冗而无用的，而别的方面应备的却又没有。西皮雅金不断地看着梭罗明，征求他的意见，畏畏怯怯地问他，想知道他对于这工场的设备是否至少有点满足。

“这儿的设备大抵是不错的，”梭罗明回答他；“但是能够有甚么利润呢？我很怀疑。”

梭罗明在工场里非常熟习，不仅西皮雅金感觉着了，连客尔罗美采夫也感觉着了，在这儿连极微细的事情他都知道，在这儿他是主人和指导者了。他把手放在机器上就好像骑士把手放在马颈上一样；他用指头动一个车轮，轮子不是停止动作便是旋转起来；滤纸的木桶拿在手里就好像拿着面精，一切的缺点立刻现到目前。

梭罗明少有说话，连一次也没有看那胡子的小俄罗斯人；他默默地离开了工场。西皮雅金和客尔罗美采夫随着他。

西皮雅金不许别人送他……他竟蹬着脚，切着齿！他是全然失了把握。

“我据你的样子看来，”他向着梭罗明说，“你是不满足我的工场的，我自己也晓得我的工场并没有弄好，总是失本；我请你千万不要客气，请你说，这重要的缺点究竟在那儿呢？并且要怎样才能把它改良呢？”

“制纸本不是我的专门，”梭罗明答应他；“但是我可以对你说：——实业的事情不是贵族所能办的。”

“你是说，这种事业在贵族办来要算是堕落吗？”客尔罗美采夫参进话里来。

梭罗明微笑了。

“哼，不是！一点也不是！究竟怎会有甚么堕落呢？就使有点像堕落——贵族们也不见得那么高华。”

“喂？甚么？”

“我的意思只想说，”梭罗明泰然接着说，“贵族们对于这种事业是没有习惯。这儿总要有商人的精神，这完全立在别的一种基底上；这儿忍耐和训练是必要的。贵族们便办不到。我们不是时常在四处看见的吗？他们建筑了布厂，纸厂，和别的工场，这些工场结底是落到甚么人手里了呢？落到了商人。这是可惜的；因为商人是真的榨取者；但是有甚么方法呢？”

“照你说来，”客尔罗美采夫说，“别人会以为我们贵族是完全不懂财政的了！”

“恰恰是正反对！在财政方面贵族是很擅场的。敷设铁道，建立银行，实行专卖，举凡在财政方面顶注目的事情——没有人能够做得过贵族的！他们以这样的方法积聚雄厚的资本。因为你不高兴了起来，我才这样说。但是我所说的是正规的生产事业；我说的是正规的，因为像经营酒店，经营小贸易的商铺，借钱米与农人收百分之百或百分之百五十的大利，如像现在许多贵族的地主所干的——这在我看来，还说不上财政上来呢。”

客尔罗美采夫没有回话。他正是这种盘大利的地主，马克罗夫在他最后和涅暑大诺夫所说的话中指摘过的。并且他在盘剥的手腕上尤为是惨无人道，因为他是不许农民和他见面的——没有一位农民曾经进过他香气馥郁的欧风的书斋里！——只用代理人和农民经手。

梭罗明的话说得悠游不迫，旁若无人，他听着他，话句一一羼进了他的心里……但是这一次他却沉默了，只有颊上的筋肉紧收起来使他切齿咬牙，这是泄漏了他内心中的愤懑。

"但是，瓦士里·费多体奇，对你不住，"西皮雅金开始说，"你所说的在以前的贵族是不错的——以前的贵族有另外一种权势和地位。但是现在，经过种种适宜的改革之后，在我们的实业的世纪——贵族为甚么不能把他的注意，乃至把他的材力倾向到这种事业呢？普通的并没甚么教养的商人都能够做的事情，为甚么贵族又不能够做呢？我们不能责难贵族没有教养，实则我们可以绝决地主张，贵族的确是文明的代表，进步的代表呢！"

西皮雅金说得非常条畅；他的谈锋在比得堡——在他的下属或者更高级的上司中——定会得到伟大的效果；但是在梭罗明心上却没有一点儿影响。

"贵族对于这种事业是不在行的，"他又说。

"但是为甚么不呢？究竟为甚么不呢？"客尔罗美采夫几乎在嘶叫的光景。

"因为贵族结局只是官僚。"

"官僚？"

客尔罗美采夫连讥带讽地大笑起来。

"梭罗明先生，你所说的，好像连你自己也不懂呢？"

梭罗明仍然微笑着。

"你怎见得呢，客罗门左夫君？"（客尔罗美采夫听见他的姓氏被人这样"毁改"了，他竟大吃一惊。）"我对你说，我自己说的话没有不懂的。"

"那吗你把你刚才说的解释给我听！"

"好极：照我的意思一切的官僚在从前是局外人和闯入者，在现在也是局外人和闯入者；而现在的贵族也成为局外人和闯入者了。"

客尔罗美采夫笑得更高声了。

"老先生，我要请你恕我：我简直叫着不懂你的话！"

"那你真是可怜了。你再用一下工……或者可以懂得我说的话了。"

"吓！"

"诸君，诸君，"西皮雅金急剧地说，说时好像在把眼睛找人的一样。

"请你们，请你们！……客尔罗美采夫，你请稍安毋躁。餐事快要停当了，——或者在这时候怕已经停当了。请你们，诸君，跟着我来！"……

"华莲卿·迷海罗乌那！"五分钟后客尔罗美采夫走进她的房间去叫她；"唉，你丈夫做的事情，简直说不得！他已经弄了一个虚无党在家里，他又弄第二个来了！并且这个比第一个还要厉害！"

"究竟是怎么的呢？"

"唉！……我简直不晓得他是甚么意见；你就看这一点罢；他和你的丈夫谈了一点钟的话，他连一次，连唯一的一次'阁下'也没有用过！这样一个流氓！"

二十四

食前西皮雅金把他的夫人唤进书房。他要和她私下商量。他是非常烦闷。

他对她说，工场是十分陷在悲境里的；这位梭罗明在他看来虽然有点……粗躁，但是是一位有头脑的人，所以大家都要留心着不得待慢他。

“啊，我假如能够把他留下，我是甚么都舍得呀！”他反复了多少遍。

客尔罗美采夫在场是使西皮雅金十分不快的。……

“他真是混蛋！无论甚么人他都看成虚无党，立地便想把他镳杀！他镳杀也可以，请在他自己家里好了！要把舌头拴着，他简直好像办不到！”

华莲卿说，她对于这位新客，总要留心不肯待慢的；但是在她看来这位先生好像无须乎这样的待遇，他简直是无可无不可的；不是因为他是粗鲁，是因为他对于一切都冷淡，——大凡从“平民”出身的人总是这样的。

“总之……你尽力罢！”西皮雅金说。

华莲卿约了要尽力，她也遵守着信约了。她先和客尔罗美采夫私谈了一次。她和他谈的是甚么，这是无从知道，但是他坐着带着个严守信约的人的面孔，他就听说甚么，也冷静而谦恭地倾听。

这种不时的“断念”使他全部的精神带着一种哀韵；但是——怎样地严肃哟……在他一切的举动，哦，是怎样地严肃哟！

华莲卿把梭罗明介绍给全家的人……（他看着玛丽亚娜比别人还要注意）使他坐在自己的右边。客尔罗美采夫坐在她的左手。他把南布巾解开，忍不住微微发笑，好像在说：“好，等我们来演些喜剧罢。”

西皮雅金坐在他的对面，眼里不断地表现着一种不安的神情。

照席次的新安排涅暑大诺夫不坐在玛丽亚娜旁边，却在安那 · 沙哈罗乌拿与西皮雅金之中。

玛丽亚娜在科儿雅与客尔罗美采夫之间寻着放在桌布上她的名刺（因

为这场燕会是很正式的)。

桌面是非常讲究；在每个座位前面都用加饰的色纸写着菜单。

羹用过后西皮雅金立地谈到工场，谈到俄罗斯的一般产业。梭罗明的回答照例是非常简单。只要他一说话，玛丽亚娜的眼睛便要看着他。坐在她旁边的客尔罗美采夫对着她说起种种的殷勤话来（因为他是受了禁制“在席上禁谈政治的”)；但是她没有听他的；他的殷勤也觉没有甚么趣味，就好像自己在敷衍自己的良心：因为在这少女和他之间有一个不能逾越的沟渠存在，他是晓得的。

说到涅暑大诺夫来，他和西皮雅金之间突然有甚么隔阂存在了……西皮雅金把涅暑大诺夫只当成一个家具，或则只当成一个空间，他是完全忘却了他的存在了！这新成的地位成立得太快，太完全了，席上涅暑大诺夫对于安那·沙哈罗乌拿的拍谈偶然有些回答，西皮雅金竟瞠然四顾，好像在问：“哦，这是那儿来的声音？”

西皮雅金显然有些官僚的派头。

华莲卿把她的媚斌和殷勤努力向右边，向着梭罗明满送，鱼用过后她隔着席面对她的丈夫说：

“我们的客人不用葡萄酒；他怕喜欢啤酒……”

西皮雅金立地提高声音叫道：

“哀儿[①]！哀儿！”

但是梭罗明却平静地向着华莲卿说道：

“太太，你该是晓得的，我在英国住过两年多，所以我懂英国话；在这一点我请你注意，谈密话时请不要用英语。”

华莲卿开始微笑起来，请他不要多心，决不会谈他的坏话。她在暗地里觉得梭罗明这番注意有点稀奇，但也是一种周到的法子。

客尔罗美采夫到头不能再遏勒着了。

“噢，你在英国住过！”他开始说；“那么英国的风俗习惯你该也晓得罢？我问你，我们有没有学他的必要？”

“有些有；有些没有。”

---

① 哀儿（ale)，一种啤酒名。——译者

“这倒简单……但不很明瞭，”客尔罗美采夫说，西皮雅金向他做些手势，他故意没有看见。“你刚才说到贵族来……你在英国的时候，想来关于英国的landed gentry（乡绅）总有研究过的机会罢？”

“没有，我没有这样的机会；我的研究范围完全是不同的；不过我也观察过他们一下。”

“噢！这样乡绅你以为在我们俄国是不能存在的吗？你以为无论如何是不足采法的吗？”

“是的，这种的贵族在我们俄国我觉得不能存在，其次也不足采法。”

“甚么道理呢，梭罗明先生？”客尔罗美采夫说。

这个“先生”的尊称是想把来安慰西皮雅金的，西皮雅金已经很不安然，甚至在他的椅上也不能坐稳了。

“唉，因为只要二三十年你们的乡绅便会自行消灭。”

“但是好先生，——你怎么会这样想呢？”

“因为那时候的地基都要归给没有门阀的地主了。”

“商人吗？”

“大部分是商人。”

“怎么会那样呢？”

“商人会买地基。”

“从贵族买去吗？”

“从贵族先生们买去。”

客尔罗美采夫谦抑地微笑着。

“我记得你刚才说的是说我们的工场和实业的建设。你现在说到全般的土地了。”

“我现在是说到全般的土地。”

“你当然是很欢喜的了？”

“一点也不，我已经对你说过，这在平民的负担上并不减轻的。”

客尔罗美采夫把右手举了一下，好像要说：“哦，平民的负担减轻！”

“瓦士里 · 费多体奇！”西皮雅金大声地叫着，“啤酒拿来了！……喂，喂，惹门！”他又低声地制止他。

但是客尔罗美采夫并没有避易。

“照我看来，”他从新又说，转身向着梭罗明，“你对于商人并没有甚么阿谀的意见；你是完完全全地属于平民的了！”

“完全不错。”

“你好像以为凡是属于平民的，或者与平民有关系的，都是尽善尽美的吗？”

“足下，不然！这完全是你的误解。我们平民本是有许多缺点，不过不是我们的罪过。我们的商人素来便是强盗；他是完全仿照强盗的法子在做事的……这是没有法子的！以暴易暴呢！至于平民……”

“至于平民？”客尔罗美采夫嘶声地重复一遍。

“平民还在贪眠。”

“你想唤醒他们吗？”

“也不会是坏事罢？”

“哈哈，哈哈，这样看起来……”

“诸君，诸君！”西皮雅金用严重的口气说出。他晓得这是收场的时候到了！他要起来收场。把右手拐靠在桌上，把手掌把空中摇动，他长长地详细地演说起来。一方面他称赞保守主义者，一方面他又微微左袒着自由主义的一边，他说他是属于这一派的；他赞美民众——但他也不免说了些民众的弱点；他极端信赖政府，——但是一切的僚属能否实行善政，他也不免要存疑问。他承认文艺的功用与意义，但是严重的监视他又认为文艺的存在上不可缺少的条件[①]。他把眼睛望着西方，起初很快乐，后来便觉得怀疑；他又把眼睛向着东方，起初很平淡，后来便觉得满充着希望！结局他提议干杯，在这三位的名下：

宗教 农场 工业！

“在政权加庇之下！”客尔罗美采夫严重地加添一句。

“在开明的温和的政权加庇之下！”西皮雅金替他修正了。

干杯平稳地通过了。西皮雅金右边的空位，名叫涅暑大诺夫的，呶呶了一句不明瞭的话；但没激起听者的注意，也就沉没到静默里了，餐事不再有甚么论争，平稳地告了结局了。

---

① 据上下文此句意为：严重的监视，他又认为是文艺存在的不可缺少的条件。

华莲卿笑容可掬地向梭罗明献了一杯咖啡；他喝了——他的眼睛便在找寻帽子……那时西皮雅金温和地把他的手夹在肘下，把他引到书房里去，先奉了一枝上等的香烟，然后再敦请他在有利的条件之下接受他的工场管理。

“你是全不受限制，瓦士里 · 费多体奇；一切都听你自由指挥！”

梭罗明把香烟接受着了，但是拒绝了他的敦请。西皮雅金的迫切的请求不能使他摇动。

“好朋友，请你别要立地推辞！至少请你犹豫到明天罢！”

“结局只是一样，因为我是不能应你的聘请。”

“延到明天罢，瓦士里 · 费多体奇！犹豫一下又有甚么妨碍呢？”

梭罗明只得说并没有甚么妨碍……但是他刚好退出书房，又在找他的帽子了。但是涅署大诺夫，直到现在不曾和他交谈过的涅署大诺夫，走进他的身边，急促地向他低语：

“请你千万不要走；不然我们谈不出话来！”

梭罗明又只得把帽子放下，西皮雅金看他在客堂里踌躇，他立地叫他道：

“今晚上不消说请在我们这里留宿罢？”

“好吗，我是从命，”梭罗明回应了他。

站在窗畔的玛丽亚娜向他投了一瞥感谢的眼光，他觉得莫明其妙。

二十五

玛丽亚娜在未见梭罗明之前，她完全是另外一种想像。她头一眼看见他觉得很寻常……她在一生之中看见过的这样棕发瘦削的人真是不少！

但是她看他愈久，听他的话愈多时，她心中对于他的信赖愈坚定，愈有力了。这位沉静的，朴直的，但是有点脾气的男子不会扯谎也不会吹嘘：依赖他可以像依赖石墙一样……“他不会泄漏人的机密；并且他会了解我们，支持我们。”

玛丽亚娜甚至想到梭罗明在她心里所生出的这样的印象，便在一切在座者的心里也定然是同样的。他所说的话她没有加以特别重视；关于商人和工场的一些话她也没有甚么趣味；但是他的声调，他的顾盼，他的微笑——使她非常喜欢……

他是一位真实的人……这是顶要紧的，这是使她感动了的……

全世界上爱扯谎的国民俄国人要算是第一，但是俄国人却又非常贵重真实，他们无论对于甚么人再没有比对于真实的人还要容易表同情，这是周知的事实，但却是很难说明的事实。

梭罗明在玛丽亚娜的眼睛里，另外还有一种特异的性质，这在他的背后成为了一种神圣的背光；他是瓦士里 · 尼可拉奕逸奇对他的从者所推荐的人们中之一个。

食中玛丽亚娜和涅暑大诺夫“关于他”交换了好几次眼色，食终的时候他禁不住突然想比较起他们两个人来——在比较上涅暑大诺夫是失败了。

不消说涅暑大诺夫的相貌是比梭罗明的更美更有趣味；但是他的表情是种种不安定的感情如像愤怒，兴奋，烦燥……甚至失望的杂糅；他的印象如像是坐在针上；想要说话——又停止了；笑是不自然的，神经质的……

梭罗明的印象却是不同，他虽觉得有点无聊，但总是安然自在；别人只消看他一眼，便可以感到这人的态度和其余的人是全然独立的。

“总之，”玛丽亚娜这样想，“这人是会替我设法的；他必定有甚么好法。”

食后叫涅署大诺夫去留他的，便是她了。

这一晚，黑得很迟；好在餐事很拖延了些时刻，天也快要黑了。客尔罗美采夫在表面上觉得很庄重而且保守着沉默。

“你怎么的？”西皮雅金夫人连讥带讽地问他。“你是失掉了甚么东西吗？”

“正是呢，太太，”客尔罗美采夫答应她。“我们禁卫军里有位将军说他的兵士失掉了鞋子……他叫道：‘替我找鞋子。’我要说替我找敬语呢！——如今人是把敬语失掉了——一切的敬意和名分都失掉了！”

西皮雅金夫人对客尔罗美采夫说，她不能帮助他去找那种东西。

席谈的成功使西皮雅金得意起来，他还说了两场短的谈话，他说话的时候满带着官僚的态度；他使用一些钝而不敏的客套语，这全盘是在比得堡豫备好的。有一句客套语他竟说了好几次，他要说一句正话的时候，总要先说道：“假如我们可以这样说的时候呀，”然后再把正话说出。

他的谈话有一场是批评一位当局的，他说他是一位轻薄无能的人，做事也没有一定的成算。

别一方面西皮雅金也不会忘记他是在和俄国人说话，在和完全从平民出身的人说话，他时而巧妙地说出些话句来只想表示他是一个真正的俄国人，血管中全盘是俄国人的血，“每分每寸都是俄国人”——并且表示他是很了解俄罗斯生活的精神，国民生活的秘密的。

譬如他听见客尔罗美采夫说雨天使割草期迟延，他立地便引出一句谚语：“干草黑来乔麦白”；他甚至还用了好几种谚语，譬如：“货无主如孤儿”；——“剪布一遍，量布十遍”；——“有粮便有仓”；——“乔治公公戴杨柳，卡商娘娘米谷收”。

不消说他时而也有搅错的时候，譬如他说：“鹭鸶常在灶上[1]”——或者说“好房子做好肚皮”。

---

① 应得说“莎鸡常在灶上”。——译者

但是在座的人，不怕他就有这样的错误，大部分是全不觉得“我们这位纯粹的俄罗斯人”是露出了马脚；并且也要感谢侯爵考里遂金(Kowrischkin)，俄文的这种语误是习惯了的，——西皮雅金说这谚语和俗话的时候，他故意做出奇怪粗暴的声音——说是用的真正的农民口气。

这样的俗话，假如在比得堡在适当的机会适当的地点说出时，会使有势力的高贵的妇人们用法兰西语叫道：“你真是精通我国的民情风俗呀！”而别的高贵的枢要人物尤会加上一句：“晓得他们的风俗，也晓得他们的要求。”

华莲卿屡次向梭罗明献殷勤；但她的努力明明失败了，使她折了勇气；她从客尔罗美采夫过身的时候，不禁低声说道：

“啊，我是完全倦了！”

客尔罗美采夫用一种讥讽的反语答道：

“贤者多劳，太辛苦了！”

倦了的集会快要分散的时候，在这一瞬间会众是要爆发一场谦套和致意向周围应酬的，——照例是要突然握起手来，笑起来，微笑起来的，这些礼节不久也做过了，倦了的主人和客彼此分散。

梭罗明的下榻处是在楼上的一间差不多是顶好的房间里——房间里有英国式的化妆台和浴室。他走到涅暑大诺夫那里去。

涅暑大诺夫开首便诚恳地感谢他，肯留在这儿过夜。

“我晓得。”他说，“这是牺牲了你。”

“啊，甚么！”梭罗明平静地回答。“怎么会说到牺牲上来！……在我实在是不能拒绝你。”

“何以呢？”

“唉，因为我喜欢你。”

涅暑大诺夫听他说这句话时惊喜交集了。梭罗明和他握手；退坐到一只椅上吸燃一只香烟，把两只手拐靠在椅靠上说：

“唉，是甚么事情呢？”

涅暑大诺夫也退坐到一只椅上，但没有吸烟：

“你问是甚么事情吗？……我要从这儿逃走。”

“你是说——辞去这家人家吗？唉，好极！”

“不是辞去……是逃走。”

“这是怎么的呢？别人扣留了你吗？你或者……怕豫支了薪水罢？你只消说一句话……我是乐于……”

“你弄错了，梭罗明老哥……我说逃走不是辞职，因为我不是……一个人从这儿走的。”

梭罗明抬起头来。

“究竟同甚么人呢？”

“同那位姑娘，你今天看见过的那位……”

“啊，同她吗？……她的面相好。唔，你们是互相恋爱吗？……或者你们同是不愿意在这儿住，只是……决心同走的？”

“我们是恋爱。”

“啊！”

梭罗明凝想了一下。

“她是这儿的亲戚么？”

“是的……但是她完全和我们是同志……她准备做事情。”

梭罗明微笑着。

“涅暑大诺夫君，你也准备着在吗？”

涅暑大诺夫把眉头绉了一下。

“不消说呢！我立地便要做起事情来把给你看。”

“涅暑大诺夫：我并不是不相信你；我问你的，只是因为我觉得除你们之外并没有人准备着。”

“马克罗夫呢？”

“唉……或者马克罗夫也在准备……但是他怕是从生下地来便准备着的了。”

在这一瞬时有人急促地低低地扣门——没有等待回应，门立地便推开了。

那是玛丽亚娜。

她立即走到梭罗明面前。

“我知道你在这时候看见我，是不会惊惑的。他”——（玛丽亚娜指着涅暑大诺夫）——“自然已经把一切事情对你说了……请你把手给我，你要晓得，我是一个诚实的女子站在你的面前。”

“是，我是晓得的，”梭罗明认真地回答着。

他在玛丽亚娜进门的时候，立地便从椅上站起来。

“餐食的时候我看过你好几次，我想：这位姑娘真是有一双诚实的眼睛！……涅署大诺夫把你们的计画真的告诉我了。但是你们何以定要逃走呢？”

“何以？……但是那事业我非常同情——你不要惊惑：涅署大诺夫没有一件事情秘我的！——这件事业总得立地动起手来……我能够留在这贵族的家庭里，这虚伪和骗术的魔窟里吗？我所爱的人要去冒险，我也……”

梭罗明用手动一下中止着她。

“不别慌张……你请坐，我也要坐。……你们听罢：假如没有别的理由存在时，那你们还不是逃走的时候。你们所说的事业，比你们所想像的还要迟些时日才能动手……我们再慎重一下倒也不是坏事。我们总不能把劲子冲出头上去呢。你们相信我罢。”

玛丽亚娜坐下了，把身子包在一幅大格子布里，她来时披在肩上的。

“但是我不能在这儿久留！这儿简直住不下我。那位顽梗的老婆安那·沙哈罗乌拿，她今天也还说了我父亲的坏话，她说，苹果是落在树边的[①]！连小小的科儿雅也惊惶着问是甚么意思。……至于华莲卿，我更不用说了。”

梭罗明又制止她，这回发着微笑。玛丽亚娜觉得他有点取笑她；但是他的微笑却一点也没有使她狼狈。

“好姑娘，这于你有甚么呢？我不晓得安那·沙哈罗乌拿是甚么人，我也不晓得你说的是那一树苹果……但是我请问你：一位蠢妇人向你说一句蠢话，你便不能忍耐吗？那吗你们能够活过去呢？全世界都是蠢人呢。唉，原因怕不是这样罢。你还有甚么原因么？”

“我是确信着，”涅署大诺夫带着沉闷的声气参入话里，“西皮雅金早迟是要把我逐出的。别人一定是传诉给他了；他待我……轻视到了极点。”

梭罗明转向涅署大诺夫。

---

① 这是我们中国“有其父必有其子”的意思。——译者［苹果，原版本作萍果，据上下文校改。——编者］

“假如别人不想留你，又何必逃去呢？”

涅暑大诺夫立地回答不出。

“我已经对你说过，”他开始说……

“他说逃走，”玛丽亚娜把话接过去，“是因为我要同路。”

梭罗明看着她，快兴地摇着头。

“好，好，我的姑娘；但是我再向你们说一遍：你们要离开这个庄子，是因为你们相信革命快要爆发……”

“正因为这样我们才写信给你的，”玛丽亚娜穿断他，“我们想望你告诉我们，事情究竟是甚么现状了。”

“是这样时，”梭罗明接着说，“我再向你们说一遍：你们还可以留在屋里——时候还长呢……假如你们想逃走，是因为你们相爱，此外无法可以作合时——那吗……”

“那吗？”

“那吗我只好，如像古语所说的，爱则合……尽我的力量帮助你们。因为我第一眼看见你，好姑娘——和他一样——便觉得是兄弟姐妹一般。”

玛丽亚娜与涅暑大诺夫无意之间都向他走拢去——各人执着他一只手。

“请你向我们说罢，我们应该做甚么呢？”玛丽亚娜说：“即使革命的爆发还远，——但是这前导的一步呢，这准备的工作呢，工作，这在家里和这种状态之下是不能够的，但是我们——我们两个一起！是很热心去工作的，请你指导我们；你只对我们说，我们该往那儿去……请派遣我们！你不肯派遣我们吗？”

“往那儿去呢？”

“往民间去……除开民间而外我们该往那儿去呢！”

“往林间去！”涅暑大诺夫想起巴克林对他说的话来。

梭罗明凝视着玛丽亚娜。

“你想去研究民众吗？”

“是，是说——不仅要研究，还要去感化……还要为他们劳动。”

“好；我许你去研究。我要替你们准备下机会，你们好去感化，好去替他们劳动……涅暑大诺夫君，你已准备好了么……把你献给她……和民众？”

“自然，这是不消说的！”他毫不踌躇地回答。“阁羯南提！”他又想起巴克林的一句话来。“这庞大的神辇已经滚起来了……我已经听着他车轮的滚滚榨轧的声音！”

“好。”梭罗明凝思着又说：“那吗你们想几时走呢？”

“最好明天！”玛丽亚娜叫着。

“好。但是到那儿去呢？”

“喂！……低声些……”涅暑大诺夫低语。“我听见廊下有脚步声。”

三人都沉默了一下。

“你们想逃到甚么地方去呢？”梭罗明低声地又问一遍。

“我们不晓得，”玛丽亚娜回答。

梭罗明举起眼睛来望涅暑大诺夫。但是涅暑大诺夫也否定着摇头。

梭罗明把手伸出来，留心地把烛心翦了。

“你们听罢，小兄弟，小妹妹，”梭罗明结局这样说出。“请到我工场里去。那儿实在不好……但是你们可以安稳。我要保护你们。我那儿有一间适当的小房子。没有人会到那儿来找你们。你们先可以安心的是不会有人泄漏。你们会说工场里出入的人太多。但这正是好处。在人多的地方正好躲藏……怎么样呢？”

“我是只有感谢你的呢！”涅暑大诺夫回答。

玛丽亚娜起初听说是工场，觉得有点吃惊；接着便爽快地说：

“唉不错，不错！你真好！但是你总不能久留我们罢？你会派遣我们到甚么地方去？”

“这只看你们自己是怎么样。……并且假如你们想结婚的时候，在这一方面在工场里我可以设法。有一位神甫是我表兄弟，姓若心牟(Zossim)，就住在我们工场旁边，是一位顶好说话的人。他会信认你们。”

玛丽亚娜一人平静地微笑；涅暑大诺夫再和梭罗明握了一次手，他沉默了一下又问道：

“但是你对我说罢，你的工场主，他不会见怪吗？于你不会有甚么不快吗？”

梭罗明微微侧视了涅暑大诺夫一下。

“关于我的事情莫关心，”他回答着。“这完全是过于的忧虑。只要工场兴旺，——甚么事情我的主人都是不管的。并且你和这位可爱的姑娘一点也不会弄出甚么不快。至于工人们你们也不消担心。你们只消告诉我，我甚么时候好等你们呢？”

涅暑大诺夫和玛丽亚娜对看着。

“后天，一清早，或者明天，”涅暑大诺夫结局说出了。“我们不能再迟延。瞬刻之间别人便要追放我。”

“那吗，好，”梭罗明回答着，他站立了起来。“我明天一天等你们。在这一礼拜之内我不离开工场。一切的事情都可以准备停当。”

玛丽亚娜要出门的时候，走近他的身边。——

“再见，亲切的瓦士里·费多体奇——你的名字不是这样吗？”

“是的。”

“请了……我们再见！谢你，十分谢你！”

“再见……你请睡了，可爱的姑娘！”

“涅暑大诺夫，你也请了，——等到明天……”她加上一句。

玛丽亚娜迅速地辞出房门去了。

两位青年还默默地静坐了一会。

“涅暑大诺夫……”梭罗明开始说，——他又沉默着了。“涅暑大诺夫……”他又从新说一遍，“你把这位姑娘的事情，拣你所能说的告诉我罢。她以前的生活是怎样？她是甚么人？她何以住在这儿？……”

涅暑大诺夫简单地把他所知道的她的生世告诉了他。

梭罗明留心听着。

“涅暑大诺夫……”他结局说出……“你留心这位姑娘罢。因为……假使……有甚么短长……那是你莫大的罪过。请了。”

他走了。涅暑大诺夫在房间的中央站立了好一会，他自己又默默地说：“啊，我不想的好！”——他说着便倒上床去了。

玛丽亚娜回到她房里的时候，在她的桌上她看见有一张小小的字条，内容是：

我可怜你。你在急于赶着破灭。你想想你做的甚么事情。你闭起眼睛陷入的是甚么深壑！你为谁，为甚？——华。

在她的房里还留着一股新鲜的，极柔和的清香：华莲卿是才从她的房里出去，这在玛丽亚娜是瞭如指掌。

玛丽亚娜执起笔，写出下面的文字来回答西皮雅金夫人。

请不必可怜我。我们两人那一个该可怜，要上帝才知道。但是我是晓得的，我不会到你那步田地。——玛。

她把这纸笺留在桌上：她相信她的回复华莲卿是可得到手的。

第二天梭罗明和涅署大诺夫谈了一阵，坚决地把西皮雅金的敦请拒绝了后，他回工场去了。

一路上他沉没在思索里，思索这场奇遇：车行的摇动诱他沉沉欲睡。

他想着玛丽亚娜，也想着涅署大诺夫：他自己说假如他是恋爱着人的时候，他，梭罗明，会是别样一种面目，别样一种观察，别样一种谈吐！

"但是，"他又串想着，"这样的事情我还不曾遇着过，我也不晓得我身当其境会是一个甚么面孔……"

他想起一位爱尔兰的姑娘来，有一次他在一家商店里柜台后面看见的。他想起她那美好的将近黑色的头发，有长睫毛的碧眼……她怀疑地凄寂地看着他的眼光……他如何在她的窗前走来走去地在街头踯躅了多少时候……他如何想和她结交，感觉着莫大的烦闷……

那时候他是路过伦敦；他的东家遣他去买货物并且交了莫大的款项给他……梭罗明几乎想把钱送还他的东家，自己留在伦敦了，美好的波儿丽（Polly）姑娘（他知道她的名字是因为她的一位同事这样叫她的）留给他的印象是这样强烈……但是他战胜了他的感情，回到他主东那里去了。波儿丽姑娘是比玛丽亚娜更美；但是她们的眼光一样是这样凄寂的怀疑着的……而她是俄国女儿……

"但是我在想些甚么呢！"梭罗明低声地自语；"别人的未婚妻休得妄想！"

他把外套的领子摇了两摇，就好像要把一切的妄想都抛开的一样。在这时候他走到工场了，在他居室的门限处，他看见他忠实的保罗的影子。

二十六

梭罗明的推辞使西皮雅金大不高兴。他突然之间觉得这位俄国的司徒芬生（Stepheson）[①]也并不是甚么好高明的技师，他纵然没有甚么做作，但他终不外是一个贱民。

“全部的俄罗斯人想立刻有些智识，这是不可能的！……客尔罗美采夫说的话在根本上是不错。”

因为有这种不快的愤激的感情，这位未成器的政治家愈见把涅暑大诺夫轻视了；他叫科儿雅不必再就家庭教师受业，他以后应该要立在自己的脚上……但是他还未闹到涅暑大诺夫所豫料的，实行下他的逐客令。他依然是蔑视着他。

但是玛丽亚娜却没有被华莲卿蔑视。一场可惊怖的剧景在她们两人之间演出。

晚餐前两点钟光景，她们两人偶然在餐室中相遇。两人都各自觉得，不可避的冲突的时机到了，两人盘旋了一下，渐渐接近起来。

华莲卿微微地笑着；玛丽亚娜的嘴唇是紧紧闭着的。两人都苍白了。西皮雅金夫人穿过室堂的时候，眼睛向左右看，摘了一片鹤嘴草的叶片……玛丽亚娜的眼睛是紧紧看着这个向她笑着走来的面孔。

西皮雅金夫人先止着步，把指尖在靠椅的靠背上敲击着，随便地开始说道：

“玛丽亚娜姑娘，我觉得我们开始通起信来了呢。……我们同住在一家家屋里通信，这是有点奇怪的；你是晓得，我是不喜欢奇怪的女人呢。”

---

① Stepheson（1781—1848），美人，蒸汽机关发明者。——译者［现通译为斯蒂芬森，英国人。——编者］

“华莲卿婶婶，通信不是我开始的。”

“是的……你的话不错。这一回要算是我作了怪了。但是我没有别的方法可以使你的心……你的心——我怎么说的好呢？——你的心……”

“婶婶，你开心见肠地说罢；一点也不要踌躇，——一点也没有甚么顾虑。”

“你的心……知道礼节。”

西皮雅金夫人缄默了；室内除指头在椅靠上的敲击外不听见甚么声响。

“你怎见得我是不知礼节呢？”玛丽亚娜问她。

西皮雅金夫人把肩头耸了一下。

“好姑娘，你可不是小孩子呢——你是顶会了解我的意思的。你以为你的行为我们不知道吗？你自己也太没有用心，使你自己做的事情秘密一下呢。你做的事情简直旁若无人的……不知道你的人，怕只有我的丈夫罢。……他是有更有趣味更重要的事情在手里的人。但是除他而外，你的行为一切的人都是知道的，一切的人！”

玛丽亚娜的脸色愈渐地愈渐地苍白了。

“华莲卿婶婶，我请你说得更明白一点。究竟甚么事情使你不满足呢？”

“这破脸皮！”西皮雅金[1]这样想着，但还按勒着没有说出。

“玛丽亚娜，你想要知道甚么使我不满足吗？……好吗，我可以对你说！……我不满足的是你长久和一位青年结识，这位青年说到他的门第，说到他的教育和社会的地位，都和你太隔远了；我不满足的是——不然，这个字的意义还不够——我忍耐不过的是你在夜深人静的时候……到他寝室里去访他！……而且这件事情是出在我的家里！在你的意思或者还以为是应该的，我应该不谈话，我对于你的轻佻应该加以赞奖吗？……我是一位有品性的妇人……唉，小姑娘，我从来是这样，我现在是这样，我永远也会这样的！——我是一位有品性的妇人，我忍耐不着也要和你生气！”

华莲卿好像被这怒气压倒了的一样，倒在一只安乐椅上。

玛丽亚娜才第一次微笑起来。

“我不怀疑你，你过去，现在，未来都是有品性的妇人，我满认真地

---

① 根据上下文，疑为西皮雅金夫人。——编者

这样说。……但是你却犯不出在这儿生气。我没有在你的房顶下做过丑事情，你说的青年……唉，实在说来……我是爱他……”

“你爱涅暑大诺夫君吗？”

“唉，我爱他。”

华莲卿从安乐椅上站起来。

“玛丽亚娜，这是说不上的！他不过是一个学生，没有门第，没有家庭，——他并且比你的年纪还小！”——（她说这句话时的确有点嘲笑取乐的意思。）——“这究竟会成个甚么呢？……据你看来他到底有甚么可取呢？他不过是一个不成材的孩子！”

“华莲卿婶婶，你从前不见得是这么作想呢。”

“好姑娘，你别用把我拉在话里来……我劝你别这样俏皮。这是你的事情，关于你的将来的事情。你想想看罢，——那究竟怎么能够和你成为配偶！”

“华莲卿婶婶，我对你实说，配偶的事情我倒还没有想上。”

“甚么？唉？你这是甚么意思呢？不消说你是在随你的冲动做的……但是这一切的归根结局不是结婚吗？”

“我不晓得……我没有想到那儿。”

“你没有想到那儿?!……但是，唉，你倒是个疯子！”

玛丽亚娜微微把脸避开了一下。

“华莲卿婶婶，这场话我们中止了罢。这是会说得没有结局的。我们彼此不相了解。”

西皮雅金夫人突然站起来。

“我不能，我不许把这场话来中止！这事情是太重大了……我要在……”

华莲卿本想说“要在神面前赌咒！”但她踌躇了一下改成“我要在全世界面前赌咒！……我听见你这样乱说时，我不能够不说话！我为甚么不能了解你？年青人真是骄傲得没有王法了！哼……我了解得上好；我了解你感染了些新思想，使你终会堕落，再迟便不能挽救的”。

“差不多：但是请你放在心上，我们就使堕落，也不伸出一个指头来求你挽救！”

西皮雅金夫人把手并拢来。

“终是这样骄傲，这没王法的骄傲！但是你请听罢，玛丽亚娜，你请听我说罢，”她说着突然把声调放柔和了……她想把玛丽亚娜引近身来，但她总是退。“我千万恳求你，你请听我！……我年纪还没有老，脑筋也不是那么顽冥，我不是不好说话的！……我决不是为先入见所囿的人。我在你一样的年纪的时候别人都说我是共和党呢……恰好和你一样。你听罢：我是不想说谎话的；我对于你不会有母性般的慈爱，——但是在你的性格上也是不会怀恨的……但是我素来晓得，我对于你有应尽的义务，我是终想努力尽效的。我替你想的一位配偶，只要你承认，波里司和我无论甚么牺牲都是不顾惜的——这位配偶或者和你的思想不合……但是在我的内心里……”

玛丽亚娜望着华莲卿，望着她满好的眼睛，晕着玫瑰色的嘴唇，望着她叉在腰带上的，微微裂开的带着戒指的手指……她突然插断了她：

“华莲卿婶婶，你说一位配偶吗？你是指的那客尔罗美采夫，你的无心肝的杀风景的那位朋友吗？”

华莲卿把她的指头从腰带放下来。

“是的，玛丽亚娜，我是说的客尔罗美采夫，这位有教养的出色的青年，这人的确是可以使他的夫人幸福的，拒绝他的人除非是狂人！除非是狂人呢！”

“好婶婶，这怎么好呢？我在实际上定然有点狂！”

“那吗认真说，你究竟看出了他的甚么缺点呢？”

“唉，一点也没有！……我看不起他……就是这样。”

华莲卿不能忍耐地把头左右摇着，她又坐到安乐椅上。

“我们暂且不说他罢。我们回到本题上来。……不消说你是爱涅暑大诺夫的了？”

“是的。”

“你想永远和他交际的吗？”

“是的，我想永远和他交际。”

“但是……假如我要禁止你呢？”

“那我不会服从你。”

华莲卿从椅上跳起来。

“啊，你不会服从我！想一想罢！我恩顾的一位女儿，我收养在家里的一位女儿，会向我这样说，向我这样说……向我……”

“请你不用客气，”玛丽亚娜说；“你直接说我是位不名誉的父亲的女儿罢！”

“我对你说，小姑娘，我倒不这样说。……但是无论怎么说总也不是十分好听的！一位吃我饭的姑娘……”

“华莲卿，你的饭不是白给我吃的呢！……要请先生教你科儿雅的法国话，还要多费些钱……教他法国话的，除我而外还有甚么人呢？”

西皮雅金夫人把手举起来，手中一张细苎手巾，带着玉兰水的香气，一只角上用白丝线织着极大的名字……她想要说话；但是玛丽亚娜突然接着说：

“你是不错，你是千万不错，因为你只能那样说，说甚么恩顾，说甚么牺牲，你却不能简单地说：‘我爱着的一位女儿’……你要想扯这样的谎，你究竟还是太正经了，”——玛丽亚娜如像着了寒热一样战栗起来。——“你是始终恨我的。就在这一刻的时候在你的内心里，你刚才这样说过，你是满欢喜——唉，满欢喜我应验了你的豫言，我是做了丑事，——并且这丑事的一部分是在你贵族的有品格的家里做出的，只这一点使你不快罢了……”

“你骂我呀！”华莲卿低声地说；“你请走开罢！”

但是玛丽亚娜却还不肯停止。

“你说你一家人，你和安那·沙哈罗乌拿，简直一切的人都晓得我做的事情！一切的人满都惊愕而愤怒了……但是你以为我要向你和这些人求个甚么吗？我还能够尊重一下你们的意见吗？你家里的饭是那么好吃的吗？你以为我会贪恋你们的豪富不安贫贱吗？你的家庭和我之间没有一个鸿沟，没有一个完全不能实满的鸿沟存在着吗？这些事情，唉，你是一位聪明的妇人，难道你一点也不晓得吗？你对于我既是有一种憎恨的感情，你难道不晓得我对你所怀抱的是甚么感情，你太聪明的人，难道还要我来解释吗？”

“**Sortez，sortez，vous dis-je!**（滚，滚，我叫你滚！）”华莲卿用法国话重叠着说，还把她窄小的好脚儿跌着。

玛丽亚娜走到房门口。

“我立刻便要走了；但是，华莲卿婶婶，我可还要向你说些话：就是勒西奴（Racine）的《巴亚惹》(Bajazet)[①]里面的拉显尔（Rachel）也还说不出Sortez（滚）这个字呢！——你却是第一次！……我还要向你说一句：你刚才说的……你是一位有品性的妇人，你从前是，你将来也是；你请放在心上罢，我有这样的确信，我比你还要更有品性呢！你请了！”

玛丽亚娜赶快走了，西皮雅金夫人却从安乐椅上跳起来，想要叫，想要哭……但是她不知道为甚么会哭，眼泪没有流出来。

她只把手巾来扇着，但是这手巾扇出的香气只益发激动她的神经……她觉得她不幸，受了侮辱……她也会承认，她刚才才听得的，的确是含着些真实。但是别人怎么能够这样残忍地，这样不公平地批评她呢！

“我难道真果是这样不好吗？”她心里想着。

她走去照照镜子，刚好在两窗之间挂着的镜子。镜子里面现出一个面容，虽然有点兴奋，在脸上泛着了红霞，但却是迷人的有魔力的面容，一对天鹅绒的灵妙而柔和的眼睛……

“我？我不好吗？”她又这样想……“我有这样的眼睛！”

在这时候她的良人走进客堂来了，她把她的面孔又藏在手巾里。

他关心着问道：“你怎么的呢，华而雅？”（他替华莲卿发明出这样一个小名，这是到乡下来两人私语时用的。）

她起初说她一点也没有甚么……但是她结局在安乐椅上回转身来——（他是站在旁边微微俯瞰着她的）——幽婉而动人地把两手搭在他的肩上，把她的面容埋在他胸襟里，把一切的事情都向他说了，全部真确地，一点甚么隐蔽也没有；她对于玛丽亚娜虽说不到同情的地步，但她到某种程度之内确能容忍她；她把一切错处都推到她年青，推到她激烈的性情，推到她错少家教；并且到某种程度之内全无隐约地，她也讼诉她自己。

“她假如是我的女儿，事情不会闹到这样！……我必定更留心地把她

---

① Jean Bapist Racine(1639—1699)：法国悲剧诗人。——译者[Racine，现通译为拉辛；*Bajazet*现通译为《巴雅泽》。——编者]

监督着了！”

西皮雅金好意地，同情地而且——严肃地倾听着她说完；他固定在他那弓着的姿势，尽她的两臂环抱着他，他没有举起他的头儿；他说她是天使，在她的额上亲吻了她，向她说，他现在晓得用他的位置——他一家之长的位置——来处理这件事情，要宽和而不苟放下决心，把这场不愉快的不容假借的责任尽了。

* * *

餐后八点钟光景，涅署大诺夫坐在他的房里写信给他的朋友西林。

我亲爱的乌拉地米尔（Wladimir），我在这一瞬间为你写信，在我生涯中是将有一大转换的这一瞬间。

别人逐我出庄，我要走了。但这是没有甚么的……不过走的不是我一个人。我前回告诉过你的那位姑娘要和我同走。我们命运的相似，我们信念的相同，我们努力的同趋——我们感情的交互，这些把我们结合了。

我们相爱；至少我确信恋爱的感情，除我现在所感受而外不会有两样的。

但是我不敢瞒你，我现在感受着一种隐忧，甚至是一种不可名状的苦闷……我眼前全是黑暗——向这个黑暗之中我们要同路羼进去，我们要到那儿，做甚么样的事情，我可不用对你说。玛丽亚娜同我都不是求的幸福；我们不是想求一个舒适的愉快的生活，——我们所同希望的是并肩而斗，互相支持。我们的目标明显在我们前面；但是我们该走那条路径，我们可不明白。

我们纵使寻不出同情和辅助，但我们至少总会寻出工作的可能罢？

玛丽亚娜是一位善良正直的女子；假如我们的运命是要归于沦落，我也不会自责，以为是引她沦落了，因为除此之外她也没有第二条生路可走。

但是呀，乌拉地米尔，乌拉地米尔哟！我的心上有点不安……有种怀疑苦我；这不专是对于她的感情——哦，否！……但是……我莫明其妙！……但是现在要想回头是太迟了。

请远远向我们两人伸出手，祝我们忍耐，祝我们有去私的力量，爱的力量……第一是爱的力量。

啊，俄罗斯的民众哟，我们不知道你，而我们却是把全部的心神，把满腔的热血倾爱你的，你俄罗斯的民众哟！请容受我们——不要太冷淡，请教训我们，我们当怎样奉仕你罢！

请了，乌拉地米尔，请了！

涅署大诺夫把这几行写了之后，他向村里走去了……

当天的晚上，朝光还未破晓的时候，他已经站在白桦林的林子边上，离西皮雅金的园子不远的地方。稍退几步在青翠的胡桃树叶后面模糊地有一乘农车，驾车的两头马儿未上缰绊。在歪斜的布网的坐台下，一位白发的老人把头蒙在褴褛的外套中，在一束干草上睡着。

涅署大诺夫不断地向路上看，向那园界上的柳树林子看：灰色的沉静的夜色还在周围休息着；几点小星交换地晷眼，向天上的空虚的深涧消去。从天边卷起的云头，低处的圆边已经有一抹的淡红从东方露出了，东风吹送着清晨的爽气。

涅署大诺夫突然惊屹了：在他的旁近有园门的轧声，随着便推开了；一个小小的女人的影子，完全蒙在头巾里，肘上提着一个小小的包裹，徐徐地从不动的柳影里向路头的软塵上走出，她用脚尖把路走过之后，便向小林子处走来。

涅署大诺夫赶紧跑去迎接她。

“玛丽亚娜吗？”他默默地说。

“唉，是的！”她从头巾下低低地答应了一声。

“到这儿来，跟着我，”涅署大诺夫接着说，说时他滞涩地执着她提着包囊的裸肘。

她在战栗，就好像着了寒的一样。

他把她引到农车，把老农推醒了。

老农急忙跳起来，立地坐上车前的御台，穿上外套，拿起缰绳来。……

马儿想拖动了，但他把他还未十分睡醒的嘎声静止着它们。

涅署大诺夫把他的外套在车网上铺好之后，让玛丽亚娜坐着；他在一只角上把她的脚包好——干草是润湿的——坐在她的旁边，把身子向前屈，向老农低声地说：

“好，走罢，去的地方你是晓得的！”

老农把缰绳振动，马儿走起来，嘶着，抖擞着，走出林薮，农车在小小的老轮上一摇一摆地滚上大道。

涅署大诺夫把一只手围着玛丽亚娜的腰部；她用冰冷的指头把脸上的头巾揭开，向着他，笑着说：

“阿勒克西司，真好鲜爽呢！”

“是的，”老农回答着，“露很浓。”

但是露是太浓了，车轮的轴头触着路旁的草尖，便振落许多细微的雨滴，——草的青色已经完全成了灰色，钢灰色了。

玛丽亚娜受着寒气又战栗起来。

“好新鲜，好新鲜呢！”她快兴地连连说着。“自由呀，阿勒克西司，真自由呀！”

二十七

梭罗明听说有一男一女坐在农车要想和他说话，他立地向工场门跑去。

他并不向他的客人寒暄，只向他们点了几下头，叫御车的老农把车驾进庭子里，引他到他的住处，扶着玛丽亚娜下车。

涅暑大诺夫跟着她从车上跳下来。

梭罗明把他们引着通过一道长长的暗黑的走廊，在房子的后部登上一道窄斜楼梯，走上楼去。在那儿他开了一扇矮门，三人同走进一间小巧的装置颇精雅的有两扇窗眼的房里去。

“欢迎，欢迎！”他说时总是带着微笑，但这回的微笑觉得比平常更舒展开心了。“这儿是你们住的地方。这房间……接着还有一间。这儿虽然不大，但这没有甚么——总是可以住得的。追索你们的人也不会把他的鼻子伸长到这儿来。窗子下面有一所花园，我的主东叫它是花园，但我是叫它是菜圃；周围有墙围着，左右还有木棚；这儿是很清静的！……好姑娘，我再向你表示一遍欢迎，涅暑大诺夫，我也欢迎你。”

他向他们两人握手。

两人站着不动，没有解去他们的旅装，默默地相向着，又惊又喜的不安袭着他们。

“好，”梭罗明又说起来，“你们把衣服换了罢！……你们带了些甚么来？”

玛丽亚娜指着包裹，她还挂在肘上的。

“我只有这点。”

“我，”涅暑大诺夫说，“有一个包裹，一只皮箧还放在马车里，我立刻去……”

“不要动，不要动！”

梭罗明把门打开。

“保罗，”他在暗黑的楼梯上叫；“快去，……行李在车里……把它拿来。”

“立刻就去！”这位灵醒的人应声着。

梭罗明又回向着玛丽亚娜，她开首把头巾解开，脱下外衣来。

“一切事情很周到吗？”他问。

“都好……没有人看见我们。我写了一封信留给西皮雅金。……瓦士里·费多体奇，我没带好衣服来，我也没带换洗的来；因为你立刻要派遣我们……”（玛丽亚娜好像有甚么理由没有加上：“到民间去”四字）——“所以我值不得费力：因为我也不想穿。要的时候，我有钱可以买。”

“我们随后总会弄出条理来……但是这儿，”梭罗明说着，指着把涅暑大诺夫的行李运进来的保罗，“这儿我替你们介绍一位很好的热心的朋友；你们可以凡事信任他……如像信任我自己一样。——你同搭锵拿（Tatjana）说过没有？叫她拿‘沙摩瓦’[①]来，”他低声地接说着。

“她立刻会拿来，”保罗回答；——“乳油和别的一切都会拿来。”

“搭锵拿是他的夫人，”梭罗明接着说；“她也是顶可信任的人和他一样……等你们自己……唉，等你自己搅惯的时候，她会服侍你呢，姑娘。”

玛丽亚娜把她的外衣抛在一只角上的皮梭发上。

“瓦士里·费多体奇，你叫我玛丽亚娜，我不是甚么姑娘！我也不要人服侍……我不是要人服侍才跑出来的。你不要看我的衣裳说话，因为我没有别的穿着。这些我都是要换的。”

她穿的衣裳是肉桂色的女衫料缝成的，很简单；但因为是比得堡的女裁缝缝的，所以非常入时，使玛丽亚娜的腰部和两肩都很慰帖。

“唉，你不要人服侍，你可要个帮手，完全仿照美国式呢。……但是你们吃茶么？时候还早，你们两人必定倦了。我要到工场去；我们随后再见。你们要甚么的时候，请向保罗和搭锵拿说。”

玛丽亚娜突然把两手伸出来。

---

① Samowar：开水壶之类。——译者

“瓦士里 · 费多体奇，我们当得怎样感谢你呢？”她叫着，很可动人地看着他。

梭罗明轻轻地抚摸了她的一只手。

“我要说这是值不得感谢的……但不这样说罢。我要说，你们的感谢是使我非常快兴的。好，我们走了。再见！走罢，保罗！”

玛丽亚娜和涅暑大诺夫两人留着。

她忙走到他面前，把她看过梭罗明的同样的眼光看他，只是更欢喜，更温柔，更幸福，她说：

“哦，我亲爱的朋友！我们从此开始新的生活了……终久，终久！这贫贱的房子，我们要在这儿暂住一时的，比那可恨的宫殿，是怎样地可爱，怎样地安适哟！你对我说罢，你满不满足呢？”

涅暑大诺夫执着她的两手，把来压在胸上。

“玛丽亚娜，我是幸福，因为我是和你同路开始这新生活的！……你是我的明星，我的支柱，我的力……”

“亲爱的阿勒克西司！但是停一下——我要先装束一下……我要进我的房里去，你——等我出来的时候，留在这儿……”

玛丽亚娜走进邻室里去，把门掩了，停了一分钟光景，她又把门半开着露出头来：

“啊，这位梭罗明，真是一位好人物！”

她从新又把门闭上了——涅暑大诺夫听着下钥匙的声音。

他走到窗边去，俯瞰着窗下的花园……一株古的，很古的苹果树，不知甚么原故特别引起了他的注意……他把身子摇动了一下，把包裹打开来，没有取出甚么，又沉思着了。……

一刻钟光景，玛丽亚娜走出房来，带着个高兴的新洗过的面孔，十分灵敏，十分快活地；再停了一晌，保罗的妻室搭锵拿拿着沙摩瓦，茶具，面包和奶油来。

搭锵拿的面孔和保罗反对，保罗是浪人的面孔，她是纯粹的俄国妇人，身体结实，棕黑色的头发，束成大辮紧紧缠在一只大牛角梳上，面孔有点粗糙，但也不恶，极温和的灰色的眼睛。她穿的布衣服虽是褪了色的，但很洁白；她的手虽是大，但是清洁而美。

她平和地鞠躬，用坚实的明朗的声音说着，没有带些儿拖搭："你们好"——说了便准备起沙摩瓦和茶具等等来。

玛丽亚娜走到她的身边。

"你等我来帮你，搭锵拿，你把一块抹布给我。"

"这是值不得你做的，姑娘，我们是搅惯了的人。瓦士里·费多体奇叫我来说的。你们要甚么的时候，请你吩咐我们，我们好服侍。"

"搭锵拿，请你别要叫我是姑娘……我衣裳虽然穿得好，但我并不是甚么千金小姐——我倒是……我倒完全是……"

玛丽亚娜被搭锵拿凝视着，弄得惶惑了，说不出话来。

"你到底是甚么呢？"搭锵拿用她平稳的声音问她。

"实在说来……我本是一位小姐；但是我把甚么都丢掉了，我和别的人一样了，……和别的寻常的妇人一样了。"

"啊，是那吗！我晓得了。你不消说也是想简单化的一个人。——这样的人现在真多呢。"

"你说的甚么，搭锵拿？简单化？"

"是的……我们现在是这样说。像平民一样生活就叫简单化……唉，这是一件好事情，带些健全的理解给一般的平民。——但是这是难！哦，很，很难！……我祝福你们成功罢！"

"简单化！"玛丽亚娜又向涅暑大诺夫重说一遍。"你听，阿勒克西司，我们现在平民化了！"

涅暑大诺夫笑着也重叠说：

"简单化了！简单化！"

"这位是你甚么人呢？——丈夫？——兄弟？"搭锵拿问她，一面很精细地洗着茶具，亲昵地看看涅暑大诺夫，又看看玛丽亚娜。

"不是，"玛丽亚娜回答，"他不是我的丈夫，也不是我的兄弟。"

搭锵拿把头举起来。

"那吗你们是自由恋爱了……这也是近来很多的。在早些年辰大概是不信国教的人的习惯；但是现在是不尽然了。……只要上帝祝福，甚么人都可以相爱，都可以成夫妇呢！……我们也没有用教士的必要。在我们的工场里也有这样的人。他们也不是十恶不善的。"

“搭锵拿，真好一个名词呢！……‘自由恋爱！’……这个名词我很喜欢。——你听罢，搭锵拿，我要求教你。我要想缝一件衣裳，或者买也可以，——就像你穿的一样，或者再坏一点也可以。还要一双鞋子，袜子，头巾，——完全和你的一样。钱我是有的。”

“好，姑娘，一切都可弄好……唉，你不要怪我，我不再叫你‘姑娘’了。你叫甚么名字呢？”

“玛丽亚娜。”

“你的父名呢？”

“你要晓得我的父名来做甚么呢？你只单叫我玛丽亚娜罢。我也单叫你是搭锵拿。”

“那倒可以随便——但不好随便。你对我说罢，你的父名。”

“好，那吗我的父亲叫维肯浅。你的呢？”

“我的叫奥西普。”

“好，那我就叫你是搭锵拿 · 奥西普乌拿。”

“我叫你是玛丽亚娜 · 维肯浅乌拿。茶都拿好了！”

“搭锵拿 · 奥西普乌拿，你肯和我们一道用茶么？”

“玛丽亚娜 · 维肯浅乌拿，今天是第一次不好推辞。我用一小杯罢。但是奕哥里奇（Iegoritsch）会骂我。”

“奕哥里奇——是甚么人？”

“唉，就是保罗，我的丈夫。”

“你请坐罢，搭锵拿 · 奥西普乌拿。”

“好，我就坐罢，玛丽亚娜 · 维肯浅乌拿。”

搭锵拿坐在一只凳上用起茶来，一面嚼着糖块；她把指头夹着糖块不住地转，嚼着糖块的右边时，她右眼霎一下，嚼着左边时，她左眼霎一下。

玛丽亚娜和她谈着话。搭锵拿毫不羞怯地回答她，问她，甚至自行谈说。她说到梭罗明差不多是像说到神人一样，他的丈夫在她看来是次于瓦士里 · 费多体奇一等。但是工场生活，她觉得辛苦。

她说：“这儿不比城里，也不比在村上；没有瓦士里 · 费多体奇，我恐怕一点钟也再住不下！”

玛丽亚娜注意着听她说。涅署大诺夫坐得稍微远一点，看着他女同伴的留神，也没有甚么诧异：在玛丽亚娜看来一切都是新鲜的，而在他看来，这样的搭锵拿他看过好几千，和他谈过话的也怕有好几百。

“你听罢，搭锵拿 · 奥西普乌拿，”玛丽亚娜有一次说：“你以为我们要去教导民众吗；不是，我们是要替民众服务。”

“甚么，服务？……你们要晓得，你们去指导民众，便是你们顶好的服务。你们就把我来做譬比罢。我和保罗结婚的时候，我也不能读，也不能写，但是我现在能够了。我要感谢我们的瓦士里 · 费多体奇。并不是他亲自教我，但他请了一位老人，这位老人教我们的。——我虽然大了，但我还年青。”

玛丽亚娜默了一会。

“我想，搭锵拿 · 奥西普乌拿，”她又说：“我想学点甚么手工……但是我们随后再和你商量。我缝得不好：假如我学烹调，我可以当个女厨子。”

搭锵拿惊愕了。

“女厨子？这做甚么呢？女厨子是住在有钱人和商人家里的；贫穷人吃他自己烧的东西呢。在职工团里，说不定会要人经纪……唉，但这真是再不好没有的职业呢！”

“只要和贫民接近，我就住在有钱人家里也可以。不然我到底要怎样才能见识他们呢？我不会常常有这样的机会，像今天和你接近一样。”

搭锵拿把她的空茶杯放在茶船里，并且倒覆着。

“那真是难事情，”她结局叹息着说：“我们的指头不会像麻绳一样转呢。我所晓得的我总对你们说；但是我所晓得的也正有限。你们请和保罗商量罢。和他又完全不同！他甚么书都能够读！他晓得安置你们，就好像用的手一样。”

说到这儿她看着玛丽亚娜，看着她在吸香烟……

“唉，玛丽亚娜 · 维肯浅乌拿，你不要怪我，你假如真想简单化的时候，那你就应该把它抛掉呢。”——她指着香烟。——“因为凡是甚么职业，譬如像女厨子——是不会吃烟的，一眼看来便晓得你是一位千金小姐。唉。”

玛丽亚娜把香烟投出窗外去。

“我不再吸了，……我很容易戒。通常的妇人是不吸烟的，我吸烟实在不好。”

“玛丽亚娜·维肯浅乌拿，你的话一点也不错。在我们这里男子是有吃烟的；但是女人决不吃。绝对不吃！……哦，瓦士里·费多体奇来了。这是他的脚步。你问他罢：他会当下替你们设法，非常清醒的。”

梭罗明的声音的确在门后发出了：

“我可以进来么？”

“请进来，请进来！”玛丽亚娜叫着。

“我是习染了英国的习惯，”梭罗明一面推开门，一面说。“唉，你们怎么样了？你们总还不会厌倦罢？我看你们在和搭锵拿吃茶，你们听她的话罢；她是一位聪明的妇人……今天我的主东会来……来得真是不凑巧！他并且还要在这儿留着吃饭。——我们真没法！他总而言之是我的主东呢。”

“他是怎么样一个人？”涅暑大诺夫从他坐着的角上问出来。

“极寻常一个人……他还不算甚么昏瞶。他是所谓新人的一个。他很谦虚；甚至带着手套；他的眼睛很周到，——在这一点上他像从前的商人。他对着我的时候柔和得像丝线一样；他离不得我。但是我来想对你们说的，是我今天怕不能再见你们。餐事会给你们送来。但是你们请不要到庭子里来。玛丽亚娜，你想西皮雅金会找你，会探索你么？”

“我不想，”玛丽亚娜回答他。

“但是我却以为会找，”涅暑大诺夫回答。

“唉，都是一样，”梭罗明接着说：“我们在起初的时候总宜谨慎，随后一切事情都会自行解决。”

“唉，还有一件事情，”涅暑大诺夫说；“马克罗夫是应该晓得我们迁徙了的，我们应该告诉他。”

“为甚么呢？”

“我为我们的事业不能不那样。他是应该晓得我住在甚么地方的。我和他约过。并且他的口是不乱说的。”

“那吗好，我叫保罗去告诉他。”

“我的穿着立地可以停当么？”涅暑大诺夫又问。

“你的衣服？……唉唉……简直是假装舞蹈呢。好在不费多少钱。唉，你们静养罢；休息一会罢。——搭锵拿，我们走。”

玛丽亚娜和涅暑大诺夫两人又留下了。

二十八

两人又握起手来；玛丽亚娜叫道：

“停一下，等我来收拾你的房间。”

她开首把他的东西从包裹和皮箧里取出来。

涅暑大诺夫要帮助她；但是她说她要自己做，因为她该得把事情做惯来。

她在抽屉里寻出些钉子来，把刷背来做钉锤，定在壁上，认真一手一足地把他的物件挂好；换洗衣服她把来放在窗间的一个旧橱里。

“这是甚么？”她突然发问；“一只手枪？装了弹的吗？你把来做甚么用呢？”

“那是没有装弹的……请你把给我。你问我把来做甚么用吗？但是我们这样的人要外出时谁能不带只手枪呢？”

她开始笑起来，又接着整理着，把每一件衣裳都抖开，用手掌来拍；她更放了两双皮靴在卧榻下，有几本书，一包纸，和那诗的钞本，她慎重地整理得狠[1]好，把来放在一只三脚的角台上，这个她叫作写字台和工作台，另外还有一只圆桌，她叫作食台和茶台。

接着她把诗的钞本用两手举起来，高高齐到眼际，从钞本边上向着涅暑大诺夫，笑着说道：

“我们几时空的时候可以一同坐着读么？——唉？”

“把那钞本给我罢！我要烧掉它！”涅暑大诺夫叫着。“那是一点用处也没有！”

“那吗你何以又带来了呢？……不，不，我不让你烧。别人说，诗人总爱把焚稿的手段来骇人，但总不曾把自己的著作投在火里过。但是我总

① 狠，通“很”。——编者

要保得好好的，不让你烧。”

涅暑大诺夫想反抗，但是玛丽亚娜把钞本拿着跑到邻室里，——出来的时候手是空的。

她坐在涅暑大诺夫旁边——又立地站起来。

“你还没有到过我房里。你想去看么？……不比你的坏呢。你来，我指给你看。”

涅暑大诺夫也站起来，跟着玛丽亚娜。

她的房间比他的要小些；但是家具觉得更清洁，更新式一点；窗段上放着一个水晶的花瓶，插着花，角上一架铁床。

“你看，这梭罗明真是殷勤！”玛丽亚娜叫着；“但是我们不能太安闲了：我们是不能常常住在这样好的房间里的……但是你晓得我在想甚么么？——假使我们两人不分开，同住在这样的地方，岂不好吗？……但是怕很难，”她默了一会又说：“唉，我们慢慢商量罢。总之你是不回比得堡去的么？”

“回比得堡去做甚么呢？还去进大学听讲吗？这是没用的。”

“我们听梭罗明的指教罢，”玛丽亚娜说；“我们该做甚么，我们该怎么做，他比我们更晓得。”

他们又回到第一室里来，相倚着坐下。他们赞奖梭罗明，保罗和搭锵拿；他们谈到西皮雅金，谈到他们以往的生活，就好像突然退到云雾去了一样；他们又互相握着手，欢喜地看着；接着他们又说到他们要羼进去的平民阶级来，想不遭人疑惑时，要怎样着手才好。

涅暑大诺夫说，愈少思索，愈简单地着手，事情便愈容易成功。

“不错，不错，”玛丽亚娜叫着。“我们要如搭锵拿所说的一样，简单化。”

“我的意思不是这样的，”涅暑大诺夫说。“我想说，我们做事是要不勉强……”

玛丽亚娜突然笑起来了。

“阿勒克西司，我想到我刚才才说的：我们是简单化了的人哟！”

涅暑大诺夫也笑起来，重说了一遍：“简单化了的人！”……他又沉思着了。

玛丽亚娜也沉思着了。

她突然叫道："阿勒克西司！"

"甚么？"

"我觉得我们都有点不舒服的样子……新婚者——des nouveaux mariés"她又改说一遍——"在他们结婚的第一天总要感觉到这样的一种情趣。他们是幸福，过于幸福，但是他们却感受着一些不舒服。"

涅署大诺夫微笑着——勉强地微笑着。

"玛丽亚娜，你是晓得的，我们不是新婚者——至少不是你所说的新婚者呢。"

玛丽亚娜从坐位站起来，直立在涅署大诺夫前面。

"这只在乎你的怎样。"

"怎样呢？"

"阿勒克西司，你要晓得，你是一位诚实的男子，你对我说过的呢，我相信你实在是诚实的男子，——你对我说过，你是用那种爱情来爱我的……唉，用那种爱情那是值得你后半的生命的——你对我说的时候，我便是你的了！"

涅署大诺夫脸红起来，微微避开了一下。

"我对你说的时候……"

"唉，你对我说的时候！但是你自己看见的，你在这一刻时候却不这样说了。……哦，阿勒克西司，你真是一位诚实的男子……好，我们现在说正经话罢。"

"但是我实在是爱你呢，玛丽亚娜。"

"我不怀疑的……我要等待着。停一下，你的书桌我还没有收拾好。……这儿有一个小包裹，硬的……"

涅署大诺夫从凳上跳起来。……

"不要动它罢，玛丽亚娜……我请你，……不要动它罢！"

玛丽亚娜回过头来看他，眉头惊得绉起来了。

"是……甚么秘密吗？唉？你有甚么秘密吗？"

"唉……唉，"涅署大诺夫说，十分狼狈地开始辩解："那是……一张画像。"

这个字不意地滑了出来。玛丽亚娜手中拿着纸包里面的确是画像，马克罗夫给他的画像。

“画像？”她拖长着声音问出……“是一位女人的罢？”

她把纸包交给他；但是他接得不巧，几乎从手里滑落下去，纸包滑开了。

“啊，那是……我的肖像呢！”玛丽亚娜快活地叫着……“是的……是我的肖像……那我便有拿的权利。”

她从涅暑大诺夫手中拿过来。

“是你画的吗？”

“不是……不是我画的。”

“甚么人呢？马克罗夫吗？”

“你猜准了……是他。”

“怎么又落到你手里了呢？”

“他送给我的。”

“几时？”

涅暑大诺夫把事情的终始告诉给她。他说的时候，玛丽亚娜看看他又看看肖像……他们两人都有同一的思想从心中穿过：“假如‘他’在这室里的时候，要‘他’才有追求的权利呢。”……

但是涅暑大诺夫和玛丽亚娜都没有把这想头说出口来……或者怕不是因为两人互相知心的原故。

玛丽亚娜又把画像来包在纸里，放在桌上。

“他是一位好人！”她低声地说……“他现在在甚么地方呢？”

“他现在在甚么地方？唉。在家里，在他的庄上。明天或者明后天我要去拿书和传单。他前回说要给我，但是在我走的时候他显然忘记了。”

“阿勒克西司，他把这像片送给你的时候，他是想把一切都断念了……真的一切都断念了的吗？”

“他好像是那样。”

“你还希望在他家里去会他。”

“自然。”

“啊！”

玛丽亚娜把眼睛俯视着，两手呆地落下。

“哦，搭铿拿送餐事来了，”她突然叫起来。“她真是一位好妇人！”

搭铿拿把刀叉，南布巾，菜盘等等送来了。她在摆桌面的时候，一面谈着工场里所起的事情。

“主东是乘火车从莫斯科来的，他立地把各层楼都走交了，就好像从书院里出来的人一样；其实他是甚么也不了解，甚么也不懂的；——不过做个样子罢了。——瓦士里·费多体奇带着他走，就好像带着一个小孩子一样；主东想要不高兴他；但是瓦士里·费多体奇立刻把他的狗脑子洗清白；他说：‘我立刻便辞掉我的位置。’但是那莫斯科人立地又俯首帖耳了。……现在他们在用餐；主东带来了一位股东……这位股东只是赞叹着。这位股东定然是一位财主；因为他几乎全不开口，只是点头。并且他真是肥，唉，真是肥呢！的确是一位有名的莫斯科人！俗语说得不错！莫斯科是俄国的珍宝；因为那儿是堂皇，是豪富。”

“你真是说得详细，”玛丽亚娜说。

“唉，我的眼睛是睁开着的呢，”搭锵拿回答着。“你们的餐事停备了。请你们加怀。我要坐在这儿一会看你们。”

玛丽亚娜和涅暑大诺夫坐上食台；搭锵拿退到窗孔处，用手撑着脸。

“我看你们，”她又说……“你们两人真年青，真斯文……这样看着你们是很好过的，差不多要使我凄凉的一样！啊，你们一对可爱的人儿！你们是把太重的担子放在肩头上！像你们这样年青的人是‘查儿[①]’的官僚乐得捉捕的！”

“这是没有意思的，你请放心呢，”涅暑大诺夫说：“你是晓得的，俗语说得好：不入虎穴焉得虎子！”

“我是晓得的……我是晓得的；但是近来的老虎太厉害，进去了的便不能出来……”

“你有孩子么？”玛丽亚娜问她，想把话头掉到别的方向去。

“唉，有一个儿子。已经在进学校了。我还有过一位女儿；但是已经死了；她真不幸，她是被轮子轧死的。她立刻死了也还好！啊，但是，她还苦了好久。从那时候起我慈悲起来了；以前我是很硬的，如像木头一样硬。”

“但是你从前不爱他吗，不爱你的保罗·奕哥里奇吗？”

---

① **Zar**：俄罗斯的皇帝。——译者［音译为沙皇。——编者］

·

“唉，这当别论；这是……这是女儿们的偶尔的机会……你呢？你爱他的吗？还是不呢？”

“我是爱他。”

“十分的吗？”

“不消说呢！”

“那样吗……”

搭锵拿先看了涅暑大诺夫，又看玛丽亚娜——不说话了。

玛丽亚娜又把话头引到别的方向去。她向搭锵拿说，她把她顶喜欢的香烟忌了。她又向她问她的衣裳，叫她教她些烹调的事情。

“我还要求教你一件事情！你肯替我买点粗大的毛线么？我要打袜子……极简单的。”

搭锵拿答应办好一切的事情，把桌面收拾好，重实而平稳地走出去了。

“唉，我们又做怎么呢？”玛丽亚娜回转来向着涅暑大诺夫，没有等他回话，她又接着说：“你听我说罢，我们正经的事情要明天才能动手，我们把今晚的时间来献给文学罢……我们读你做的诗。我要做一个极严正的判官！”

涅暑大诺夫起初很犹豫了一下。但是结局是依从了，从他的钞本中选出了几首诗来朗读。

玛丽亚娜和他坐得极近，他读的时候，她始终看着他的脸。

她实践了：她认真表示出严正的裁判官的态度。他的诗使她满足的没有几首；她喜欢的是简单的，纯粹抒情的，不是说道讲德的诗。

涅暑大诺夫的读法也不到家：他没有心肠朗吟，但又不想干燥无味地混过；所以弄得来鱼不是鱼肉不是肉。

玛丽亚娜突然问他，晓不晓多布罗柳波夫（Dobroljuboff 1836—1831）[①]的那首好诗，起句是“死殇不足伤我神[②]”的——她向他读出来，读得不甚高明，只像小孩子暗诵一样。

① 现通译为杜勃罗留波夫，俄国文艺批评家。——编者

② 诗文据《沫若译诗选》校改。——编者

死殇不足伤我神；
只有一事令人惊：
死神过我身边时，
他的嘲弄太不仁。

我已冷固而僵全，
偏有人来挥泪眼，
还有无聊之蠢人
在我棺上置花圈；

良友送我出荒郊，
深深葬我入地窖，
待我横陈地窖中，
我才值得人爱好；

生时努力所追求，
到头终是不到手，
此时含笑来相慰，
慰我墓上冷石头。

《多布罗柳波夫全集》四卷六一五页

涅暑大诺夫说，这诗是极悲酸的；他又接着说，这诗他是做不出的，因为他不怕人在他的棺上流眼泪的……因为不会有人站在那儿流泪。

“唉，假如我比你寿长，会有人站在那儿呢，”玛丽亚娜慢慢地说。

她把眼睛望着地板，沉默了好一会，又才低声地，就好像自语一般地说道：

“他怎么能够画出我的像呢？怕是全凭记忆罢？”

涅暑大诺夫突然转向着她……

“是的，是全凭记忆的。”

玛丽亚娜听着他的回答大吃一惊。她的问题好像只是心里想着，不曾说出口的一样。

“那真是想不到，”她用同样的声调说。“他是不会画画的……唉，我想和你说甚么呢？”她又高声说出；“哦，是说的多布罗柳波夫的诗……做诗当做普遂金那样的诗，——或者如像多布罗柳波夫这首诗：——这不是诗，但是有甚么东西的确像诗一样好。”

“像我做的这些诗，”涅署大诺夫问她，“简直怕没有做的价值罢？——是不是呢？”

“像你这样的诗，朋友间是喜欢的，不是因为诗好，是因为你人好，诗和人一样。”

涅署大诺夫笑了。

“好，你把这些诗送葬了，——把我和它们一道！”

玛丽亚娜在他的手上打了一下，说他太不好……隔了不多一会她说她倦了，想去睡了。

“唉，你听我说，”她接着说，说时一面摇她短而浓厚的鬈发，“我有一百三十七卢布，——你有多少呢？”

“九十八。”

“啊我们还有钱……至少比简单化了的人还有钱。——好……明天再见！”

她走了；但隔不一会她的门又微微开开了，从门缝说了出来：

“请睡了罢！”——随后又一声更低微的：“请睡了罢！”

门锁扣上了。

涅署大诺夫横在梭发上，把手盖着眼睛……他又突然站起来，走到门上去扣门。

“有甚么事？”邻室里的问声。

“不，等明天罢，玛丽亚娜，但是……明天罢！”

“明天！”一个微弱的答声。

二十九

第二天清早一早涅暑大诺夫又去扣玛丽亚娜的门。

他用“是我”的一声去答应她“是谁”的一问——“你可以出来了么？”

“停一下……立刻就来。”

她出来了，大吃一惊地叫了一声。她起初一眼不认识他。他穿着一件旧的黄布褂，纽扣极小，腰身很短的；梳的是俄国式的头，是从中心分开的；头上结着一条青布巾；手里拿着一顶破帽子；脚上穿一双极坏的牛皮靴。

“喂呀，天！”玛丽亚娜叫出来，“你……你……真不好看。”

她突然跑去吊着他的颈子，更猛可地亲吻了他。

“但是你为甚么选了这样一套衣服呢？你就好像一个可怜的掌柜先生……或者像一个跑道商人……或者像一个逐放了的男工。为甚么穿这样的褂子，不穿职工服，不穿农夫们的长袍呢？”

“你说得真不错，”涅暑大诺夫说，他在他的装束里面的确像一位乡镇上的牛贩子。他自己也觉得，而且在他的心里是不高兴而又惶惑的，——他惶惑到把两手的指头张开不住地放到胸上，好像要扑去不洁的样子……“保罗说，穿起职工服和农夫的长袍，别人立地可以认出我来，这套装束却和我相趁，他说，就好像从小时以来我没有穿过别的衣裳一样；老实说，我自己倒十分不高兴。”

“你就要出去……动手了吗？”玛丽亚娜快活地问他。

“唉，我要去试，虽然……”

“你真好！”玛丽亚娜打断了他。

“这保罗真是一位人物，”涅暑大诺夫又说着；“他甚么都知道，他的眼睛看人看到最深处；他又会突然做一个脸色，好像在他周围甚么事情也没有起过，他是甚么也没有注意的一样！他是非常能干，但又好像在嘲笑人的样子。他从马克罗夫家里替我拿了书来，他很和马克罗夫相熟，只叫他是惹尔格·迷海罗以奇。但是他替梭罗明做事却好像水火不辞的光景。”

“搭锵拿也是呢。这到底是甚么原故，这些人都对于他如此忠心呢？”

涅暑大诺夫没有回答。

“保罗替你拿来的甚么书呢？”玛丽亚娜又问他。

“唉……很寻常的。《四弟兄的故事》……唉，还有……也只好说是寻常。但是也好。”

玛丽亚娜留心向着四面看。

“搭锵拿究竟到甚么地方去了呢？她约过一早便来的……”

“唉，我已经来了，”搭锵拿拿着一个小包裹在手里走进房来。

她刚走到门口的时候，听见玛丽亚娜的说话。

“你不用太着急呢……我这带来真是有趣！”

玛丽亚娜立刻跑到她面前去。

“你带来了吗？”

搭锵拿用手敲着包裹。

“都在这里面……全套的……你只把来试穿一下看……穿好了跑出去，你可以看见别人会怎么的诧异！”

“啊你来，你来，我的搭锵拿……”

玛丽亚娜拖她进她的房里去了。

涅暑大诺夫一人留着的时候，他故意拖着脚步在房里踱来踱去，他以为小掌柜先生是这般模样在他住所走的；他把袖口和帽子嗅了一下——又绉了一下眉头；——他便走去照一个小穿衣镜，这是挂在窗子旁边的壁上的，摇着头：这真是完全说不到美上来！

“但是也好！”他这样想。

接着他选了几份传单，放在衣包里，就好像在练习的一样，呶呶了几句俗调。

“我想来大约只好是这样了，”他又这样想着；“但是这场丑戏做来做甚么哟！我的穿着已经够了。”

涅暑大诺夫此时记起一位德国的囚人来，这人要从全俄罗斯国境逃过，但又不十分会说俄国话；好得他在一个乡镇上买得了一顶猫皮边的生意人帽子，他始终被人当成生意人，便平稳无事地走到了国境。

在这时候梭罗明走进房来。

“哈哈！”他叫着；“你已经完全打扮好了！好兄弟，对不住你，像你穿着这样的衣裳，不好向你用敬语呢。”

“请你……请你随便……我从先就想请你随便叫我的。”

“你真是搅得太快了；但是也好，你可以好生熟练一下。不过你总还得等一等；主东还没有动身。他还在睡。”

“我总要迟一点才出去，”涅暑大诺夫回答；“我要在这邻近走一下，等到我得到更近的差遣的时候。”

“好极。不过有一件事情，阿勒克西司……我要单叫你是阿勒西司，好么？”

“请你单叫阿勒克西司；或者更叫我勒克司，”涅暑大诺夫笑说着。

“不，阿勒克西司就够了；凡事不可太过。古语说得好：过犹不及呢。我看见你把传单揣在怀里了，你甚么地方都可以发布，但不要在这儿工场里——这儿是禁地。”

“何以故呢？”

“因为第一在你会有危险，第二我和我的主人约过，这样的事情不许在这儿发生：因为工场总是他的呢；第三我们已经在动手了；我们办了一座学校和其他；你一来便会把甚么都弄坏。你以为是的你尽管做，我并不干涉你；但是我的工场你却不要扰我。”

“这是所谓胆欲大而心欲小的吗？”涅暑大诺夫带着讥讽的意思笑说着。

梭罗明依然是很舒展地微笑。

“是的呢，阿勒克西司，我们是胆欲大而心欲小呢。……哦呀！怎么做起的呀？”

这最后的惊叹是说的玛丽亚娜，她穿着一件杂色的，洗过好几遍的布衣裳，一张黄色的围巾围在肩头上，头上更围着一张红巾，现在她的门限处。

站在她背后的搭锵拿很有趣味地看着她。玛丽亚娜在这样朴素的装束里更显得年青，更显得鲜艳；她的装束比涅暑大诺夫的长袖短褂更趁身些。

“瓦士里·费多体奇，请你不要笑我，”玛丽亚娜说，她全部的脸色红得就像罂粟花一样。

“唉，唉，真好一对小夫妇呢！”搭锵拿插口叫着，拍起手来。“我的相公，我的年青公子，你没见怪罢：讲好看你自然是好看，但在我们公主娘娘旁边你就减色了。”

“她的确是好看，”涅暑大诺夫这样想；“哦我真爱她！”

“你们看罢，”搭锵拿接着说，“她和我换了戒指。她把她的金的给我，把我的银的换去了。”

“寻常人的女儿不带金戒指呢。”玛丽亚娜说。

搭锵拿叹息着。

“戒指我要替你保着呢，请莫担心。”

“好，你们坐罢，你们两人都请坐罢，”梭罗明开始说，他一直到这时候都是埋着头看着玛丽亚娜的；“我记得古时候的风俗，凡人要上路的时候，总要大家坐一会儿的。你们两位要走很长很难的路呢。”

玛丽亚娜脸还是绯红的，坐下了，涅暑大诺夫也坐下，随着梭罗明也坐下，搭锵拿结局坐在一个木凳上。

梭罗明挨次看了他们：

退一退来好观瞻，
我们坐得真好看……

他说着，眢着眼睛，——突然又大笑起来，但是他的笑声不惹人讨厌，却是引人动听的，引人同感快乐的。

但是涅暑大诺夫突然站起来了。

“我走了，”他说，“在这一刻时候；一切都是很有趣的；但是我们化着装就好像在做戏的一样……你请放心，”他回向着梭罗明，“我是不黏染你的职工的。我要往附近去转一转，我回来的时候，玛丽亚娜，我再向你说我途中的冒险谈罢——只要我有甚么冒险可说的时候。请把你的手给我，祝我福星！”

“你喝了一杯茶去好么？”搭锵拿说。

“不，我不能空费我的时间来喝茶！我要喝的时候到饮食店里去，或者随便到那儿的酒店里去也好。”

搭锵拿摇着头。

“近来路上的饮食店酒店真多，好像苍蝇集在牛粪上的一样。到处都散布着村落了，没有一座村落没有饮食店和酒店的……”

“请了，再见……停一下再来亲候，”涅署大诺夫又改正了一遍，学着小掌柜先生的派头。

但是他还没有走到门口的时候，保罗从走廊的阴影里现到他的面前，交了一根粗大的螺旋手杖在他手里，他说：

“阿勒克西司 · 杜米突里弈逸奇，请你把这拿着，在路上走的时候可以靠着它，——并且这杖离开你身子更远的时候，更有效用。”

涅署大诺夫默默地把手杖接受着走了；保罗跟着他。搭锵拿也要走，但是玛丽亚娜站起来把她留着。

“你再停一下罢，搭锵拿 · 奥西普乌拿；我还要求教你。”

“我立刻就来，我只去拿沙摩瓦。你的先生连茶也不吃就走了；他实在是太忙呢……但是你又何必着急呢？还有时候呢。”

搭锵拿走了；梭罗明也站起身来。玛丽亚娜背他立着；她转过来向着他的时候，——因为他久没有和她说话，——她看着他的脸，在他看着她的眼睛里她看出一种表情，以前不曾看过的一种探索的，不安的，几乎是好奇的表情。

她狼狈了，又脸红起来。

梭罗明也觉得她看出了脸上的表情，害起羞来，他比平常更大声地说：

“唉，唉，玛丽亚娜……我们从此便动起手了。”

“怎么动手呢，瓦士里 · 费多体奇？……这样的一种动手！我突然有点不高兴了。阿勒克西司说得不错：我们的确是在做戏。”

梭罗明又坐下了。

“玛丽亚娜我倒要问你……你要怎样才算是动手呢？我们并不是要修城筑寨——在上面建立一干大旗！以共和号召天下！……并且这也不是你们女人的事情。你们的职分是：你们今天在甚么地方去找出一个乡姑娘，教她一点好处；这是很难的职分呢，因为乡姑娘的头脑是不聪明，她们不肯信你们；并且她们总爱这样想，你们教她们的东西终不是有用的；隔了两个礼拜或者三个礼拜之后你再教一位乡姑娘；有余暇的时候你还可以替小孩子梳洗，或者教他们的‘爱皮西’（ABC），——或者你还可以替病人送药……你就这样便算是动手了。”

“但是这样的事情是那慈善的奶奶们做的呢，瓦士里 · 费多体奇！我为甚么要做那样的事情……那一切的事情呢？”

玛丽亚娜泛泛地做出些手势指她自己又指着周围。

“我所梦想是另外一件事情。”

“你是想牺牲你自己罢，是不是呢？”

玛丽亚娜的眼睛放起光来。

“是的……是的……是的！”

“涅暑大诺夫呢？”

玛丽亚娜把肩头耸一下。

“涅暑大诺夫也是！……我们要同路走……不然，我便一个走。”

梭罗明凝视着玛丽亚娜。

“你听着，玛丽亚娜……你要恕我措辞的失常……据我看来，替一位肮脏的孩子梳头，也是一种牺牲呢，唉，是一种伟大的牺牲，不是甚么人都能够的。”

“但是我也不推辞，瓦士里 · 费多体奇！”

“你不推辞我是晓得的！是，你是能够做这样的牺牲的。你可以先做这项事情，随后可以再做别的。”

“但是要怎样做，我也不能不先请教搭锵拿。”

“好极……大概的事情你都求教她罢。你要洗匙羹菜盘，挦鸡毛等等……随后，唉，或者你能够救济祖国呢！”

“瓦士里 · 费多体奇，你在笑我。”

梭罗明微微摆他的头。

“哦，不然，可爱的玛丽亚娜，你要晓得，我决没有笑你；我的话不外是单纯的真理。你们，你们女界，俄罗斯全国的女同胞，现在是比我们男子更能干，更好了！”

埋着眼睛的玛丽亚娜抬举起来。

“我要不负你的期待呀，梭罗明……再者——我可以死！”

梭罗明站起来。

“没死，没死！你活着……你活着罢！这是顶要紧的……老实，你走了之后你家里现刻在怎样追求你，你想知道么？……他们会采取甚么手段罢？只要你向保罗说半句话：——他反掌之间便可以把一切事情都能探听清楚。”

玛丽亚娜惊愕了。

“这位保罗真是非凡的人啦！”

“是的，他实在是不凡。——并且假如你要和阿勒克西司结婚的时候，他也可以和若心牟办理……你还记得罢，我对你们说过的这位神甫……唉……目前怕还没有甚么必要罢？没有甚么罢？”

“没有甚么。”

“没有甚么？……好，那就算了。”

梭罗明走近她的房门，她和涅暑大诺夫的隔着的，弓着身去看门上的锁钥。

“你在看甚么？”玛丽亚娜问他。

“能够锁严么？”

“是的，能够锁严，”玛丽亚娜默默地说。

梭罗明又转身来向着她。

她把眼睛埋下去，没有看上来。

“那吗西皮雅金的决心，”他快活地说着，“我们是没有探听的必要了，——我们可以全然不管罢？”

梭罗明要走了。

“瓦士里 · 费多体奇……”

“你有甚么吩咐呢？”

“我们你，你素来是不肯谈话的，你今天怎么和我说了许多话呢？你不会晓得我心里是怎样欢喜的。”

“怎样？”

梭罗明把她柔软的小手握着他粗大的手里。

“怎么？……好，大约是因为我非常爱你。请了。”

他走出去了……立着的玛丽亚娜目送着他，凝着神；搭锵拿还没拿开水壶来，她走去找她，在她那儿她饮了一杯茶，但又洗了匙羹和菜盘，搓了鸡毛，并且梳了一个癞头孩子的脑壳。

膳时她走回她的房里……她等涅暑大诺夫没有许久。

他疲倦着带一身灰尘回来了，立地倒在梭发上。她坐在他的旁边。

“好，好，你做了些甚么事情？告诉我。”

“你记得么？”他用没气力的声音问她，“这两句诗：

虽不算甚么悲伤，

但只是滑稽一场

“你记得么？”

“不消说是记得。”

“好，这两句诗恰好咏到我这第一次的出马。但是不仅这点！还要更滑稽些。第一我是信着没有甚么事情比做戏还要容易：因为毫没有一个人想要晓得我是甚么人的……只是有一件事情我不曾虑到：无论到甚么地方去，别人都要问你‘从甚么地方来？为甚么原故？’这总要先编出话来，准备去答应的。但这也没有用处。无论遇着甚么人只消请他喝一杯烧酒——便可以随便骗过。”

“那吗你也……骗过那些人吗？”玛丽亚娜问他。

“唉……尽力地扯了谎。——其次是：凡为和我谈过话的一切人，没有一个例外都是不满足的；但没有一个人想晓得怎样去除去这不满足！但是我要当个宣传者，是不行的；……我悄悄地放了两本书在农人家里，还放了一本在农车里……这些会生甚么效果，啊，这是只有上帝知道。……我把书送给了四个人。第一个问我是不是祈祷书，他没有受；第二个说他不认识字，但是书面上有画他要拿回去谎他孩子；第三个起初赞成我，接连说着‘唉不错，唉不错，’……但接着他又痛骂起来，书他是没有要的；第四个虽然要了书，还非常多谢了我；但我对他所说的话，他怕摩不到头尾。此外还有一条狗咬了我的下腿；一位老农婆子在她茅屋的门限把火钳威胁我，骂我道：‘哼，你这流氓！……你这莫斯科的拐子！滚蛋罢！没有人肯上你的当的！’还有一位退了营的军人追着我叫道：‘伙计，伙计，停一下，我们要和你交换一点东西！’……他把我的钱大醉了一场！”

“再说罢！”

“再说吗？……我有一只脚跑伤了，因为这一只靴子太大了。并且我现在也饿了，——喝了点烧酒，头好像要爆的一样。”

“你喝得那么多吗？”

“不多，并不多——只是做样子；但是我走了五家酒店，我实在经不起这恶毒的烧酒。我们俄国人不晓得怎么能够喝这样东西。要简单化时不得不喝烧酒，我实在是不敢从命了！”

“没有人疑你吗？”

“没有……只有一位酒店主人，一位白眼的白胖子，只有他疑心着看我。我听见他对的妇人说：‘你看这位红头子……这位邪眼睛！’（我一直到现在才知道，我是邪眼睛。）‘这是一位骗子。你看他喝得很重。’——怎么叫‘重’，这个意思我不懂；但总不是好字眼。——这令人想到郭哥里的mauvaïs ton,——你是晓得的，在《检察官》里面[①]。我受了这个形容，大约是因为我想把烧酒倒在桌下的原故。啊，这真是难，一位‘文学家’要和现实的社会相接触，实在是很难！”

“第二次上来你会更走好运罢，”玛丽亚娜想安慰涅署大诺夫；“但是使我喜欢的是你把你这第一次的出马从滑稽一方面来观察……你总是没有真个倦怠罢？”

“没有，我并不倦怠；我反转觉得有趣。但是我很晓得，我会想到一些事情上来——结局会是没趣和悲哀。”

“不，不，我不让你想——我要给你说我做的事情了。餐事立刻便会送来的。你要晓得，我今天把锅洗了呢，搭锵拿替我煮了黄芽菜羹。我要把一切一切一切的事情详细地对你说。”

她说了。涅署大诺夫听着她，始终把她看着，十分注意地使她不得不中止几次，问他为甚么要那样看她……但是他没有答应。

---

① 第五幕第八场。——译者

食后她向他提议读徐皮哈恩（Spielhagen）①。但是她第一页还未读完，他突然跳起，走去跪在她的脚下。她立起来了，他拥着她的膝部，激急地，断续地，绝望地对她说，他想死，他晓得他不久快死……

她没有动，也没有拒抗；平静地，极平静地听他紧紧抱着；唉，她甚至用一种极慈爱的眼光看着他。她把两手放在他的头上，他的头是藏在她的衣襞里的。

但是就是这种平静愈使他急燥，比她推开了他的还要厉害。他站起来说：

"玛丽亚娜，你恕我今天和昨天；你请再说一遍罢，你是随时都在等着的，等到我配得上你的爱情——并且恕我。"

"我的话已经对你说了……破信我是不能够的。"

"多谢你；请了！"

涅暑大诺夫跑出去了；玛丽亚娜进她的房里去锁着了。

① Friedrich Spielhagen（1829—1911）：德国小说家。——译者[现通译为施皮尔哈根。——编者]

三十

十四天后涅暑大诺夫伏在房里三角台上给他朋友西林写信，台上阴暗地点着微弱的烛光。

已经夜半过后了。梭发上，地板上零散着极污秽的衣裳；玻璃窗上不断地有细雨敲击，强大的暖风在屋顶上发着长大的叹息。

我的亲爱的乌拉地米尔，我这封信要不写我的住居，这封信要专遣一个人送到远处的邮站去寄给你；因为我现在的住居是秘密的；假使泄漏了时别人还要受累赘。

我只能告诉你，我和玛丽亚娜是同住在一个大工场里的，已经住了十四天了。我前回写信给你的那一天上我们就从西皮雅金家里逃出了。我们在这儿依赖着一位朋友；我想叫他是瓦士里。他是这工场的监督——极好的一位人。我们住在这儿只是暂时的寄寓。我们住在这儿，要等到实际行动的时机到来的时候，——不过照现在的机局看来，这种时机不知道几时才能来呢！

乌拉地米尔，我的心里很苦，很苦。第一我不得不向你说的，我虽然和玛丽亚娜同路逃了出来，我们到现在也还同兄妹一样。她爱我……她对我说过，她是我的，假如……我自已觉得有得她的权利的时候。

乌拉地米尔，这个权利我承认不是我的！她信我，信我诚实——我不会欺哄她。我晓得我决不会爱过人，而我——（我是信得很坚确的！）——除她而外也不能爱别的女性。但是！啊，但是！我怎么能够把她的运命和我的永远合而为一呢？一个有生命的精神和一个死尸！——这个字而你如嫌过激了时，或者可以说半死的生命！……我的良心将说甚么话呢？……你会答道；你的情热更强时，你的良心便不会说话了！……但是这正是我所以是死尸的原故呢；一个诚实的死尸，充满着善意的死尸。我劝你不要说我和平常一样总是夸张……我这儿对你说的一切都是真实，都是真实呢！……玛丽亚娜的性情是很结实的，她现在完全献身于她的作业，她所信心的工作……而我呢？

但是不说爱情，不说我人身的幸福，不说——把这一类的一切都不说罢……我"到民间去"已经到了十四天了，——再没有更滑稽的事情可以想像得到的！自然不是我的罪，也不是我们的事业的罪。我不是斯拉夫狂；我不是借民众，借民众的接触便可把病医好的人；我不能把民众当成万应膏把来贴在患处……我要把我自己去感化他们——但是，怎样呢？——要依怎样的方法才能实现呢？我和民众接触的时候，我只是尖着耳朵听他们，看他们；我一要想说甚么，便甚么事情都完了！我自己也觉得我全不中用。我自己觉得我好像一位蹩角，演着自己不拿手的戏剧一样。锐敏的良心，怀疑，甚至于谑而不虐的机趣，这是苦恼我自己的——这是我最重要的缺点……这些东西都是一钱不值的！只消想到便使我恶心，只消看见我这身上穿的褴褛——瓦士里说是假装舞蹈的假装，便使我恶心了。

我们先要学民众的话，先要晓得他们的风俗习惯……真是蠢骨头，蠢骨头，蠢骨头！我们先要信任自己所说的话——然后才能说自己想说的话！……我有一次听见有一位非国教徒的预言者的一番说教。他先生说的是些甚么蠢话，要鬼才能晓得罢！总而言之是一种混淆，经文也有，文话也有，更夹杂些俗话——并且不是纯粹的俄国话，是小俄罗斯语，因为他的发音不正确，——他不住地反覆着这一句话就好像野鸟一样；"圣灵加庇于我！圣灵加庇于我！"……并且他的眼睛发光，他的声音宏而有力，他的拳头痉挛着——真正是铁一样的男子！听他的人不懂他——但是怎样地尊敬他，怎样地热狂，怎样都跟随着他跑动哟！

而我一要说话的时候，就好像求怜的罪人一样。我实在应该去吃教[①]！教徒的智慧是有限的……但是那儿有信仰，有信仰呢！——玛丽亚娜便是有信仰的！她从清早做起工，在搭锵拿旁边作工——这搭锵拿是一位善良而不蠢的妇人，她说我们是想简单化，叫我们简单化者，——玛丽亚娜就和这位妇人度她的时间，她没有一刻休息的时候——她真正是一匹马蚁！她高兴她的手红了，生了结，事到临头，她[②]随时都可以上断头台。她在等着上断头台的时候，她连靴子也不穿了；她赤着脚走到甚么地方去，又赤着脚走回来。我听见她洗脚要洗很久的时候；我看她走得很当心——脚没有用惯一定是很痛的；但是她的面孔非常高兴，非常焕发，好像她得着宝贝，好像太阳光在照着她。唉，玛丽亚娜是第一流的女人！

而我……我假如要在她面前诉说我的感触的时候，我要感受着一种羞耻，就好像我做了盗窃一样；其次是她的眼光……哦，她这眼光，这么惊异着的，献身着的，不可抗的眼光，那好像在说："我是你的呢，但不要忘记！……这些值得甚么呢？世间上没有更善，更崇高的吗？"——这换一句话说是：把肮脏的短褂穿起到民间去罢……好，我到民间去。……

哦，我在那时是怎样诅咒我这过敏的神经，我这极细的感情，我这感受一切的感受性，我这洁癖——我这从我贵族的父亲遗传下来的全部的性质哟！他到底有甚么权利把我投到有生界来，把不调和的机关装置我，使我不能和周围的人调和呢？他孵化了一只鸟儿又投在水里！制造了一个文学家受泥浆的污秽！给与我以生存使成为民主主义者，成为民众的友人，而不快的烧酒的气味已经使我恶心，甚至使我呕吐了！……

你看，我是弄到了这步田地，我在骂我的父亲！……我成了一个民主主义者，难道是他的罪过吗？

是的，乌拉地米尔，我是走了恶运。暗黑的不好的想念私下来缠我——但是你或者会问我，"你在十四天之内一次也没有遇见过甚

① 对天主教或基督教信徒的讽称。——编者

② 此下三句据英译本加入。——译者

么可以藉慰的现象，一个好的生动着的虽是不认识的人也没见过，这是可能吗？”——我怎样答应你才好呢？是的，我的确是遇着过些这样的事情……我并且还遇着一位很好的，出色的，而且是很能干的人。——但是无论我怎样说，我和我的宣传书在他是完全没有用的！在这儿的工场里面有一位保罗——瓦士里的右膀，一位顶聪明伶俐的汉子，一位未来的“领袖”……（我觉得前回好像已经写过），——这位保罗在农夫里面有一位朋友叫奕里若（Elisar）……同是一位明晰的头脑，一个自由的精神，——一个公明的有为的性格，但是我们两人一说起话来时，我们之中就好像立地建了一道城壁的一样；他用一种眼光看着我，好像要说：“不对，不对，你请走开罢！”

其次我还遇着一位顶可尊敬的青年，这人也算是激烈的一起。——他说：“先生，不要说那么多好听的话，你只简捷地对我们说：你想把你所有的土地都给我们——是或否呢？”——但是你听罢，我对他说，你怎么会以为我是地主呢？（我记得，我还加了一句民间的俗话“上帝保佑你！”）——“你既是普通的百姓，”他答应我，“那吗你对我们说这些有甚么用呢？请不要搅我们！”

又其次还有一件。我觉得听我的话，受我的宣传书的人，大概是心灵的贫乏者，是破落户。——有时又遇着会说话的人，遇着个受过点教育的饶舌汉，他们全部的智识只晓得把几句好听的话反覆地说。譬如有一位这样的人爱用一个“结果”来便把我结果了！你无论对他说甚么，他总照例答应你是：“是，是，不错；这是结果！”啊，让恶魔去结果他罢！

还有一件……在好几年以前我们谈到“冗员”，谈到哈年雷特式的人物，你还记得么？——这样的“冗员”现在在农民里面也有了！不消说另有一种特别的色彩……而其中大部分都是害着痨病的样子。这是喜欢听我们的有趣的人民；但是说到行动上来——在这一点他们是全没中用的；他们依然和我们那时的哈年雷特是一样。

我们怎么动手呢？做一本禁书吗？但是书和宣传的传单我们已经多了。同志中有些人向农民说：“打倒十字架，举起你的斧头，”——别的更简单说：“举起你的斧头！”——我们该写些干燥无味的农民生活吗？恐怕没有地方可以印刷。——或者我们真个举起斧头吗？……但是向谁呢，同谁呢，为甚么要动手呢？——这样一来是图吃政府的官兵一个铁弹的吗？但这简直是迂回的自杀！我倒宁可肯自己送掉我的生命呢。至少我可以自行选择时和地，乃至定准的目标。

真的，我想假如现在有甚么地方起了民兵，我是要投身去，加入的，并不是要去解放这个和那个（自己还没有解放，要解放人！）——只是去求一个安定的死……

我们的朋友瓦士里，在这儿收容我们的这位，是一位幸福的人：他是我们的同党，但他是怎样的安静，怎样的泰然哟！他是谁也不许去逼迫他的。别的人我可以痛骂……但是对于他我没有话说。这在根底上并不是意见和信念的问题，是性格的问题。瓦士里的性格，是不能受人非难的。他真不错。

“他有空的时候大概到我房里来，和我同玛丽亚娜一块。我所奇怪的是；我爱她，她爱我（我怕你要笑我这句话，但是天是晓得的，的确是这样）！而我在她那儿几乎找不出话来说；她和他却高谈阔论，又倾耳听着他！我不是嫉妒他；他很在替她周旋职业，至少她时常在这样请求他；但是我一看见他们两人，我心中便生出苦趣。你想罢，我只要一说出结婚，她便立地会同意，会叫若心年神甫现在坛上，唱出合欢歌：“伊塞亚，喜悦呀”云云了。但是就那样时我的心也不会舒展起来，一切都不会改变……我是进退维谷了！……生命把我切短了，——你还记得么，乌拉地米尔？——我们的朋友那好酒的裁缝，他每逢诉他妇人的时候，总爱这样说明。

总之我觉得这是不会再经久的。我觉得要准备一下……我自己不是曾经希望过，指说过，人是要“实行”的吗？——不错，我们要“实行”了。

我还有一位知友是西皮雅金的外戚，我不晓得已经诉过你没有？这位先生或者会替我们调点酸羹来使我们怪难吃！

我这封信在这儿可以落脚了，——但是怎做的好呢？我接着在做诗。玛丽亚娜我是没有讲给她听过的——她把诗是看得不值钱呢！——但是你……你有时也赞奖我的诗，还有更要紧的是你不对别人说，今天我感触到一个现象，在俄罗斯全国中始终反覆着的现象……总之我做了一首诗，诗是：

睡眠

我已久离了我的故乡，
我看它，可讶然和昨朝一样：
旧态依然；时辰好像未转；
依然是污秽的街市，蒸湿的肆廛！
无顶的颓屋依然高耸在空中，
山积着的灾难哟，壁上的苔鲜蒙茸，
上面浮泛着死尸般的腥气，
下面蠕动着斯拉夫民族的游尸。
民族诚是自由，祖国也诚是自由，
这些自由人可只是冷眼地锁在穷愁；
自由的两臂无力地在肩下亸垂，
伫立在运命之前，只是低头缩尾。
旧态是全部依然！只有一特长可见：
五洲的民族再没有这般深熟的睡眠。

都市，乡坊，都深深沉入睡中，
昼夜无分，坐立都在做梦，
农车中，橇中，一切都在酣睡；
高山上的迷雾，幽谷里的翠微；
守夜的立睡在悄静的哨房，
严霜不能冻醒，烈日不能烧伤；
商人睡着在他的货旁窜走，
官僚睡着在发挥他的优游；
法官睡，罪人睡；主人和奴婢，
乡里的农民不怕在耕耨着朝辉——

一切都在睡中；一切都在做梦，
只有酒店里的喧嚣睁着眼睛凶凶：
从北极以至高加索斯，全俄罗斯的地土，
万岁哟，万岁哟，睡眠的皇图！

请你恕我；我写这么一封悲观的信给你，落脚处也不能不送你点发笑的材料（你会说这诗有点走韵……但有甚么要紧呢）！

几时我才可以再给你写，究竟能不能再给你写，我都不晓得。但我十分相信，你总是决不会忘记。

你的挚友阿涅。

附白：不错，我们的民族是睡着的……但是我相信总有法子把它觉醒的，但不会是我们所想的这个法子……

涅署大诺夫把这最后的几行写好之后，把笔丢开，自己对自己说道：“好，你也去睡罢，把这些无聊的思想都忘了去，你做诗的匠人哟！”——说着他倒在床上……但是隔了好一会睡眠才飞到他的眼里来。

*　　*　　*

第二天清早他被玛丽亚娜叫醒，她那时通过他的房里，要到搭锵拿那里去的。但是等他还没穿好衣服，她又走回来了。她的脸色表示着一种愉快的不安，她显然是很兴奋着的。

“阿勒克西司，新闻呢：别人都说在我们邻近的T县已经起了事了！”

“起了甚么事？谁个说的？”

“保罗。说是农夫们起了兵，他们抗拒租税，集起了大家人哄动起来。”

“你自己听来的吗？”

“搭锵拿告诉我的。但是保罗来了。你问他罢。”

保罗走进房来，承认着玛丽亚娜的话。

“T县里起了暴动，这是实在的，”他说，说着理他的胡子；把他放光的黑眼睛晷了两晷：“这的确是马克罗夫干的事。因为他是已经五天不在家了。”

涅署大诺夫拿着帽子。

“你要往那儿去？”玛丽亚娜问他。

“唉……往那儿去，”他阴郁地答着，没有昂起眼来。“往T县去。”

“那吗我和你同去。你不带我去吗？只等我去拿一张大巾来包脑壳。”

“这不是妇人的事情，”涅署大诺夫阴郁地说，眼睛依然看着地板，好像他不高兴的一样。

“不然，不然！……你是应该去的；不然马克罗夫会说你是懦夫……但是我同你去。”

“我也并不是懦夫，”涅署大诺夫仍然阴郁地回答着。

“我是说，他会把我们两人都当成懦夫呢。我跟着你。”

玛丽亚娜走进房里去拿头巾去；保罗暗暗叫了一声“哦呀”一下，即忙跑了。——他是跑去报告梭罗明的。

玛丽亚娜还没有走到涅署大诺夫房里来时，梭罗明已经来了。涅署大诺夫站在窗前，把额头藏在手里，把手抵在玻璃上。梭罗明拍他的肩膀。他急速地回转来。

没有洗的脸，没有收拾的须和发，使涅署大诺夫的面孔带几分奇怪的粗像。就是梭罗明在近来也变了像了。他变黄了，面孔更瘦削了，上齿有几分露出了……他也有点不安的样子；在他的精神素来是保持着平衡的，总觉得有点反常。

“马克罗夫终竟暴躁起来了，”他开始说。“这是不会有好结局的；害了自己……并且还连累他人。”

“我要去看一下，那儿究竟是怎样的光景，……”涅署大诺夫说。

“我也要去，”玛丽亚娜接口着，她恰好走到门限处了。

梭罗明徐徐地回顾她。

“我本来是不好说甚么的，玛丽亚娜。你不过会白无意义地把自己和我们泄漏了。涅署大诺夫要去，就去在近处看一下也好……但不要太深入了！——但是你——又何必呢？”

“我不想听他一人去。”

“你只是去纠缠他。”

玛丽亚娜看涅署大诺夫。他站着不动，凝滞着一个阴郁的面孔。

“但是假如有甚么危险呢？”她问着。

梭罗明微笑了。

“不要担心……假如有危险的时候，我要不留你了。”

玛丽亚娜默默地把头巾取下，坐下了。

梭罗明转过来向着涅署大诺夫。

“朋友，实在的，你去看一下也好。说不定是有些夸张。总之我望你谨慎些。——我总要遣一个人随你去，做你的乡导。赶快回来的好。涅署大诺夫，是不是这样？你同我约束好罢！”

“是。”

“全盘是这样吗？”

“因为这儿的人都顺从你，——玛丽亚娜要算第一。”

涅署大诺夫跨出廊下去了——“再见”也没有说。保罗从一只角上现出来，先他跑下楼去，钉着铁钉的皮鞋响透全屋——他是替涅署大诺夫做乡导的。

梭罗明坐就玛丽亚娜。

“涅署大诺夫最后的一句话，你听见没有？”

“听见，我听你的话不听他的话，他不高兴我。这总是实在事情……我爱他，但我听从你。他是可爱些……但你和我更亲近。”

梭罗明温婉地抚着她的手。

“这件事情……实在没有做好，”他结局这样说出。“假如马克罗夫是参加了的时候，那他是丢了。”

玛丽亚娜震动了。

“丢了？”

“唉……他是不做半节事情的，他不会推给别人。”

“丢了！”玛丽亚娜又微语一遍，眼泪从脸上流下。“啊，瓦士里·费多体奇，我怎样可怜他呀！但是他为甚么不能占胜利呢？他为甚么定要一败涂地呢？”

“玛丽亚娜，因为凡为从事这种举动的，即使事情成功，站在第一线上的人都是要破灭的。……但是像他所从事的，不仅第一线，第二线要破灭，就是第十线，第二十线也要破灭的……”

“那吗我们是不能达到目的的吗？”

“你想的是甚么目的呢？——决不会！这目的决不是我们的眼睛所能看到的；是说我们的肉眼。说到精神上的眼睛来——那是又当别论。因为我们想看见目的时，立地可以看见。这儿是没有制限的！”

“但是我要问你，梭罗明，你为甚么？……”

“甚么？”

“你为甚么要和我们同在一条路上走呢？”

“因为没有别条路可走，——或者可以更明白说；我和马克罗夫是有同一的目的，但是我们的路是不同的。”

“可怜的马克罗夫！”玛丽亚娜伤心地说起来。

梭罗明又亲切地抚她的手。

“唉，我们暂且看看罢；我们也还不能十分确定。我们等保罗带回来的消息是甚么。在我们的……职分里面我们是要坚忍的。英国人爱说‘Never say die!（决不要说死！）’——这个谚语比我们俄国的：‘不幸来时大开门’的好。——担忧有甚么用呢？”

梭罗明立起来了。

“你替我周旋的事情呢？”玛丽亚娜突然问他。

眼泪还在她的脸上闪光，但是在她的眼睛里已经没有悲戚了。

梭罗明又坐下。

“你是十分着急定要离开这儿的吗？”

“哦，不是！但是我想做事情。”

“玛丽亚娜，你在这儿很有用的。你不要离开我们，等一下罢。——你要做甚么？”梭罗明问走进房来的搭锵拿。

“有一位女人要会阿勒克西司·杜米突里弈逸奇，”搭锵拿回答着，说着她笑着摆手；“我说，‘这儿没有这样的人，这样的人我们是不晓得的，’——但是这家伙[1]……”

---

① 这个字德译和英译都是用的中性的第三人称代名词，大约是表示男不男女不女的意思。可惜中国话达不出来，因为他她它都是同音。——译者

“这家伙？”

“唉，她这位女人把她的姓写在这纸上，叫我把给阿勒克西司看，叫我引她进来；就是阿勒克西司的确不在家，她可以等。”

纸上写着粗大的文字，玛殊玲。

“请她进来罢，”梭罗明说。“玛丽亚娜，她进这里来，可不要紧吗？她是我们的同志。”

“一点也没有妨碍，请她进来。”

不一会浅克拉·玛殊玲现在门限处；穿的衣裳，完全还是这部记事开始时的一样。

三十一

“涅暑大诺夫不在么？”她问着；她一看见梭罗明，便走去和他握手。“好吗，梭罗明！”——她从眼角上看了玛丽亚娜一眼。

“他快要回来了，”梭罗明回答她。“但是我要问你，是甚么人告诉你的？”

“马克罗夫告诉我的。此外这城里还有两三个人知道。”

“真的吗？”

“真的。大约是甚么泄漏了的；好像涅暑大诺夫也被人看穿了。”

“化装的效果就是这样呢！”梭罗明不平地说。“让我介绍你们，”他又提高声音接说着。“这是西涅志克姑娘——这是玛殊玲姑娘！——你请坐。

浅克拉微微点头坐下了。

“我带了一封信给涅暑大诺夫；还有问你的口信。”

“甚么口信？……从甚么人传来的？”

“从你认识的一个人。……问你这儿的形势如何……万般都有准备否？”

“我这儿甚么也没有准备。

玛殊玲尽量地睁着她小小的眼睛。

“甚么也没有？”

“甚么也没有。”

“绝对的甚么也没有？”

“绝对的甚么也没有。”

“我可以这样报告吗？”

“你可以这样报告。”

浅克拉凝了一会神，从衣包中拿出一支香烟来。

“可以把点火给我么？”

“这儿是火柴。”

浅克拉把香烟吸燃了。

“他们都是另外一种期待，”她又开首说。“在各处都和你这儿不同。但是这倒是你自己的事。我在这儿住不久的。我只想会涅署大诺夫，交信给他。”

“你又要往那儿去呢？”

“很远的地方。”

她的确是要到耿甫（Genf）[①]，但是她不想对梭罗明说。她觉得他不十分可信，不消说这儿还有一位“局外人”。浅克拉本来不晓得德文，她被遣到耿甫去，拿着半截厚纸，上面画着葡萄的符节，和二百七十九卢布，要去交给一位她完全不认识的人的。

“奥斯突罗杜摩夫在那儿呢？和你不同路吗？”

“不。他在这近处……收了监。但他不久会满了。皮门是不会和我们脱离的。你请放心。”

“你是怎么到这儿来的呢？”

“坐了一乘农车……不这样是没有法子的。请你再把一根火柴给我。”

梭罗明擦燃一根火柴给她……

“瓦士里·费多体奇！”门后突然有人低声地叫。“请你，请你出来一下！”

“是谁？甚么事情？”

“请你。请你出来罢！”声音又迫切地恳求地说。“来了一位职工，想要会人说话，保罗又不在。”

梭罗明告罪，立起身来，走出去了。

浅克拉·玛殊玲看玛丽亚娜，并且看得很久，看得她不舒服起来了。

“请你恕我，”她突然用她粗大的破喉嗓说；“我单是一个寻常的妇人……我不懂甚么礼节。请你不要见怪，假如你肯答应我的时候，我要问你；——你是不是从西皮雅金家里逃出的那位姑娘？”

玛丽亚娜吃惊了，但是她答道：

“是的，我是。”

---

① 即日内瓦（Genova）。在瑞士国内。——译者

“同着涅暑大诺夫？”

“是的。”

“请你……把手给我。请你恕我。你必定是一位好姑娘，所以他才爱你。”

玛丽亚娜和浅克拉握手。

“你十分认识涅暑大诺夫吗？”

“唉，我认识他，我在比得堡时常见他。所以我对你谈到他。惹尔格·迷海罗以奇也对我说……”

“啊，马克罗夫！你不久才看见过他吗？”

“还是前几天了。现在他不在家。”

“他到甚么地方去了呢？”

“他是受了命令，到甚么地方去做事情去了的。”

玛丽亚娜叹息起来。

“啊，玛殊玲姑娘，我在担心他呢。”

“我先要请你不要称我是姑娘！这样的虚礼是应该抛到大海里去的。其次我劝你不要说“担心”。这个字也不合宜。我们不替自己担心，也不替别人担心。我们不想自己的事情，不担心自己的事情；完全不。但是……我倒想起来了；要我，浅克拉·玛殊玲，才好这样轻易地说。我生得丑。但是你……你是生得好。要不担心你恐怕有点难。”（浅克拉把头埋下去，向着一边。）“惹尔格·迷海罗以奇对我说……他晓得我要交信给涅暑大诺夫……他对我说：‘不要到工场里，不要寄信去，你只是去搅扰别人的燕尔之乐。不要去扰他们！他们在那儿都很幸福……千万！不要去扰他们！’——我本不想来扰你……但是我把这封信没法。”

“你可以把信交给他，一点也不用顾虑，”玛丽亚娜说。“但是，这马克罗夫，他真是一位好人呢！你以为他是会受死刑……还是流到西比利亚？”

“但是，又有甚么呢？送到西比利亚去了便不会转来的吗？丢命又有甚么呢！有的命是甜的，也有的命是苦的……他的命的确是没有放多少糖。”

浅克拉用严严探索的眼光看着玛丽亚娜。

“唉，真的，你真好看，”她结局叫出来；“你简直就和小鸟儿一样！……但是阿勒克西司还不见回来……信我可以交给你么？用不着等他了！”

“你请放心，我定要交给他。”

浅克拉把颊撑在一只手上，好一会没有说话。

“我问你，”她又说起来，“请你不要怪我……你是十分爱他么？”

“是的。”

浅克拉摇着她浓重的头。

“好，我也不再问你他爱不爱你了！我要走了，不然我会搅迟。请你对他说，我来过……请替我问他好。你说是玛殊玲问候他。你该不会忘记我的名姓罢？不会？浅克拉·玛殊玲呢。还有信。停一下罢，我把它放到那儿去了呢？”

浅克拉站立起来，背在一边，好像要找寻衣包一样，她在这时候急速把一个小小的纸团送到口里，吞下了。

“啊，天！我真蠢！我把信失掉了吗？我的确是把信失掉了。啊，假使有人寻着的时候，那真是坏事了。……实在没有，我再也寻不出了，甚么地方也没有。这刚好是应着马克罗夫的嘱托了！”

“你再找一遍罢，”玛丽亚娜低声地说。

浅克拉把手动着表示反对。

“我再找不着了！还在甚么地方找呢！我是失掉了它！”

玛丽亚娜走近她的身边。

“那吗，你请和我亲一次吻。”

浅克拉突然抱着玛丽亚娜，用着男性一般的力量，把她压在胸上。

她沉重地说：“我不会和甚么人亲吻的，这是违背我良心的事情……这回算是第一次！你请对他说，他应该谨慎些……你也一样。你们总要提心在口才好！这儿是不可久留的，极不可久留的。你们两人请快些早走……请了！”她接着又高声地明白地说。“其次还有一件……你对他说罢……唉，不用说了！甚么也没有！”

浅克拉·玛殊玲忽遽着开着门，走出去了，玛丽亚娜凝着神立在房里的中央。

“这是甚么原故呢，”她结局这样想着。“这位女人比我还要爱他！她说那些话是甚么居心呢？梭罗明为甚么突然走了？——为甚么去了便不再来呢？”

她在房里一上一下地走起来了。一种特异的情趣，惊骇与烦闷与——惶恐的混淆作用着她……她为甚么不跟着涅暑大诺夫去呢？……梭罗明不赞成她。……但是梭罗明又在甚么地方呢？她的周围究竟是起的甚么事情？……这位浅克拉 · 玛殊玲显然是同情于涅署大诺夫，没有把信交给她……但是她怎么能够决心做这一种不服从的事体呢？她是想表示她的大量？她以甚么权利呢？她这样做，为甚么玛丽亚娜自己要受感动？唉，她实在是受着感动的吗？……一位不好看的妇人看上一位年青的男子……这究竟有甚么反常？玛殊玲为甚么把玛丽亚娜对于涅署大诺夫的爱执看得比对于责任的情操还要重？这样的牺牲或者是玛丽亚娜所全不希望的罢？信的内容又是甚么呢？……是直接行动的召唤？唉，又怎么呢？

“并且马克罗夫呢？……他是陷在危险里面了。……我们呢，我们做了甚么？……马克罗夫爱护我们两人，使我们得以幸福，不分离我们……这是甚么意思呢？同一是大最吗？或者还是蔑视呢？

“我们从那万恶的家庭逃出来，究竟只为的是一同住在这儿，像一对斑鸠一样吗？”

玛丽亚娜这样思索着……兴奋着的苦闷的感情在她的心中愈见激昂，愈见激昂起来。她的自尊心好像受了伤拆一样。他们为甚么都把她，都把她抛弃了呢？……这位“粗大”的妇人叫她是小鸟儿，说她好看……为甚么不直接叫她是个偶人儿呢？为甚么涅署大诺夫不能一个人去，却要保罗同路呢？就好像他要一位保标的一样！其实梭罗明的信念究竟是甚么呢？他完全不像是革命家！她对于这一切的态度，有人会以为是儿戏吗？

这样的思想，时而互相冲突，时而互相融和，在玛丽亚娜兴奋着的脑中缭绕。嘴唇紧紧闭着，两手照男子一样操在胸前，她结局坐在窗畔，又呈着个凝滞着的不动的姿势，连椅上的背靠也没有倚靠，——她的全部的精神是注意着，紧张着，随时都可以跃然而起。她不想到搭锵拿那里去做工了；她只想着一件事：等！——她执拗地等，几乎带着恨意。

她的心境在她自己看来觉得奇怪，觉得不可理解。……但是总是一样！有时她更想到，这些想念怕是从嫉妒出来的。但是她一想到可怜的浅克拉的面孔，她的肩头耸一下，把手摇着表示否定，——不是实在的手动，是内心中的精神动摇，与这种姿势相当的。

玛丽亚娜等了许久许久；最后她听见两人走上楼来的脚步声。她把眼睛望着门口……脚步渐渐走近了。——房门开开，涅署大诺夫被保罗扶着现在门口。

他是死人一样惨白，帽子也没有；乱发揉成湿的卷毛垂在额头上；眼睛凝视着，没有看见甚么。

保罗引他进房里来（涅暑大诺夫不稳地无力地拖着脚走）把他放在梭发上。

玛丽亚娜从她的坐位跳起来。

“怎么做起的？他不好吗？他病了吗？”

保罗把涅暑大诺夫坐好之后，他带着微笑答应，半身转过来，从肩头上看着她。

“请你不要担心，立刻便要过了的……只是没有搅惯。”

“但是他究竟是不好吗？”玛丽亚娜逼着问。

“只是稍微吃醉了点酒。他是不会喝酒的；就是这样。”

玛丽亚娜俯就涅暑大诺夫。他是取着半分坐位横陈在梭发上的；头垂在胸，眼睛好像蒙了一层薄翳……发散着烧酒的气味；他是醉了。

“阿勒克西司！”她突然叫起来。

他用力把重沉的眼睑举起，勉强微笑。

“啊，玛丽亚娜！”他格格地说；“你总爱说：简——简——简单化；我现在真是简单化了。……因为我们俄罗斯国民都是好吃酒的。……你要晓得，我也……”

他不说话了；接着又呶呶了几次不成意义的声音，闭着眼睛睡熟了。

保罗当心地在梭发上把他睡好。

“请你不要担心，玛丽亚娜·维肯浅乌拿，”他又说；“他只是消睡两个钟头便可以起来，好像一个钱的事情也没有的一样。”

玛丽亚娜倒很想问他的原由；但是她要问时会把保罗牵留着；她是只想一人独处……或者她是不愿保罗多看他的丑态。她走到窗边去，保罗立地了解了她的心事，当心地把涅暑大诺夫的脚套在他短褂的两袖里，在他头下放着小小一个枕头，再说一遍道：“这是不要紧的”——踮着脚尖走出去了。

玛丽亚娜回过头来看着。涅暑大诺夫的头沉沉地睡在枕上；惨白的脸上表现着一种凝滞的不动的紧张，就好像害了重病的人一样。

“到底是怎么弄起的呢？”她这么想着。

三十二

事情的原委是这样的。

涅暑大诺夫傍着保罗刚好在农车上坐着的时候，他突然异常地兴奋起来；农车刚好从工场的厂地折到大路，向T县方向走去，他把过路的农夫们叫着，留着他们，简单而不凑杂地向他们演说起来。

“哈啦，你们睡帽子哟！”他叫着，“醒罢！起罢！时候到了！抗粮拒税哟！推倒地主哟！”

有些农夫瞠然看着他，有的各自走他的路，对于他的招呼没有表一些儿注意；他们以为他醉了；其中有一个人在他回家去后，甚至说在路上遇着一位法国人，用外国文干吼了一些不懂的话。

涅暑大诺夫的行为是怎样不可言说的蠢，怎样地无聊，连他自己也十分明白，但是他渐渐热烈了起来，弄得来区别不出是非美恶了。

保罗想制止他，说他这样是不行的，说他们快要到一座大村，这是T县的第一个村落，说在那儿便可以打听……但是涅暑大诺夫完全不听他的……在这些时候，他的脸色带着凄凉的，更几乎是绝望的神气。

他们的马是一匹小而团的，但是很有力量，剪短了的鬃毛在弓形的颈上；动着它瘦削的四腿非常神速，紧拉着缰绳，好像晓得坐车的人是很赶忙的光景。

他们还未到“大村”，离大路不远处在一座开着的仓库前面，涅暑大诺夫看见八位农人：他立即从车上跳下来，跑向他们去，向他们演说了五分钟，极快地用着多少惊叹词，做了许多手势。

许多不可懂的话句中，听得出的是：“自由哟！前进哟！赴汤蹈火哟！”这些字句，声音高而嘶嗄。

聚在仓前的农民是在商量，就使敷衍门面，也想把这谷仓装满——（这谷仓是公仓并且是空的）——他们看着涅暑大诺夫，好像十分注意着在听他的演说；但是他说的话好像甚么也没有听懂，因为他离开跑去，最后叫了一声“自由哟！”的时候，农夫中有一位，而且是八人中顶聪明的一位，想着摆了摆脑壳说道：“他真厉害！”——别的一位应声说：“他一定是一员头目！”——那聪明的一位答道：“不错呢，不错呢，不然他不会把声气吼嗄。我们的钱包现在又会破钞了。”

涅暑大诺夫再登上农车，坐在保罗旁边的时候，他自己暗想：“啊，真好蠢蛋哟！但是我们要怎样才能激动百姓们起来，我们之中恐怕没人有甚良法——或者这也是好方法了！没有踌躇的时候！前进！前进！”

他们走到大村了。正在村的中央处很有一大堆人聚积在一座酒店前面。保罗想扭着涅暑大诺夫；但他倒栽着跳下车去，口中叫着“兄弟们哟！”一直跑向人丛里去了。……

人众稍微退了一下，涅暑大诺夫又动手演说起来，没有看着甚么，只带着热狂的，同时又是哭诉的声音演说。

但是这次的结果和仓前的演说又不同了。一位凶猛的汉子，脸上没有胡须，但很粗暴，穿着一件短的肥羊皮，脚上是长统水靴，头上是阉羊皮帽，走到涅暑大诺夫面前，重重地打他的肩头，咆哮着可怕的声音说：

“你不错！你是一位胆大家伙！但是停一下罢！你不晓得干吼是破嗓子的吗？来！这儿是更好说话！”

他把涅暑大诺夫拖到酒店里，其余的一同人众都叫号着跟着拥挤。

“迷海逸奇！”大汉叫着；“喂，把烧酒来！——拿五斤！我的大海杯！我要请一位朋友！他是甚么人，他姓甚名谁，这只有鬼晓得——但是他痛骂了有钱人。——好，喝罢！”他回向着涅暑大诺夫，他撑着一满大杯，外边全都是湿的，好像大汗淋漓。“喂，喝罢，假如你真个是我们的伙计！”

“喝罢！”大众都呐喊起来。

涅暑大诺夫执着杯（他好像要窒息的一样）叫道：

“弟兄们！我祝你们长寿！”

他说着便干了一杯。

他干这一杯是怀着绝望的决心，好像他置身在枪林弹雨里一样……

但是他身上立刻起了甚么作用呢？好像有种沉重的刺击从背脊一直传到脚根，从喉咙烧到胸，烧到胃，眼泪也挤出来了……他的四肢都在不随意的抽挛。他放开喉嗓叫了出来，想把这种特别的感情除去。……黑暗的酒店里面，突然热起来，蒸起来，潮湿起来；涌进来的人真是不少！

他开始说起来，长长的说起来，叫，放大声音的怒号，和粗大的木拳握手，和黏湿的胡须亲吻。

短羊皮褂的大汉和他亲起吻来，几乎把他的肋骨凹下去了。这人完全是成了恶魔了。

他咆哮着："我要把他的喉管捏破，我要把他的喉管捏破，谁个敢来干犯我的兄弟们！我要在他的脑袋上打一铁槌！打得会满响啊！这是我的本行——我是杀牛屠户；啊，我杀牛是搅惯了的！"

说着他把他蛮大的，红的，一面的汗斑的拳头扬起来……啊，那时候！——又叫了一声："喂，喝罢！"——涅暑大诺夫又把那一大杯海杯倒下喉里去了。

这一杯的作用但是真个可怕了！他的五脏就好像用粗棒在搅的一样……头在打漩，眼睛前旋着绿色的圈纹。

劈耳的响声起了……哦，可怕！……第三杯！他倒在桌下去，这是当然的了！……青红的鼻子，淡红的头发，汗淋漓的颈子，绉襞破烂的项背都倾倒向他。毛毵毵的拳头从四方八面伸出来拉扯他。

"好，没再乱吹了！"狂暴的声音咆哮着。"好，没再乱吹了！前天也正有一位和你一样瞎吹的流氓！前进！闭着你的喉嗓罢！你狗东西！"

涅暑大诺夫脚下的大地动摇起来了。他自己的声音好像他人的一样，——好像一种不相熟的声音从外面打到耳里。……"这是甚么？死吗？"

突然一道清新的空气扑到他的脸上……不再有人推撞他了，不再有红色的面孔，——不再有烧酒，羊皮，沥青，牛皮的蒸郁的奇臭了。……他又在车上坐在保罗的旁边。他想脱开他，叫着：

"那儿去哟？不要走！我还没有向他们说明呢……我要先把这事情一一向他们分析。"

他又接着说道：

"你，你这鬼东西，你这狡猾的狐狸，你到底是甚么意思？"

保罗答应他道：

“假如世间上没有地主，全世界都是属于我们的，那真是好事……那会还有比这更好的呢？但是一直到现在还没有这样的一种法律颁布。”

他这样说着的时候，把马头徐徐掉转，突然加上一鞭——他们便把这场喧嚷丢在背后，向工场里跑去了。……

涅署大诺夫微微地睡着；他的身体东倒西歪的摇着；清风吹爽他的颜面，把不快的思想吹落了。……

只有一件事情他觉得不高兴：他还没有把他的思想演说出来……爽快的微风又来抚摩着他的灼额了。

随着玛丽亚娜的面孔突然现了一下，炽灼地害了一下羞……睡熟了，深深地睡熟了。……

这全部是保罗随后对梭罗明说出的。他甚至说，他没有阻挡涅署大诺夫喝酒，因为这正是把他弄出酒店来的唯一的手段。别人终不会把他放走的。“我鞠了多少躬向农人们说：‘你们看他被烧酒灌得这样了，诸位贤台，请把他放走罢；你们看，他还是这样年青！’——这样他们才把他放走了的；但是他们还说：‘你要先拿半卢布出来作和解金！’——我便把和解金拿出了。”

“不错，你做得很周到，”梭罗明这样回答他。

*　　*　　*

涅署大诺夫睡着；玛丽亚娜坐在窗边，俯看着园子。奇怪的是在涅署大诺夫和保罗未回之前所激起的那种不快的，几乎是愤怒的感情，现在却忽然消去了；涅署大诺夫自己不是她憎的对象，也不是她厌弃的对象：她是只有同情他了。

她很晓得，他并不是一个酒徒，不是一个无赖汉，她甚至想到，他醒来时，要怎样去安慰他，不要使他太害羞，太不好过。

“唉，我是定要这样起头，请他自己对我说，这场不幸是怎样生出的。”

她全不兴奋了；但她是忧郁，无限地忧郁。她真实地接触着她所渴仰的未知的世界的空气了，她在这粗暴与黑暗之前战栗。……她所想献身的是怎样一种摩洛和（Molooh）神[1]呢？

但是不然！事情不会是这样！……这不过是偶然如是的，转瞬之间凡事都会生出秩序来。……这不过是一种过眼的云烟，使她这样受着感触的，只是来得太出乎意外罢了。

她立起来，走近涅暑大诺夫睡着的梭发去，把手巾拭干他苍白的，在睡眼中也还呈着苦涩的额部，把头发替他理向后面。……

她从新又哀怜起他来，——就好像一位母亲哀怜她病了的孩子一样。但是他的面容使她痛心，她静静地走进她的室里，听房门开着。

她甚么工作也不能做；又坐下了——思想又潮涌起上来。她感觉着时间从她身旁过去，一秒随着一秒地跑，这样甚至使她快心，她的心脏跳着，她是又在等待着甚么了。

梭罗明究竟藏到甚么地方去了呢？

房门微微一响，搭锵拿走进房来。

“你要做甚么？”玛丽亚娜问得有点不高兴的样子。

“玛丽亚娜·维肯浅乌拿，”搭锵拿低声地说：“你听罢：不要那样忧郁！那是常有的事……好在……”

“搭锵拿，我并没有甚么忧郁，”玛丽亚娜打断了她的话。“涅暑大诺夫有点不好；也没有甚么大了不得！”

“啊，那更好！唉，我刚才以为你怕病了，我看见你没有来。但是就是病了也是一样，我不会来看你，因为我在这样的时候第一的一个宗旨是：莫管闲事！——但是现刻有一位我不认识的人到工场来了。极矮小的一位跛脚子，他定要会阿勒克西司·杜米突里弈逸奇……这到底是怎么一回事呢？今天清早有位女人来找他……现在又是这位跛脚。——我对他说，阿勒克西司·杜米突里弈逸奇不在这儿，他又要见梭罗明！他说：‘不然我是不走的，因为是一件重要的事情。’我们想把他赶起走就和那位女人一样；我们说梭罗明也不在家，他是走了。‘我是不走的，’跛脚者又回答我们，‘是那样我便等他们到晚……’说着他便在厂地里上上下下地走起来。——你请到走廊去，从那儿的窗眼望他一下，看你认不认识他。”

---

① 古时腓尼基亚人的一种偶像（火神），以人为牲。——译者

玛丽亚娜跟着搭锵拿出来。她从涅署大诺夫身边走过时，又看见他额上的苦涩的神情，又把手巾来揩干了他。——

从廊下的小窗上尘布的玻片望出去，她看见搭锵拿所说的那位来访者。他是她所不认识的。

但是在这一瞬间看见梭罗明从一只屋角后走出。

跛脚的矮子跑到他的面前求他握手。

梭罗明握了手。他显然是认得这位男子。他们消去了。……

玛丽亚娜急速回到她的房里，接着喘气，在房里的中央处站着。……这样一种不安的情趣恼搅着她！……甚么缘故呢？她不晓得。

梭罗明的头现在门口。

“玛丽亚娜，我可以进来么？我带了一位客定要见你。”

玛丽亚娜只点了一下头，在梭罗明之后，显出——巴克林。

三十三

“我是你丈夫的一位朋友，”巴克林在玛丽亚娜面前深深鞠躬着说，好像要把他因为不安和惊恐的原故兴奋着的面孔在她面前藏却的样子；“我也是梭罗明的一位朋友。涅署大诺夫睡着，——我听说他是不好；但是不幸的是我带来的是不好的消息，我已经和瓦士里·费多体奇说了一部分了，我们是不能不想个法子。”

巴克林的声音时常窒塞着，就好像口渴[1]的人喉咙干燥的一样。

他带来的消息的确不是好消息。马克罗夫是被农民捉着，送往城里去了。哥鲁遂金的书记密告了他的主人，主人也收了监了。哥鲁遂金又招了其余的人，把所晓得的事情都供出了；他又改信国教，把僧正费拉勒的肖像送给一座高级中学；又寄付了五千卢布给废兵院去了。

他把涅署大诺夫也密告了，这是毫无可疑的；警兵随时都会到工场里来。梭罗明也是危险。

“至于我呢？”巴克林接着说：“就是我自己也在惊愕，我还能自由自在地在四处跑；不消说我是素来没有干预过政治，我也没有参加过甚么秘密的计划，但是我是不管的。我利用警察们的健忘与怠慢来报告你们，使你们想个法子来除却这场不快。”

玛丽亚娜听着巴克林说完。她也并没有惊骇；她甚至依然平静地站着。……但是巴克林是说得不错的：这总要采取甚么手段才行！……她的第一次的动作，便是把眼睛去看梭罗明。

梭罗明也好像很平静的；只有嘴唇周围的筋肉微微有点跳缩——这不是他平常的微笑了。

---

① 原版本作“口喝”，现据上下文校改。——编者

梭罗明了解了玛丽亚娜看他的意思：她是在等着他说怎样地作为。

“这件事情的确是很可笑的，”他开始说，“我想涅暑大诺夫躲藏一下儿倒不是坏事。……但是，巴克林君，你怎么晓得他在这儿？”

巴克林随意把手动了一下。

“有人看见他在这周围走着说教。唉，这个人就跟随了他，倒不是坏意。这遇着他的人是和我们表同情的。……请你恕我，”他又向着玛丽亚娜说：“我们的朋友涅暑大诺夫的确是太，太不注意了。”

“责备是没有用的，”梭罗明又说起来。“可惜的是我们现在不能和他商量了；但是警察也来得不会如像你所想像的那般快……玛丽亚娜，你是应该同他一道走的。”

“这是不待说，”玛丽亚娜的声调是迟钝的，但是坚决的。

“是的！”梭罗明说。“我们把这件事情是要思索……我们要好生商量：到甚么地方去和怎样走！”

“请你们恕我，我要向你们上一个意见，”巴克林说；“这个意见是我到这儿来的时候，我在脑筋中所想出的。我提前对你说，我离这儿两里路光景，我便把马车遣回城里去了。”

“但是你脑筋所想出的意见是甚么呢？”梭罗明问他。

“我是向你立刻借马给我……我要飞跑去找西皮雅金。”

“找西皮雅金！”玛丽亚娜重复一句……“甚么事呢？”

“我对你们说罢。”

“但是你认得他么？”

“一点也不认识！但是你们听罢，——请你们再好生品评我的意见。我觉得是很有独到处。——马克罗夫是西皮雅金的亲戚，是他夫人的令兄。既是这样，难道他不想救他吗？其次是涅暑大诺夫自己！……西皮雅金不消说是在恨他。……但是涅暑大诺夫也要算是他的亲戚了，因为他和你结了婚。在我们朋友头上浮动着的危险……”

“我没有结婚，”玛丽亚娜说。

巴克林骇得吃了一惊。

“甚么?!你们这许久还没有结婚吗？……唉，这也没有关系！”他接着说；“我们是可以扯谎的。总之你们不久是会结婚的。——实在说起来，像比我的意见还更好的想法恐怕简直没有！你是晓得的，西皮雅金一直到现在也没有放下决心来追索你们。这是证明他的确是有点宽大。这宽大两字觉得有点说不上，——我们可以说，他的确有点貌为宽大。我们在这时候为甚么不想利用他呢？我要请教你们！”

玛丽亚娜把头举起来，用手来理头发。

“巴克林君，你替马克罗夫……或者替你自己，你尽可以去利用；但是阿勒克西司和我不要西皮雅金的调停，也不要他的保障。我们离开他的家庭，不是要去扣门乞怜的，我们不想利用西皮雅金和他夫人的宽大，也不想利用他们的貌为宽大。”

“这是极……好的志气，”巴克林回答着——（他自己暗地想道：“啊，我是当面丢底了！”）——“虽然别一方面假使我们想来……但是我听从你的意见。我要只替马克罗夫，替我们可怜的马克罗夫设法！……但是我想说的是，他和西皮雅金的亲谊只是由他的夫人的关系，而你……”

“巴克林君请莫说了罢！”

“好极……好极！……但是我不能不表示惜意，因为西皮雅金是很有势力的人！”

“你自己全不怕吗？”梭罗明问他。

巴克林挺着胸口。

“在这样的时候人是不能想到自己的！”他说得有点夸耀的态度。

但是实际上他只是想着他自己。这位可怜的着急的矮鬼就好像童话中的兔子一样，是只想跳出圈子的。他这样出力的原故，是想在祸到临头的时候，西皮雅金报酬他，或者可以替他说句好话！……因为就据他自己所说，他在这场案件里也是受了牵连：他是当场听过而且说过的！

“我觉得你的意见不坏，”梭罗明结局说出，“虽然我在根本上并没有期待着甚么结果。总之是可以去尝试一下的。你总不会遇祸！”

“真个是呢！……我们就算是顶背时，别人骂我把我赶走罢了。……有甚么大不得了的事情在那儿呢？”

“不得了的事情的确是不会……”

（“谢谢侬，谢谢侬！”巴克林暗自想着。）

梭罗明接着说：

“现在几点钟了？……五点。时机不可失掉。我就借马匹给你罢——保罗！”

但是现到门口的不是保罗，是涅暑大诺夫。

他踉跄着，一只手紧紧扶在门边上；嘴唇无力地开张着，他昏濛濛地看着前面。他看不明白甚么。

巴克林最先走向他。

“阿勒克西司！”他叫着；“你究竟认得我么？”

涅暑大诺夫看着他，慢慢地瞖他的眼睛。

“巴克林吗？”他结局说出。

“是的，是的，我是巴克林。你病了么？”

“唉，……我病了。但是……你在这儿做甚么？”

“我在这儿做甚么……”

但是在这一瞬间玛丽亚娜轻轻地把手拐触巴克林。他转过来，看见她做了一个手势……

“啊，是！”他默默地说。“是……不错的！你看，阿勒克西司，”他又高声说起来，“我是因为有件顶要紧的事情到这儿来的……我立刻又要走了。……梭罗明会把一切事情告诉你……玛丽亚娜——玛丽亚娜姑娘也会。两位都赞成我的计画。这是关于全体……唉，不是，不是，”他看见玛丽亚娜向他递了一个眼色，他又改口说……“是关于马克罗夫，关于我们共同的友人马克罗夫，——关于他自己的事情。好，我要走了，再见！每分钟都是很可宝贵的，——再见，朋友……我们再见。——瓦士里·费多体奇，你能同我一路去，好把马车弄好么？”

“好极。——玛丽亚娜，我对你说：你要把心放稳！但这样的忠告可以不要。你本是有把握的！”

“不错，不错！”巴克林帮着腔。“你是位加妥（Cato）时代的罗马妇人，一乌提加（Utica）的加妥[①]时代！但是走罢，瓦士里·费多体奇，走罢！”

---

① **Cato of Utica**：纪元前一世纪时代（**95—46 B. C.**）罗马哲学家。——译者[又称为小加图，以区别其曾祖父老加图（前**234**—前**149**）。——编者]

“你何以那么着急呢，”梭罗明带着懒意的微笑说。

涅暑大诺夫让了两人过去，但是他的眼光仍然是昏蒙，甚么也像看不清楚。他走进两步，在一只小凳上坐下，向着玛丽亚娜的面孔。

“阿勒克西司，”她对他说。“事情全都破了；马克罗夫被他所鼓吹的农民捉着；他丢在S县的监狱里；你那回在那家吃过午餐的商人也下了狱；好像警察快要来捉捕我们了。——巴克林要去找西皮雅金。”

“为甚么？”涅暑大诺夫微语，声音几乎不可听出。

但是他的眼睛却放起光来，他的脸色又恢复了原状。余酲顿然解开了。

“他要去求他保护。”

涅暑大诺夫振作起来。

“保护我们吗？”

“不是；保护马克罗夫。他也想求他保护我们……但是我拒绝了。——阿勒克西司，我是没有错罢？”

“没有错？”涅暑大诺夫说着，坐在凳上把两手向她伸出。“没有错”，他又重说一遍，把她拉近身边，把面孔抵着她，突然哭起来。

“你怎么的？你怎么的？”玛丽亚娜叫着。

就给那回突然的激情发作，无力地，窒息地，他跪在她的面前时一样，她也把两手放在他战栗着的头上。……但是她现在所感着的，和那回却是两样了。……那回她献身给他，服从着他，只是等他向她说话。现在她只是可怜他，只还想着使他安静。

“你怎么的呢？”她又说一遍。“你为甚么哭呢？你是因为你回来的时候的醉态吗？不要哭，那是不足介意的！……还是太可怜马克罗夫了吗？——还是你在担心我和你吗？还是你恨我们的希望消失了吗？但是凡事都能够顺序，这是很难的呢！”

涅暑大诺夫突然把头抬起来。

“不是，玛丽亚娜，”他忍着他的抽噎，“我不担心你，也不担心我自己。……但是我实在是可怜……”

“可怜谁呢？”

“可怜你，玛丽亚娜！我可怜你，因为你把你的运命和这样一个人的相结合了，这样一个不相配的人。”

“为甚么呢？”

“就因为，这个人处在这样的时候也还能够哭！”

“你是没有哭的；只是你的神经在哭。”

“我的神经和我，——这是一样东西。……啊，听罢，玛丽亚娜，请看我的眼睛：你现在真个能够对我说，你一点也不失悔么？”

“失悔甚么呢？”

“失悔你和我同路走。”

“不。”

“那吗你还能再跟着我吗？无论到甚么地方吗？”

“是的！”

“是的？玛丽亚娜，你答应是吗？”

“是的。我把我的手给了你，只要你还在爱我，我决不收转来。”

涅署大诺夫依然坐在凳上；玛丽亚娜站在他的面前。他抱着她，她用手撑着他的肩头。

“唉，……不是……不是，”涅署大诺夫这样想……“在那回我这样抱着她的时候，她的身子是全没有动颤的；但是在这目前，我觉得：她微微地，或者是出乎无意地，想从我离开！”

他把手收回去了……玛丽亚娜的确是几乎微不可辨地退了一下。

“听罢！”他高声地说。“假如我们要逃走时……我们在警察发现我们之前……我想，假使我们提前结婚，当不会是坏事。在别处我们或者找不到像若心牟一样适当的牧师。”

“我听从你，”玛丽亚娜说。

涅署大诺夫注意地望着她。

“罗马妇人哟！”他说着微微带着苦笑。“责任感呀！”

玛丽亚娜把肩头抽了一下。

“我们该同梭罗明商量。”

“啊，是的……同梭罗明……”涅署大诺夫拖长着说。“但是我想，恐怕他也有危险。警察也会要捉他的。……我觉得他对于这件事情比我还参预得多，比我还晓得多些。”

“那我不明白，”玛丽亚娜回答着。“他是决不谈到他自己的。”

“他不和我一样！”涅暑大诺夫这样想，“这怕是你想说的。”——“梭罗明……梭罗明！”他默了好一会又接说起来。“玛丽亚娜，你听罢，假如你和他永远作合的人是一位梭罗明——或者就是梭罗明自己，那我可以不可怜你了。”

玛丽亚娜这次却注意地看着涅暑大诺夫了。

“你没有那样说的权利，”她结局这样说出。

“没有权利！你这话是甚么意思呢？你是说你在爱我——或者还是我全不能扪触这个问题呢？”

“你没有那样的权利，”玛丽亚娜又说一遍。

涅暑大诺夫把头埋着。

“玛丽亚娜！”他的声调微微变了。

“甚么？”

“假如我在这一刻时候……假如我把这问题问你……你要晓得！……好，我不问了。……搅扰了你！”

他立起来走了；玛丽亚娜没有留他。涅暑大诺夫坐在梭发上，把头埋在手里。他自己也惊愕着他自己的心想，他想甚么都不去想了。……他的心趣很特异：好像有只黑暗的，地下的手，要拔去他存在的最深的根部一样。他知道，那个十分可贵的，于他是十分可爱的，住在邻室里面的人，他不能把她引出，——而他也不到她那儿去。究竟是为甚么原故呢？他可以向她说甚么呢？

急促的脚步声使他把眼睛打开：——梭罗明通过他的居室，扣了玛丽亚娜的房门，向她走去了。

“让位呀！名誉！”涅暑大诺夫苦苦地默语着。

三十四

已经是晚上十点钟，阿尔香诺庄的客堂里，西皮雅金，他的夫人和客尔罗美采夫在打扑克，那时一位仆人进来报告，有位不认识的人姓甚么巴克林的，有紧急要事要面会西皮雅金。

“这么迟的了！”华莲卿惊愕着说。

西皮雅金把他美好的鼻子绉了一下，问道：“甚么？你说来的人叫甚么名字？”

“他叫巴克林。”

“巴克林！”客尔罗美采夫叫着。“巴克林……梭罗明……[1]简直是名实相符的的乡下老！……**De vrais noms ruraux，hein ?**”——他又用法国话改说一遍。

西皮雅金依然绉着他的鼻子向仆人说：“你说他是有紧急要事吗？”

“他是这样说。”

“唔……不是乞丐便是骗子。”——（“或者是两兼”，客尔罗美采夫插说一句。）——“哼，说不定。让他到书房里来罢！”

西皮雅金立起身来。

“对不住，有偏：暂时打着‘奕克尔提’（**ékarté**对碰和）罢。……不然等我来再打……我立刻便会转来。”

“我们闲谈……你去罢！”客尔罗美采夫说。

西皮雅金走到书房里，看见巴克林的矮样子，怪可怜地倚在暖炉和门之间，他感受怜悯和礼下的感情，这是比得堡的官僚们所惯有的脾气。

“啊，好可怜的一只怪鸟！”他这样想着；“我相信，他好像还是跛子。”

---

① **Paklja**=麻屑；**Soloma**=麦草。——译者

“你坐罢，”他大声地说，说时他用着他谦抑的次低音，把扬着的小头点着，在客前坐下。“你必定走乏了罢；请坐，你说罢：你这么迟的来会我，究竟是一件甚么要紧的事？”

“阁下，”巴克林说着，慎重地坐到一个安乐椅上，“请你容我先介绍我……”

“不忙，不忙！”西皮雅金打断了他：“我今天见你不是第一次。凡为遇过我一次的人，我是决不会忘记的；我的记忆力好。但是……但是……究竟在甚么地方呢？我究竟在甚么地方会过你呢？”

“阁下，你的话不错！我在比得堡得以有会见你的光荣，是在一个人的地方，这个人……才不久……十分干犯了你的盛怒的……”

西皮雅金突然从座上站起来。

“在涅暑大诺夫君的地方！我现在想起来了。……你该不是从他那儿来的罢？”

“决不是，阁下；我……颠转是……”

西皮雅金又坐下了。

“那你好。因为你假如是从他那儿来的，我只好请你立刻走。……我和涅暑大诺夫君的关系不许有人来调停的。涅暑大诺夫君太侮辱我了，我不能忘记。……我是不屑于报复；但是我不想知道他们的消息，他和那位女子的——她是精神的惘惑胜过感情的惘惑”——（这句话自从玛丽亚娜逃走后，西皮雅金怕已经说上了三十遍）——“她好没见识，公然从她受着庇护的家庭里逃出去；去做一位无家可归的流氓的情妇！……我忘记她，她是罪有应该的！”

说这最后一句话的时候，西皮雅金把手从下而上地动了一下，好像他要拂去甚么东西似的。

“足下，我忘记了她！”他又说一遍。

“阁下，我已经向你表明，我是不为她来的，——不过我可以私自报告阁下的，是他们已经由正当的法律手续而结婚了……”（“啊，这有甚么！”巴克林这样想着，“我说过我要扯谎，……好，我现在扯了谎了！看会怎样罢！”）

西皮雅金把他的项部在椅靠上向左向右地回旋。

“足下，你说的事情一点也和我没有关系。世间上又算添了一场丑的婚姻罢了。但是你来下访的，究竟是甚么极紧要的事情呢？”

“吓，停一下罢，好体面的国务大臣！”巴克林这样想。“你那个英国人的猴子脸，我是已经够了！”

“尊夫人的令弟，马克罗夫君，”他高声地说着，“被他扇动了的农夫们捉着，现在是丢在县衙门的监里了。”

西皮雅金又跳起来一遍。

“甚么？……你在说甚么？”他格格地说，已经再不是他那官派的腔调，却是一种丑劣的喉音了。

“我说你的舅兄被逮，下了狱了。我打听了这事，立地坐了车便到这儿来报告你。我不仅对于你想效一点微劳，便是对于你能解救的受难者也想做一番功德！”

“我真是十分感激你，”西皮雅金同样地用着微弱的喉腔说出，说着他用尽全身的力量把手按桌上菌形的叫钟，铜铁的声音响遍了全室。“我真十分感激你，”他又重说一遍，他的声音已经有点急促；“但是我要告诉你：一位没有思索，把天理国法都蹂躏了的人，他不怕就是我一百倍的亲戚，在我的眼里不当成受难者，只当成——犯罪者！”

一位仆人匆匆走进书房来。

“有甚么吩咐？”

“备一乘车！立刻备一乘四头马车！我要到城里去。飞廉（Philipp）和司徒般（Stepan）随我！”

仆人走出去了。

“是的，足下，我的舅兄是一位犯罪者！我不是要到城里去救他……哦，不是！”

“但是，阁下……”

“我的原则是这样——我求你不要责备我！”

西皮雅金在书房里徘徊起来——巴克林睁大眼睛瞠视着。

“呸，捣鬼！”他这样想；“别人对我说，你是一位自由思想家！……你才徘徊起来像匹咆哮着的狮子一样！”

房门大大打开了，匆促地走进来的：为头是华莲卿，其次是客尔罗美采夫。

“波里司，究竟是甚么事情？你叫人驾了车子吗？你要到城里去吗？究竟有甚么事情？”

西皮雅金走到他夫人身边，在肘拐与手腕之间握着她的右手，向她说：

“你请不要惊惶，我告诉你……你的令兄投在牢里了。”

“我的哥哥？惹尔格？究竟是甚么原故？”

“他在农夫们面前宣传社会主义，”——（客尔罗美采夫微微嗤了一下。）——“是的！他向他们鼓吹革命，他想从事宣传！他想把我们推倒。——现在他……在城里。”

“这个丧心病狂！但是是谁告诉你的呢？”

“这位先生……唉，你叫甚么呢？……叫科诺巴清①吗？科诺巴清君报告我的。”

华莲卿看着巴克林，他小心地鞠躬。——（他想道：“啊，好一位美妇人！”便在这样一种危机一发的时候，巴克林也还能迷恋女色！）

“你便要到城里去吗？——这样夜深的去吗？”

“我要去会知事。”

“我是时常提说过，事情是要弄到这样一个结果的，”客尔罗美采夫羼说着。“这是没有别的路子走的！……啊，我们俄罗斯的农民真是好百姓呢！破天荒的了！——华莲卿夫人，请你恕我，那是你的哥哥！但是真理是神圣不可侵犯呢！”

“波里司呀，你真个要去吗？”华莲卿问他。

“我是深信不疑的，”客尔罗美采夫说：“这位家庭教师，涅暑大诺夫一定也是和这事件有关系的。我是敢把我的性命来作抵押。他们是同一党派的！他没有被捕吗？你一点也不知道吗？”

西皮雅金又把手动了一下，好像要推开甚么一样。

“我一点也不晓得，我一点也不想晓得！”他向着他的夫人又接着说道：“好像他们是已经结了婚了。”

---

① **Konopatin**：据德文注释，谓从动词变来，是“以麻屑塞满”之意。——译者

“谁个对你说的？也是这位先生吗？”

华莲卿从新又看巴克林，但是这一次她把眼睛覩了一下。

“是这位。”

“那吗，”客尔罗美采夫说起来，“他一定晓得他们住在那儿。——你晓得么，他们住在那儿？你晓得么，他们住在那儿？吓？吓？吓？你晓得不？”

客尔罗美采夫在巴克林面前挡来挡去，好像要把他的路塞着的一样，不怕他并没有现些儿想逃走的样子。

“喂，你说罢！你答应罢！吓？吓？你晓得不？你晓得不？”

“我就算晓得呢，阁下，”巴克林不高兴地说，因为他结局冒起火来，他的眼睛放着光辉；“我就算晓得呢，阁下，我也不会对你说。”

“吓！……吓！……吓！”客尔罗美采夫吃格着……“你们听……你们听！……就是这位东西……也是他们一党！”

“车子已经豫备好了！”走进房来的仆人叫了出来。

西皮雅金优雅而有精神地拿着帽子；但是华莲卿十分恳求他，望他等到明天；她十分周到地说：——外边已经是黑了，城里怕都已睡了，他的神经有点失常，不要着了风寒才好——说得西皮雅金帖服了，叫道：

“我听你的话！”

差不多同样优雅地。但已经没甚精神，又把帽子放在桌上。

“把马退了罢！”他又命令了仆人；“但是明天早晨正六点钟的时候又要准备好！你懂得了吗？——去！——转来！——把这位……这位客人的车打转去！把车钱给他！吓？你像是姓的科诺巴清罢？……科诺巴清君，我明天一早把你带去！……你在说甚么？我没有听懂……你想喝烧酒吗？——替科诺巴清君拿点烧酒来！——不？你不喝吗？——也好，……费多儿，把科诺巴清君带到绿室里去！——请去睡罢，科诺……”

巴克林终竟忍耐不住了。

“我的姓叫巴克林！巴克林！”

“唉，唉，倒横竖是一样；意思是差不多。但是你看不出来啦！你的外貌那么可怜，你的舌头却那吗有劲！……巴克林君，明天见罢，……我这回总没有说错罢？……惹门，你同我们去么？”

客尔罗美采夫回答道："我在想。"

巴克林被人引到绿室里，他实在是被人软禁了。在他睡在床上的时候，他听见钥匙在英国制的响锁下锁的声音。他甚至痛悔起来，责难他的"独到的意见"，睡得很不安稳。

第二天，清早五点半钟，他便被人唤醒了。家人替他拿了咖啡来；他喝着的时候，带着肩章的仆人手里拿着茶盘，不断地走来走去，好像在说："你快喝罢——主人已经在等了！"

喝罢，又被人引了出来。车子已经停到庄前了。客尔罗美采夫的无盖车也是驾好了的。

西皮雅金现在门阶上，穿的是圆领的骆驼绒外套。这样的外套，除一位极高级的官僚，西皮雅金谄谀他，极力摹仿他的官僚之外，已经早没有人穿的了。在有重要的公事的时候，他是决不会忘记穿上这件大衣的。

西皮雅金向巴克林还比较客气了一下，他精神焕发地把手向车上一指，叫他坐上车去。

"巴克林君，你和我同车，巴克林君！把巴克林君的行李运上御者台上！我和巴克林君同坐，"他说巴克林这个字的时候，把"巴"字分外说得大声。他好像在说："怎么样？你这样的一个姓，我稍微替你改变一下，你也会觉得受了侮辱么？我就照你要的给你！你吃罢！你吞罢！"——巴克林君！巴克林！这个可怜的姓字在新鲜的朝气中不断地响着。

空气真是十分清冷的，在西皮雅金后面出来的客尔罗美采夫，口中"布鲁鲁！布鲁鲁！布鲁鲁！"地响着，坐上他的华美的敞车的时候，竟紧紧把外套围拢了。——（他的可怜的友人，塞尔维亚侯爵迷海尔·奥普伦诺维奇看见他的无盖车的时候，即速在宾德尔处定做了一乘……"你晓得宾德尔么？这位奕里塞地方的造车的名手。"）

从她寝室里半开着的窗门上华莲卿现了出来——"戴着寝帽，穿着寝衣。"

西皮雅金坐上了，在手上接了一吻向她投去。

"巴克林君，坐好了么？——开车！"

"Le vous recommande mon frère，épargnez-le！"[①]——西皮雅金夫人

① 哥哥的事情我托福你，请你放松些。——译者

的声音。

“Soyez transquille！（请放心罢！）”客尔罗美采夫叫着，他从他自己所发明的有帽章的旅行帽的遮阳下仰看着她……“C’est surtout l’autre qu’il faut pincer！（我们所注重的是其他一个呢！）”

“开车！”西皮雅金又催了一遍。“巴克林君，你不冷罢？——开车！”

车子转动起来了。

在起初十分钟的时候，西皮雅金和巴克林都没有说话。可怜的巴克林，穿着件不美观的大衣，戴着顶旧了的帽子，映着车内绷着的深蓝色的丝布，愈见形容得可怜了。他默看着那纤细的蓝色车帘，这帘子是有发条装置的，只要一触着发条，立刻便自由卷上；极柔软的白羊皮的脚毯面在脚下，——前面装备着的红木箱上有写字的斜台，读书的书靠——（西皮雅金总想被人看得如像提尔（Thiers）[①]一样，在车上也要做事情的。）

巴克林觉得是诚惶诚恐的了。西皮雅金从他剃得光光的颊部斜看了他两眼——悠然不迫地从衣袋中取出一个装香烟的银匣，上面用斯拉夫文刻着他的名字，他把他带着英国制的黄色狗皮手套的手，在次指与中指之间挟了一只雪茄烟来随便地献给他。

“我不吸烟，”巴克林格格不吐地说。

“哈！”西皮雅金应声着，把雪茄烟来自己吸了，——那是一只真正的“勒格里亚”。

“巴克林先生……我要对你说，”他谦恭地说起来，一面吹着香气缭绕的烟子……“我是……实在……很感激……你的。……昨天晚上我对于你……有点……失礼处，……这不是我的性格是这样。”——（西皮雅金故意把他的话说得支离破碎的。）——“我敢于对你这样说。……但是，巴克林君，你要和我……掉换一下位置想一想。”——（西皮雅金把他的雪茄烟从一边嘴角上转到别一边。）——“我占的位置，……唉，要算是……出人一头地的；而突然……我女人的兄长……不可思议地……竟至危及己

① Louis Adolphe Thiers（1797—1877）：法国史学家，曾任大总统。——译者[现通译为路易-阿道夫·梯也尔。——编者]

身……并且累及了我！巴克林君，你以为怎样呢？……你或者以为是无关紧要的罢？”

“阁下，我不是那么想。”

“你晓得么，他是为甚么……并且是囚禁在甚么地方？”

“我听是T县。”

“你是从甚么人听来的呢？”

“从……从一个人。”

“自然从一个人……不会是从一个鸟的……到底是从那一个人呢？”

“从……从一位县衙门的庶务课的司事。”

“叫甚么名字呢？”

“课长吗？”

“不是！你说的司事。”

“他叫……他叫乌里雅显维奇（Uljascbewitsch）。阁下，他是很能干的一位属僚呢。……我听了这件事情的时候，我立刻便跑到了你庄上来。”

“啊，是，是！……我再向你道谢一遍罢。……啊，真狂妄呢！巴克林君，你不以为狂妄吗？怎么样？”

“真是绝顶的狂妄呢！”巴克林叫着——他觉得他自己是汗流浃背的。“这是说，唉，”他接着说，“俄国的百姓是甚么，他完全不了解。……据我所知道的，马克罗夫君这人心是很好的，但是农民的心理他全不了解。”

巴克林偷看西皮雅金，西皮雅金微微向着他，带着冷静的但是不含敌意的眼光看着他。

“要想激起俄国的农民，”他接着又说，“只有利用他们尊敬上官，尊敬皇族的心理。总要编出故事出来，就譬如那伪德美突留士（Pseudo-Demetrius）[①]一样；要把一种帝王的红铜的烙印烙在他们胸上。”

---

① Pseudo-Demetrius：真的Demetrius是Ivan暴皇之子，于1591年已夭死。后有三人继起，僭称Demetrius以争帝位：（1）Yury Otropov(1600)，(2)Tushino 之贼（1607），(3) Siderka(1611)。——译者[Pseudo-Demetrius，现通译为伪季米特里；Ivan暴帝，又译伊凡雷帝。王子季米特里1591年被害，俄罗斯进入混乱时期，或称空位时期（1605—1613）。——编者]

“是，是，就如像普格浅夫（Pugatscheff）[1]，”西皮雅金插断了他，说话的声音里含蓄着的意思是：“不要那样炫你的才学，历史上的事情我也还未忘记”……接着又说出的是：“这样的一种狂妄！这样的一种狂妄！”他凝神地看着烟云，从雪茄的烟头上迅速地升上的。

“阁下！”巴克林说得渐渐胆大起来，“我刚才对你说不吸烟……其实是客气，——我是吸烟的呢；你的雪茄真好一股香气……”

“吓？甚么？你说甚么？”西皮雅金好像从深睡中醒来答着话的光景，——但他不等巴克林重说一遍，他把烟匣递给他，证明他听清楚了他的话，证明他重复的发问只是为保证他自己的威严。

巴克林慎重地，带着感谢的神情吸起烟来了。

“现在是好说话的时候了，”他这样想着。

但是西皮雅金却制了他的机先。

“我记得你好像也对我说过，”西皮雅金用一种随便的腔调说，说时微微打顿，看着他的雪茄烟，把帽子从后头拉到前额来；“你说过……你也对我们说过你的……你的朋友，那和我的……亲戚结了婚的。你是看见过他们吗？他们是藏在这儿不远的吗？”

“喔啦！”巴克林这样想着，“但是好朋友哟，你要留心！”

“阁下，我只不过仅仅看见他们一遍；他们住的地方……的确是不远。”

“你自然是晓得的，”西皮雅金同样的语调接着说：“我已经对你说过，我是不再过问他们的了——不再过问那轻浮的女儿，也不再过问你的朋友。我本来是没有甚么偏见的，但是我们就事实谈起来，的确是太痴，——太蠢了！据我想来，他们的结合与其说是出于相互的感情——宁说是出于政见——政见！（这个字西皮雅金重说一回，耸了他的肩头。）”

“我也是这样想呢，阁下！”

“是，涅暑大诺夫全然是赤党。……我公道地说：他是不隐藏他自己的意见的人。”

---

① Pugatscheff（？1741—1775）：比得二世为迦达林女帝所弑，Pugatscheff酷似比得二世，僭弑帝未死而争帝位。——译者[Pugatscheff，现通译为普加乔夫，俄国农民领袖，1773年冒称被女皇叶卡捷琳娜二世杀的彼得三世，发动起义。译者注中的比得二世，应为三世。——编者]

“涅署大诺夫，”巴克林大胆地说：“或许是过激了一点；但是他的心……”

“心是好的，”西皮雅金替他接过去；“的确……的确，——和马克罗夫的心胸是一样。他们这些人的心都是好的。……好像他也关系着这件事情，他也一样是混在这圈子里的。……我们是也不能不庇护他！”

巴克林把两手压着胸脯。

“啊，阁下，是的，是的！请你也加庇他罢！他的确……的确是值得……值得你的同情的！”

“唔！”西皮雅金说……“你真个这样想吗？”

“就不念到他……也要念到你的侄女，他的女人的分上！”——（“啊，天，天！我是扯了谎！”他心里这样想着。）

西皮雅金把眼睛噐了一下。

“我看，你真是一位诚实的友人。青年人这样是好的，这样是可佩服的！……你说，他们住在此地不远吗？”

“是的，阁下；住在一座大工场……”

说到这儿他把舌头拴着了。

西皮雅金开首咋他的嘴唇。

“咋，咋，咋，咋！……在梭罗明那里！你看罢！……我是晓得的；别人早对我说了，是，是，别人对我说过。……是不错的！”

西皮雅金实在一点也不晓得，并且也没有人对他说过；不过他记起梭罗明的来访和他们的夜会来，所以他投出这个钓钩。……巴克林立地便上了钩了。

“你既是晓得，”他说着……又把嘴唇闭起……但是已经来不及了。……西皮雅金向他看了一眼，这唯一的一眼，使他立刻感觉到，这偌久的时间里，西皮雅金完全在摆布他，如像猫儿戏着老鼠。

“但是，”这可怜虫又格格地说，“我不得不对你阁下说：我实在是不晓得甚么……”

“但是我也全没有问你！你要做甚么呢?!……你把我和你当成着甚么人？”西皮雅金高傲地说起来，突然又恢复了他大臣的高位。

巴克林又觉得自己全盘缩小而可怜了；他陷紧在圈套里了。……刚才他吸雪茄的时候，把烟放在不向着西皮雅金的一边嘴角上，极徐缓地，又极隐微地吹着青烟；从现在起，他完全把烟取出口来，不再吸了。

“我的上帝哟！”他暗地里叹息着，一股热汗灌流着他的四肢。“我到底做的甚么笨事哟！……我把一切都洩漏了。……他的手段真高明，一只雪茄便把我买了！……我是一个卖友者！……我要怎样才能转不幸为幸哟！我的上帝！”

转不幸为幸是再也不可能了。西皮雅金裹在他骆驼绒的外套里，仪表巍然地假寐起来，完全像一位宰相。……

再隔十五分钟后，两乘马车已经停在县署门前。

三十五

S城的县令是一位温和的，乐天的军官。这种军官大概是很洁白的身体，精神也差不多是同样地干净，生在好的人家，受过好的教育，并不见得怎么热心于“民牧”，然却显得是有干才的良有司。事情不做，时常向比得堡远送秋波；对于地方上的美妇人殷勤献媚；用了地方上不少的公款，而他却遗留着多少爱思。

他是刚好起床，穿着丝的寝衣，解开衬衫，坐在一个化妆镜前盥洗，他从颈上取下了一些护符和纪念品之后，用珂罗丽水塗他的脸和颈脖[1]，——那时正当下人走来，报告西皮雅金和客尔罗美采夫有紧急要事要求会他的时候。

他和西皮雅金是很亲密的朋友——他是从年青时候便认识西皮雅金，时常和他在比得堡的社交场中会面，——近来他一想到西皮雅金的大名，他在心里不禁要激赞一声，——把他当着将来的国务卿尊敬。

客尔罗美采夫他不十分认识，他更不十分尊敬了，因为不久才有一件极“丑”的案件告发他；但是他以为他是可以出世的人物。

他叫人把来客引进书房，他还穿着寝衣便跑出来会面；他竟连失礼的话一句也没说，亲热地便和他们握起手来。

西皮雅金和客尔罗美采夫走进县官的书房里时，巴克林是留在客厅上的。当在下车的时候，他借口家里有事，想要抽身；但是西皮雅金恳切地把他留下——（客尔罗美采夫那时跑近西皮雅金身边，向他耳语道：“不可放走了他！这个小鬼！”）——带在他的身边。

但是进书房时，他没有把他带去，却是求他——仍然是很殷勤的样

---

① 原版本作“颈李”，现据上下文校改。——编者

子——在客厅里等待着传唤。

巴克林又想从这儿逃走，……但是在门口有一位孔武有力的护兵，客尔罗美采夫所嗾使的。……他又留着了。

西皮雅金说道：“屋尔德马（Woldemar），你怕已经晓得了我的来意了罢？”

“好朋友，我可不晓得呢，”这殷勤的享乐者回答他，那时亲切的微笑笑团了他玫瑰色的红颜，把他放嫩光的，被绢丝般的胡须半覆着的牙齿露出了。

“怎么？……但是马克罗夫是……”

“甚么个马克罗夫？”县官带着同样的面容发问。

在昨天拘禁了一个人叫马克罗夫，他已记得很模糊了；并且西皮雅金夫人的哥哥也正是这个姓氏，他也完全忘了。

“喂，波里司，你站着做甚么呢？……请坐罢！你喝茶么？”

但是西皮雅金的脑中却是想的另外一件事情。

他把事件说明，并且说明了他和客尔罗美采夫的来意，县令突然发出一声长叹，把手拍着额头，脸上显出了一种忧虑的神气。

他反覆地说道：“啊……啊……啊！真是不幸啦！他今天还有一晌留在我这里；你是晓得的，这样的案件我们是不能留在这里住过一夜以上的；但是护兵头子因为不在城里，所以我们还不能不把你的亲戚留在这儿。……但是明天是要起解的。啊，真是不高兴的事件啦！……你的夫人不知道怎样地伤感了！你有甚么希望没有呢？”

“我想在你这儿同他谈谈，——假如法律上可以无妨碍的时候。”

“朋友，那好极。法律不是设来限制你这样的人的。……我真同情你。……真的出乎意外啦！”

他反常地按着叫钟。

副官走来了。

“男爵，请你，唉……”

他向他说怎样怎样地做。男爵退去了。

“喂，朋友！农夫们几乎把他制死了呢。他的手是背剪着的，塞在一只农车上走来！……而他……你要晓得呢，——简直是泰然自若，他一点也没有怨意。他的那样的平静，我是完全惊愕了！总之你自己立地便可以看见的……他是属于阴郁性的燥狂！”

“这是最坏的啦！”客尔罗美采夫说得有几分炫气。

县令白眼看了他一下。

“老实，我倒要向你说，惹门·培突罗逸奇。”

“说甚么呢？”

“说一件丑事情。”

“甚么呢？”

“你晓得的，你的拖欠者，农夫们，把你告了。……”

“唉？”

“这人吊颈死了。”

“几时？”

“几时倒不晓得，——总之不是好听的事。”

客尔罗美采夫把肩头抽了一下，把身子洋洋地摆着走向窗边去。

在这时候副官把马克罗夫带来了。

县令说的话是真确的：他是冷静到不自然的地步。他脸上固有的一种忧郁甚至也不见了，现出一种无可无不可的倦态。

他看见他的妹夫的时候，这个神情也是没有改变的；只有他瞥眼看见那副官是德国系的俄人，他对于这种人的旧恨还可以看出一些痕迹。

他的大衣有两处破了，是用粗线任意缝拢的；额上，眉上，鼻根处，有些小伤痕凝着血迹。

他没有洗脸，但是头是梳好了的。两手深深藏在袖中，立在门的近旁处。——他的呼吸是极自然的。

“惹尔格·迷海罗以奇！”西皮雅金用激昂的声音说，说着他向他走近两步，把右手远远伸出，想去扪触他，或者是想抵当他，不使更向前来；“惹尔格，我来不仅是向你表示我们的惊愕，表示我们的心痛，——因为你对于这是很明白的！……你是把你自己弄糟蹋了！你已经做出了，——但是我来看你，我想向你说……想给你一个机会……唉，想你听我的忠告，顾到体面和友情！你还可以把你的罪状减轻的；我也努力尽我的能事！……我们县令的上司也是会帮我说话的。”

说到这儿西皮雅金把声音提高起来。

“你的错误认真忏悔了罢，完全招认了罢，一点也不要隐藏，完全供出了罢……”

“阁下，”马克罗夫突然向着县令说——他的声音也是很冷静的，但微微有点嗄了——“我以为你是再想审问我一遍。……但假如只是西皮雅金的意思招唤我的时候，我请你仍把我遣发起走罢：我们彼此是不能了解的。他所说的话在我听来就像拉丁文①一样。”

“甚么？……拉丁文？”客尔罗美采夫傲慢地参入，带着重唇的声音；“扇动农民也是拉丁文么？那也是拉丁文么？吓？那也是拉丁文吗？”

“阁下，这位是包探的走狗吗？他在这样上紧！”马克罗夫说着——一种恬淡的微笑从他苍白的嘴唇上现出。

客尔罗美采夫咬牙切齿起来，蹬起脚来。……但是县令制勒着他。

“惹门君，是你自己的过错。不关你的事情为甚要参加进来呢？”

“不关我的事情！……不关我的事情！……我觉得这事情是关系于我们的——关系于我们贵族全体的……”

马克罗夫向客尔罗美采夫投了一瞥悠长的冷眼——好像从此再不睬他的光景——他又微微掉转身来向着西皮雅金。

“妹弟，你来是想听我的意见时——我便对你说罢：我承认农人们是没有错的，假使我所说的不投他们的机，他们是尽可以拘禁我，投放我的。因为我是要到他们那里去，不是他们到我这儿来。假使政府要把我送往西比利亚，虽然我是无罪，我也不说不平。政府尽可以行他的职权，因为——他要保护他自己。这些话你够了么？”

西皮雅金把两手高举走来。

“你够了么！你这是甚么话！这话不是这儿可以说的——政府的措施，我们不能在这儿横议；但是，惹尔格，我想要知道的，是你觉得不觉得”——（西皮雅金决心要弹动他的心弦）——“你的前非是怎样无知，怎样狂妄，是你是否已经在忏悔——是我可不可以替你出力，到某种程度之内替你出力！”

---

① 英译作希腊文，但是意思是相同的。是说“莫名其妙”。——译者

马克罗夫把他浓厚的眉头蹙紧来。

“我已经说明了我的意见……不用再教我重说罢！”

“但是悔意呢？你有没有悔意呢？”

“请把你这悔意两个字放倒罢！你要来侵入我的内心么？你请作罢——不用管我！”

西皮雅金肩头抬高起来。

“你总是你的旧态；你总是不通理性！这儿有机会可以使你抽身，使你保全名誉……”

“抽身和保全名誉……！”马克罗夫阴郁地重说着。“我们晓得这种字样！这种字样是劝人奴颜屈膝时用的。这便是这些字样的真谛！”

“我们怜恤你，”西皮雅金接着还要劝诫马克罗夫。

“好高贵的怜恤哟！你把我送到西比利亚去监禁——这便是你的怜恤！啊，不要纠缠我罢！不要纠缠我罢！”

马克罗夫把头垂下了。

他的心地里是很暗淡的，不怕他的外貌是那么平和！他所最伤心，最痛恨的是哥罗普罗克人叶累埋卖了他！他对于这位叶累埋是那样盲目地亲信的！

葫芦嘴的闷得来不顺从他，这是毫不足怪……闷得来是酒徒而且是懦夫。但是这位叶累埋！叶累埋在马克罗夫眼里是俄罗斯民族的化身！……而他把他卖了！

马克罗夫的一切的努力都是盲目无聊的吗？是克司拉可夫扯了谎？是他的指挥发了狂？社会主义者，思想家们的一切议论，书籍，著作，在他看来每行都是金科玉律的，——难道都是些废纸吗？不会是！……并且这个美好的譬语，烂熟了的溃疡须用脓针——也只是一个熟语吗？

“否！否！”他自己默默地说，在他棕色的颊上也泛起微红来，红砖一般的颜色。“否！那全部都是真实的；全部！……这回只是我自己的罪，我起事没有周到；我所说所行都没有合宜！……我们是只消下命令，有犹豫的人，有反对的人，只消枪毙就行了！不和我们同路的人，没有生存的权利。……枪毙奸细如像枪毙一条狗，甚至连狗也远不如！”

马克罗夫被捕时的详细情形浮上他的心里。……最初农民都默默无语，彼此面面相觑，后列有呼唤声。……有一人从侧面走来，如像向他行礼一样。突然间骚动起了！他被人拉倒在地上！……“同志们……同志们……你们怎么做起的？——而他们吼着说：“拿根绳子来，拿根绳子来！把他绑着！”——四肢的骨头骨节都在响……无力的愤怒……口里鼻里塞着奇臭的尘土……——“投下去！投下去！……投在农车上！”——接着是哄笑声……哦，呸！”

“我是起首没有弄周到……起首没有弄周到……”

这便是使他伤心，使他痛恨的事情。他自己落马，——这纯全是个人的不幸，于公众的事业全无影响——这倒还可以忍耐……但是叶累埋！叶累埋！

马克罗夫把头垂在胸上站在那儿的时候，西皮雅金把县令引到一边，低声地和他私语，由他的姿势，由他放两个指头在额上摆动着的姿势看来，他好像在说：“唉，你是晓得的，这位可怜的人，精神上是不十分健全的”——即使说不上同情，对于这位狂人也望表示几分恩意。

县令抽着他的肩头。把眼睛时而扬起，时而微闭，叹他自己的无能为力处——但到结果也承应了帮忙。

他的巧妙的卷舌音从香气馥郁的胡须间流出：“一切都要照顾……不消说是要照顾的……不过你是明白的：法律攸关呢！”

“自然，自然，是法律攸关！”西皮雅金好像十分惶恐地回答着。

他们两人在一只角上商量的时候，客尔罗美采夫留在原处好不吃力：他走上走下地徘徊，微微咋舌作响，又微微咯嗽，一言以备之是做尽了种种不能忍耐的表示。到头他终竟耐不过，走到西皮雅金跟前，急剧地向他耳语：

“还有一位你可不要忘记！”

“啊，是！”西皮雅金大声地说起来。“谢你把我提醒了。——我还有事情要对阁下说，”他转向着县令。……（他这样尊称他的朋友屋尔德马，是想在叛逆者的面前保持着官宪的尊严。）

“我有些坚确的根据，相信我舅兄这回的妄为还有些嫌疑犯，相信这派党徒中之一人，即是嫌疑犯之一人，住在这县城不远。——在你的客厅里有一位人，是我同路带来的；请你放他进来。”

县令张大起眼睛看着西皮雅金，满惊愕地想道："好一位人物！"——他便发出命令了。

俄顷之间，可怜的喜拉·巴克林现在眼前。

喜拉·巴克林原想在县官面前深深鞠躬的；但是他看见马克罗夫，他的鞠躬没有鞠全，只半弓的立着，把帽子在手里打转。

马克罗夫不十分注意地看了他一眼，但是几乎没有认得清楚：因为他是还在萦想着的。

"是他这位——矮子吗？"县令把带着白色突厥玉戒指的手，指着巴克林。

"啊，不是！"西皮雅金回答时带着一种微笑。"但是！阁下！"他想了一下又大声说起来："这立在你前面的是巴克林君。据我所知道的，他是住在比得堡，和从前我聘的家庭教师是亲友。这位家庭教师才不久从我家里逃走了的，说来真是惭愧，他拐带起走了一位年青的女儿，是我的亲戚。"

"啊，是，是，"县令低声地说，摇着他的头；"我早听见说过……是伯爵夫人对我说的……"

西皮雅金把声音提高来。

"这个人姓涅署大诺夫，我是绝端地疑他怀抱着革命的思想和企图的……"

"绝端的过激派！"客尔罗美采夫加入一句。

"……革命的思想和企图，"西皮雅金更决定地说了一遍；"他和这全项的宣传必定是有关系；他住在……他藏在，据巴克林君说的，商人法来奕夫的工场里……"

听着"据巴克林君说的"这句话时，马克罗夫又不定地看了巴克林一眼，但只徐缓地冷淡地微笑。

巴克林叫道："阁下，请恕我多话；西皮雅金先生，你也请恕我！我是再不会……再不会说过。"

"你是说在商人法来奕夫的工场里吗？"县令转向着西皮雅金，一面只用手指戒饬巴克林，叫他"稍安毋燥！"——"我们这些高贵的商人，不知道是怎样做起的呢？昨天也才有位为这案件被捕着了。他的名字怕你是不会不晓得的，他叫哥鲁遂金，一位财主。唉，这位的确是不敢再说革命了。他昨天一被捕后，便立地叩头降服了。”

“这位商人法来奕夫和这案件无关，”西皮雅金接着说：“他的政治的见解，我是全不知道；我是只说他的工场，据巴克林君说来，涅署大诺夫君是住在这里面的。”

巴克林又叫道：“我没有那样说过！是你自己说的！”

“巴克林君，你稍安毋燥，”西皮雅金依然用他那冷酷的态度说着，“使你‘反汗’的友谊的感情我很尊重。”（县令暗自想道：“真高明！简直是一位瞿苦Guizot[①]！”）“但是请你宽恕我把我自己举例：在我的亲谊的感情总比你的友谊的感情还要甚罢？……但是，另外还有一种感情呢，足下，这种感情更强盛，我们无论一举一动他都要导引我们：这便是道义的感情！”

“Le sentiment du devoir!”客尔罗美采夫又翻成法语。

马克罗夫向这两位谈话的瞥了一眼。

“县知事阁下，”他又说起来，“我请你把我遣发下去罢，我难听得这两位的愚谈。”

但是这回县令却有点不高兴了。

“马克罗夫君，我劝你，在你现在的地位少说些话的好，你也应得更尊敬下子你的长上，……并且才从你妹弟的口中说出的这种爱国的精神你尤为应该敬重。”县令又转向着西皮雅金接说道：“波里司君，你的尊贵的举措我们想立刻申禀上台。……但是这位涅署大诺夫君在工场里究竟住在甚么人的地方呢？”

西皮雅金把眉头一绉。

“是住在一位梭罗明君的地方，是这工场的技师长，是这位巴克林君亲自对我说的。”

西皮雅金现在刻苦着可怜的巴克林，好像特别感着兴味的一样：他现在不仅在替雪茄烟报仇，也是在替他对他所表示的亲信的乃至谦逊的态度

---

① Francois P.G.Guizot（1787—1874），法国史学家兼政治家。——译者［现通译为佛朗索瓦·基佐。——编者］

报仇了。

客尔罗美采夫把话接过去说道："这位梭罗明不消说也是一位澈底主义者，共和主义者，阁下，你最好是对于这个人也要注意。"

县令回顾马克罗夫，用一种官派的带鼻音的腔调问道："你认得这位……梭罗明君……和唉……涅暑大诺夫君么？"

马克罗夫的脸上现出一种揶揄的神情。

他答道："阁下，你认得孔夫子和提图斯 · 里虎士 (Titus Livius)①么？"

县令把身子避开了。

他把肩头耸着说道："简直和他说不成话。男爵，请你来一下。"

副官又跑来了，巴克林利用这个时间，跛簸着走近西皮雅金身旁，吃格着说：

"喂，你做的甚么事体？你为甚么要陷害你的侄女呢？她是在他旁边的，在涅暑大诺夫旁边的。"

"足下，我并没有陷害别人，"西皮雅金高声地回答；"我做事只依从着我良心的命令，和……"

"和你老婆的命令呢，我的妹子是把你垫在脚下的，"马克罗夫同样大声地替他补足一句。

西皮雅金连额头也不曾绉一下。……对于这样的议论他是太高超了。

"你听罢，"巴克林又继续着低语——他兴奋得全身战栗，或者是出于惊惧：他的眼睛放着火光，他的喉咙为哭不出的眼泪几乎窒气——同情别人的眼泪中杂着恼怒自己的眼泪——"你听罢，我刚才对你说，说她结了婚，——其实是我扯的谎！……但是他们的结婚是定要举行的，假如你要作难他们，假如警察走到那儿去，那你是玷污你自己的良心，永远不能洗刷，而且你……"

"你现在说的话假使是真的，"西皮雅金更高声地打断了他，"其实我很在怀疑——那我所以为必要的手段更有早早执行的必要；至于说到我良心的玷污，足下，我对你说，请你不要担心！"

---

① Titus Livius：现通译为提图斯 · 李维（公元前59—公元17），古罗马历史学家。——编者

“他的良心是上了油膝的呢，”马克罗夫又插口说着；“上的是比得堡的油漆——无论甚么也攀不动他的！唉，巴克林君，你尽管吹罢：你就再吹上天也把你自己吹不脱了！”

县令觉得这样的争论不再继续的好了。

他开始说道：“诸君，你们想来都说够了罢，——那吗，男爵，请你把马克罗夫君带出去。波里司，你不想再说……”

西皮雅金把两臂伸出去。

“我所能说的都说了！”

“好极……男爵！”

副官走到马克罗夫面前，把靴上的拍车一蹬，把手伸成水平，好像在说：“好，动身罢！”的光景。

马克罗夫背转身走了。

巴克林在精神上和他握了手，但是含着一种同情和怜悯的苦趣。

县令接着说道：“好，我们就遣壮丁到工场里去。但是，波里司，这位朋友（他用下颐指示巴克林）才在和你说到令侄女……说她住在工场里面。……是这样时……”

“她总是不该受逮捕的，”西皮雅金沉闷地说：“她或者会悔过自新，回我家里来。我望你许我写几句话给她罢。”

“我是唯命是听的。但你也不要担心。……我们是找男子说话。……对于女人我们是很讲理的，——尤其是对于你这位令侄！”

“但是你们全没有说到梭罗明上来啦，”客尔罗美采夫沉痛地叫着，他在这些时候只尖着耳朵，早就想插下嘴来的了。“我对你们说，这梭罗明才是一位正头子！关于这样的事情我是很有眼力……唉，很有眼力的！”

“惹门君，不用太操切了，”县令微笑着说。“你想想泰勒兰（Talleyrand）[①]罢！假如有甚么差池，他自然不能逃脱法网。你倒应该想想你的债务者呢！（县官把手在颈上做出吊颈的样子）……”他从新又回向西皮雅金说道：“唉，这个家伙（又用下颐指巴克林一下）我们怎么处治他呢？我看他倒没有甚么要紧。”

---

① Talleyrand-Perigord(1754—1838)，法国外交家。——译者［现通译为塔列朗。——编者］

“让他走罢，”西皮雅金低声地说，又加上一句德文：“Lass den Lumpen baufen!”（让这忘八滚蛋罢！）

他觉得，他好像引了一句歌德的戏曲《桂池封贝里兴恩（Götz von Berlichingen）》。[①]

“足下，喂，你可以走你的，”县令高声地说，“我们用不着你了。——再见！”

巴克林平常地鞠了一躬，完全绝望地，完全扫脸地走出去了。啊，上帝老官！这场侮辱是他的致命伤了！

他不可名状地失望着暗自想道：“这是闹的甚么家伙哟！……我不仅是个懦夫，而且是一个卖友者了！但是，否……否；我是诚实的人，——我的力气也还未全盘丧尽！”

官署门前的阶段上坐着一个相熟的老人，悲切地用眼睛责斥着他，这是甚么人呢？啊，是的，他是——马克罗夫的老奴！他明明是跟着他主人走进城来，便再没有离开过监狱的门阈！……但是他为甚么这样看着巴克林呢？他是并没有卖过马克罗夫的！……

“百不相干的地方，我为甚么要把我的鼻子去闯呢？”他这样想着，又沉潜在绝望的杂想中了。“我为甚么不安稳地经营生意呢！……现在他们在传说，或者更这样写在纸上说道：有位巴克林君密告了一切的事情，卖掉了一切的人……把他的友人们卖给敌人去了。”他又想起马克罗夫瞥视他的眼光，他又想起他说的最后一句话：“你总把你吹不脱了”——更想到那老人的悲切的绝望的眼光来。……

他就像《圣经》中所叙述的一样，苦苦地哭了起来，徐徐走向那沙漠中的沃土，走向福牟遂加，斐牟遂加，时浪都理牙那里去了。

① Götz von Berlichingen：现通译为《葛兹·冯·伯里欣根》。——编者

三十六

就在这同一天的早晨，玛丽亚娜从她的房里走出来，看见涅暑大诺夫穿着衣裳坐在梭发上。一只手撑着头，别一只手无力地放在膝上不动。

她走近他的身边。

“阿勒克西司，早安。你全没有脱衣裳吗？你没有睡吗？你真是苍白！”

涅暑大诺夫徐徐举起他沉重的眼睑。

“是的，我没有脱衣裳，我也没有睡。”

“你是得了病吗？还是昨天的酒还没有醒呢？”

涅暑大诺夫摇着头。

“我自从看见梭罗明走进你的房里，我便再没有睡过。”

“几时？”

“昨天晚上。”

“阿勒克西司，你在嫉妒吗？真是奇事！你还会有时候嫉妒！他到我房里完全不过十五分钟。……并且我们谈的是他的表兄弟，若心牟牧师的话——谈到我们怎样结婚。”

“我晓得他是只停了十五分钟——我看见他走过。我也没有嫉妒，哦决没有！不过我从那时候起便不能睡熟。”

“究竟为甚么呢？”

涅暑大诺夫默了一会。

“我想……总是想……总是想！”

“想甚么呢？”

“想你……想他……想我。”

“想到甚么结果呢？”

“玛丽亚娜，我也该对你说吗？”

“你请说。”

“我想，我自己挡着你的路，他的路，我自己的路。”

“挡着我！挡着他！虽然你说你不在嫉妒，我可不晓得你的话是甚么意思。——也挡着你自己吗？”

“玛丽亚娜，我的心中有两个精神——这两个精神彼此不能两立。……所以我想，最好是使这两个都同时消灭。”

“但是呢，阿勒克西司，我请你见谅！你是怎么存心，要这样苦你自己和我呢？我们现在是不能不筹画我们所当取的手段。……因为别人是不放松我们的呢。”

涅暑大诺夫轻轻握着她的手。

“玛丽亚娜，你坐在我旁边罢；我们一同谈一谈，就像好朋友一样……时候总还不那么仓卒。把你的手给我。……虽然说是多言数穷，但我们把自己说明一下，也不是坏事。你是聪明而贤惠；你是甚么都了解，我所说的事情，你总能猜透的。你坐罢。”

涅暑大诺夫的声音十分平静，他始终看着玛丽亚娜的眼睛里含着一种特殊的表情，和柔而哀愿的表情。

她立地坐在他的旁边，执着他的手。

“我很感激你，你听我说罢。我不想久留着你。我昨天晚上把我要对你说的话早都想好了。……你听罢。——你不要以为昨天的那桩事情把我的勇气这样挫折了：我至多不过惹得人笑话，或者还惹得人起了点憎恶；但是你的确是没有怪我，没有轻贱我……你是知道我的。——我说这场事情没有挫折我的勇气，其实这是白话。……它的确是把我挫折了；但是不是因为我醉了酒被人带回家来，却是因为这件事情根本上证明了我自己的无力。……并且不只证明了我的不能喝酒，和俄国的农民不能一样，是证明了我全般的性格都不能一样！……玛丽亚娜，我有不得不向你说明的义务，把我们撮合的，我们在他的名称之下一同逃出来的，那革命事业我已不信仰了，实在说来我对于他早是冷淡的，只是你的火又把我温暖了起来，点燃了起来：——我是没有信仰！我是没有信仰呀！”

他把空着的一只手按着眼睛，沉默了一会。

玛丽亚娜也保守着沉默，把头垂着。……她觉得他说的话并不足惊异。

涅暑大诺夫把手离开眼睛，但没有再看着玛丽亚娜了，接着又说道："我从前以为我对于革命是信仰着的，只是怀疑着我，怀疑着我的力量，怀疑着我的才能；我的能力我以为和我的信念是不相趁的。……但是这两者是不可分的，这是明如指掌的事情，——我为甚么要欺谎自己呢！——是的，我对于革命事业也没有信仰！你呢？玛丽亚娜，你信仰么？"

玛丽亚娜振作起来把头抬起。

"是的，阿勒克西司，我信仰。我把我全部的精神来信仰——我对于这事业要奉献我的一生！一直到我断最后的一口气！"

涅暑大诺夫向着她，柔婉而羡慕地把她望着。

"是，是；这个回答是我期待着的。……你可以晓得，我们彼此是全没有共通的地方了：因为你自己把连结我们的绳子剪断了。"

玛丽亚娜没有做声。

"譬如梭罗明，"涅暑大诺夫又说起来，"虽然他也不信仰革命……"

"怎么？"

"唉！他不信仰革命……但是他无须乎信仰；他平坦地走着他的路。走路向城里去的人，他不问城池究竟是在不在的！他只是走着他的路。梭罗明也是这样。也不消更要怎样的。而我却是反对……我不能前进；我也不能后退；我是只有静止——只有死！我能够把我这样的意见向谁人接近，使人成为我的伴侣呢？谚语说得好：'各人执一端，担子轻一半'，但是假如一个人不想担的时候，其余一个人怎么做呢？"

"阿勒克西司，"玛丽亚娜踌躇着说，"我觉得你是在夸张。我们是互相恋爱着的呢。"

涅暑大诺夫深深太息起来。

"玛丽亚娜……我在你面前低头……你是在可怜我——我们彼此都信认我们是诚实的人：这是全部的真实！但是恋爱——在我们两人之间是没有的！"

"阿勒克西司，你在说甚么话呀？就在今天，就在下一刻的瞬间里别人便要来追捕我们了。……我们要手挽着手走，永不分离。"

"是，走到若心牟牧师那里去，照着梭罗明的劝告，好使他为我们证婚。我很晓得，这场结婚在你眼里不过是一张护照，是一个免却警察稽查的手段罢了。……但是这种手段却要课我们以共同生活的义务，即使不是共同生活，至少也要以有共同生活的期望为前提。”

“阿勒克西司，你这样说是甚么意思呢？你是想留在这儿吗？”

“是”的声音在涅暑大诺夫的舌上浮动着了，——但他想了一下又说：“不……不……不想！”

“那吗你是要离开这儿，你走去的地方不要我去的吗？”

涅暑大诺夫紧紧按着她的手，这手依然还是在他手里的。

“使你没有支柱，没有保护者，便放弃你，这是罪过——我就算微弱，我也不能做这样的事情。你会有一个保护者。……你请勿怀疑！”

玛丽亚娜把身子屈就涅暑大诺夫，想把她的脸去挨近他的脸，想看他的眼睛，看他的灵魂，看他的灵魂深处。

“阿勒克西司，你怎么的？你心上想的是甚么？你对我说罢！……你使我不安。你的话这样费解，这样奇怪。……并且你的脸！我从不曾看见过你脸上有这样的神情！”

涅暑大诺夫把她微微推开，接吻她的手。这一次她没有拒绝，也没有笑，她仍然不安地焦虑着看他。

“我请你不要焦心！本来并没有甚么稀奇的事情……不幸的事情只是听说马克罗夫被农夫打了；他吃了他们的拳头，他们打烂了他的肋骨。……但是他们把我的精神打烂了，比打烂马克罗夫身体的更坏。我生下地来便是脱了臼的……我要想把我的机关整理好；但是我愈整愈坏。这就是你在我脸上看出的表情。”

“阿勒克西司，”玛丽亚娜慢慢地说：“你对于我假如不认真时，这是你的罪过。”

他紧紧按着她的手。

“玛丽亚娜，我全部的灵魂开放在你的面前，是瞭如指掌的；我就要做甚么事情，我都预先告诉了你：在根本上没有甚么，绝对没有甚么足以使你惊惑的。”

玛丽亚娜想请他再把他这话说明白些，但是她中止着了……并且在这时候，梭罗明走进了房来。

他的举动比平常更灵快，更敏捷了。他把眉头绉着，他的阔唇是紧闭着的，他的全部的颜面也很犀锐，带着一种干燥的，坚硬的，差不多是严肃的表情。

他开口说道：“朋友们，我来催你们，时间是不能再空费的了。你们准备罢。……立刻便要出发了。在一点钟内你们该得把行装弄好。你们要结婚。巴克林没有消息来，他的马车起初被人扣留在阿尔香诺庄，随后又遣回来了。……他自己是留在那儿。好像被人带到城里去了。他或者不会密告我们，但是他不乱谈是谁也不能担保的。加之我的马别人是认识的。我们已经通知了若心牟。保罗会跟随你们。你们可以把他当成器具。”

“你呢？你呢？”涅暑大诺夫问他。“你难道不走吗？我看你也是准备着要走的，”他说这一句话时，看着梭罗明穿着的水靴。

“我……我是因为外边路烂才穿的。”

“但是你不会是要去替我们出头罢？”

“我想不。……总之这是我的事情。好罢，只有一点钟的工夫。……玛丽亚娜，搭锵拿要和你说话，她好像替你准备好了些甚么。”

“啊，是！我总是要到她那里去的……”

玛丽亚娜向着门走去。

涅暑大诺夫的脸上现出一种奇妙的，半是惊惶，半是不安的神情。……

“玛丽亚娜，你走了吗？”他的声音突然好像失了魂的一样。

她停止着。

“只消半个钟头我便转来。我准备不要甚么时间。”

“唉；但是请来一下……”

“好，——甚么事呢？”

“想再看你一眼。”

他长久地看了她一眼。

“请了，玛丽亚娜，请了！”

她惊愕了。

“你问我……心里想的甚么吗？甚么也没有……不必罣虑……你真个半点钟内会转来吗？的确？”

“的确的。”

“唉，好，好，请恕我。我的头晕得很，因为没有睡觉。……我也立刻……便可以动身了。”

玛丽亚娜出房门去了。梭罗明想跟着她。

涅暑大诺夫把他留着。

“梭罗明！”

“你有甚么话说？”

“把你的手伸给我。要感谢你的东道之谊。”

梭罗明微笑了。

“你想的真是奇妙！”

但是他把手伸给他了。

涅暑大诺夫接着又说道：“还有一件事情，假如我有甚么阻碍，我能望你看承玛丽亚娜么？”

“你的未来的妻室吗？”

“唉……唉，——玛丽亚娜。”

“第一我信你是不会有阻碍的；其次你也尽可以放心：——我爱玛丽亚娜和你爱她一样。”

“哦！这我是晓得……我是晓得……我是晓得！那吗，好。我谢你。——是只有一点钟工夫吗？”

“一点钟。”

“我便准备罢。请了！”

梭罗明走出房去，在楼梯上赶上了玛丽亚娜。关于涅暑大诺夫的事情，他想向她说一下，——但是他没有作声。玛丽亚娜也觉得梭罗明想向她说甚么，而且是关于涅暑大诺夫的，觉得他没有克服到他自己。……她也保守着沉默了。

三十七

梭罗明刚好出去的时候，涅暑大诺夫从梭发上跳起来，在房里往复通行了好几遍，立刻又陷在顽强的杂想里，在房里中央处站定了。他突然把身子摇了一下，把“假装舞蹈的衣服”脱了，用脚抛到一只屋角里，又把他从前的衣服取出来穿上了。

他走到三脚台边，从抽屉里取出两封信和一件小家伙出来，这小家伙他立即放在衣袋里去了；信函他把来放在桌上。他又去窥了一下火炉，开开炉孔门。……炉中一团纸灰。这是涅暑大诺夫的纸帙类的全部，他的秘宝一样保藏着的诗稿也是在这残灰里。……这些他是在夜里烧好了的。但是在这炉子里面，靠着反对一面的壁上，还存着马克罗夫给他的玛丽亚娜的肖像。这相片他显然是没有勇气，一同付给回禄。涅暑大诺夫当心又把它取出来，把来放在桌上信函的旁边。

他决心地把帽子拿着，走向门口去。……但他突然又停住了，他转身走进玛丽亚娜的房里。

在这儿他站了一分钟，向周围看了一下，走向那小小的床边，弯下身去，默默地吞了一次声，把嘴唇接下去——但不在枕头上，却在脚一边的床上。……他突然又伸起来，把帽子搭在额头上扯下。

廊下，楼梯上，楼下，都没有遇着一个人，他悄悄走进花园里去。

那天是阴郁的天气，天空低垂着，微微的湿风振动着草尖，飘摇着树叶。工场比平常这时候更清静；空地中冒出石炭，沥青，洋碱的气味。

涅暑大诺夫偷偷地向周围探看着，走到那株老苹果树下，这是他才来的那天，第一次从他蜗居的窗口看见，吸引过他的注意的。

苹果树的树干覆着干苔；它的粗槁的裸枝上只有零星的几片翻红的绿叶，蜷屈地伸向空中，就好像老人向天哀求的臂腕。

涅暑大诺夫坚实地踏着黑色的大地，这老树所盘根着的大地，从衣袋里取出那个他从抽屉中拿出的家伙来。

他留心地向小房的窗口看着……

他想道："假使这时候有人看见我，我或者会改延时刻……"

但是一个人的面孔也没看见。……一切都是死灭了，一切都背弃了他，永远抛离了他，听他受运命的裁制。……只有工场里面送来些沉浊的嗡隆和丑恶的臭味，天上细锐地降下了些寒冷的雨滴下来。

涅暑大诺夫在苹果树下立着，从屈蜷的树枝间望着那低垂的，灰暗的，无情而盲目的，湿润的昊天，欠伸着，摇震着，心里想道：

"我是甚么也没有残留着的了；回比得堡呢，我不想再去自投罗网了。"

他把帽子投去了，最初在他的四肢上起着一种甜蜜的，急剧的，紧迫的痉挛，把手枪对着自己的胸膛，把鸡舌搬发了……

他突然觉得一种——不十分紧迫的——冲突，……但是他已经横陈在地上了，他想他身上不知道起了甚么事情，他不知道怎么会看见搭锵拿。……他甚至想叫她，说道："啊，不中用了！"——但是他已经硬了，在他的面前，眼里，额上，脑袋里，一种青灰色的烟漩在那里回旋，一种极沉重的，平板的重量永远把他压在地上。

他以为看见搭锵拿不是毫无根据的。在他刚刚拨发了手枪的机关的时候，她走到小房的窗边，看见他在苹果树下。她正在想："在这样的天气，他秃着头在树下做甚么？"——他刚好在那个时候好像一捆稻草一样倒在地下。

手枪的声音过低，她虽然不曾听见，但她立刻觉得有点不祥，她急急忙忙跑向园子里去。

她跑到涅暑大诺夫身边……

"阿勒克西司 · 杜米突里弈逸奇，你怎么的？"

但是黑暗已经把他包围着了。搭锵拿俯身去就他，看见血……

"保罗！"她异常地惊呼起来。"保罗！"

不一会玛丽亚娜，梭罗明，保罗和两个工人已经在园子里了。涅暑大诺夫立刻被人抬起，运到房中，睡在他在上面过了一夜的那座梭发上。

他仰睡着，半开着凝滞的眼睛，青色的面孔；喉咙里徐缓地，困难地吼着，时而又抽一声长气，好像快要断气的一样。生命还没有离开他。

玛丽亚娜和梭罗明站在梭发的两边，两人的面孔都和涅暑大诺夫自己一样苍白。两人都震撼了，寸断了，绝望了，尤其是玛丽亚娜；但是不曾惊惑。

“我们为甚么早没有见到呢？”他们这样想着；但在这时候，他们又好像是……把这事情早已见到了的一样。

当他这样告诉玛丽亚娜说：“我就要做甚么事情，我预先告诉了你；没有甚么足以使你惊惑”——又如他说到有两种精神不能并立，——这些话在她的心里难道没有激起一点朦胧的预感吗？……她为甚么没有立刻想到，为甚么没有追索这些话，追索这个预感呢？……为甚么她现在也不敢看梭罗明，好像他是共犯……好像他也在受着良心的制裁呢？为甚么在这无际限的绝望的哀悯的心情中为甚么有一种恐惧，不安，羞愧的念头夹杂着呢？……或者是因为她没有救他吗？为甚么他们两人不敢交谈一语呢？他们连呼吸也不敢呼吸，——他们在等待着……等待着甚么呢？天啊，苍天！

梭罗明遣人去找医生，但可是已明明是没有丝毫希望了。搭锵拿把一个大海绵，浸着冷水，放在涅暑大诺夫胸上的没有血的小而翻黑了的伤口上，一面又把拌着冷水的醋酸蘸他的头发。

突然之间涅暑大诺夫不再吼痰了，动了一下。

“他又活转来了，”梭罗明低低地说着。

玛丽亚娜在梭发旁边跪下。……涅暑大诺夫看她……在这时候以前他的眼睛如像死人一样是没有动的。

“哈……我还……活着，”他的声音几乎不能听出。“这回……又失败了……对不住你们。”

“我的阿勒克西司呀！”玛丽亚娜哀叹着。

“但是……玛丽亚娜，你会记得……我的……诗里……‘把些花来装饰着我的幽居’……花在那儿呢？……但是那儿……那儿……我的信里面……”

突然他全身战栗起来。

“啊，快……快把你们的手……互相握着……在我的面前……快……

快……”

梭罗明握着玛丽亚娜的手。她的脑壳放在梭发上，面孔完全贴近着他的伤痕。

梭罗明呆屹地站着，面孔如夜色一样暗黑。

“唔……好……唔……”

涅暑大诺夫又吼起痰来，但是这一次全然变了症候了。……胸部挺张起来；肋腔洼陷下去……

他明明想把手伸去放在他们结合着的手上，但是他的手是已经死了。

“他死了，”搭锵拿低声地说，她是站在门边，用手画着十字。

吼痰的声音愈稀，愈促了……他心里还想看玛丽亚娜……但是一种可怕的，由内生出的，乳糜一样的白幕，罩着了他的眼睛……

“好……”这是他最后的一声。

他已经不在了……梭罗明和玛丽亚娜的手还连结在他的胸上……

* * *

下面的两封短信是他遗留下的。一封是写给西林，只含着这样的几行：

请了，挚友，请了！你接到我这张短笺的时候，我已经不在人世了。不要问我是怎样死的，是为甚么死的，——也莫为我伤心；请坚信着我死去是比在生时更好。请把我们不朽的普遂金做的小说《欧根·莪涅银》(Eugen Onegin)[①]翻开读罢，读那伦斯奇(Lenski)[②]之死的一节。你会记起那几句：‘窗户用白粉涂了；夫人已经出亡’云云，云云。此外没甚么了。我不向你说甚么，因为我想说的太多了，并且我没有时候。但是我不能通知你便离开这个世界；因为你会以为我是还在生着的，这对于我们的友情是一种罪过。

永别了。你的朋友 阿涅。

① 现通译为《欧根·奥涅金》。——编者

② 又译连斯基。——编者

别一封比较长一些，是写给梭罗明和玛丽亚娜的。

信里写着：

我亲爱的孩子们

（在这几个字之后有一些空白；这怕是涂去了的，或者宁是洗去了的：好像有眼泪落在上面。）

我这样称呼你们，你们或者会以为奇异；我自己差不多还是一个小孩子，而你，梭罗明，明明是比我年长的。但是我要死了——我走到了我生命的界限如像一位老人。我对于你们两人犯了莫大的罪过，尤其是对于你，玛丽亚娜；因为我使你十分伤心——（玛丽亚娜，我晓得你是要伤心的！）——使你们十分不快。但是我有甚么法呢？我寻不出别条路来走。我不晓得怎么才可以使我“简单化”；我现在除开把我自己全盘抛弃之外没有甚么。

玛丽亚娜，我是累了你，并且累了我自己。你的量宽：或者你能够负着我这个累赘如像又乐就一次新的牺牲一样。……但是我没有使你牺牲的权利：因为你还有更善更美的事情。

我亲爱的孩子们哟，让我把你们撮合了罢，用我快要走到彼岸的一只手来。

你们好好相依为命。玛丽亚娜，你是会爱梭罗明的——至于梭罗明……他自从在西皮雅金家里第一次看见你的一瞬间起便在爱你了。虽然我隔不几天便同你逃走了出来，他爱你的心事我是明白的。

啊，那天早晨！那真美，真清新，真鲜嫩哟！那在我此刻看来就好像你们——你的和他的——共同生活的朕兆，象征一样；我在那天早晨，不过偶尔代替了他罢了。

但是我要停笔了；我不是想把你陷在一种哀伤的情调里的。……我只想把我自己收拾。

明天会有一刻时候很不快兴的。……但是我有甚么法呢？我没有别条路可走！……别了，玛丽亚娜，我的正直的好姑娘！……别了，梭罗明！……我把她结托给你。……幸福地生活去，为他人的利益而生活去罢；至于你，玛丽亚娜，你要是幸福的时候，请思念我。……思念我是一个诚实的而且善良的人，但他是宜于死不宜于生。

我真正是在爱你吗？……真挚的女友哟，我自己也不晓得；但是我晓得的是我一生之中没有经受过这样的强烈的感情，假使我不是齐着这种感情同埋在坟墓里，死之于我会是更可怕的。

玛丽亚娜！假如你有时遇着名叫浅克拉·玛殊玲的一位女子的时候——梭罗明认识她，并且我相信你也看见过她的——那吗你对她说，说我在临终之前是怀着谢意思念着她的。……她会晓得我。

但是我要把我丢开了。……我正在这时候从窗口看出：一颗美丽的明星不动地在急冲过的云彩中闪了一下：——云彩却冲过得太快了，它不想把那明星掩晦。这个星子令我想起你来，玛丽亚娜哟！……在这时候你在邻室里安睡着，你一点也没有预料。……我走近你的房门，把耳朵侧放在门上，我好像听见你莹洁的平静的呼吸。……别了！别了！别了，我的孩子们，我的朋友们。

你们的阿涅。

但是还有话说！在我这遗书里为甚么不说到我们的革命事业呢？……我怕是因为在临终前不想扯谎。……玛丽亚娜，请恕我这几句再白，……扯谎是我，不是你所信仰的事业。

是的，还有一件！玛丽亚娜，你或者会以为我是怕坐牢狱，别人会要把我下狱，我才取了这个手段来逃避的。……否，牢狱不是那么可怕的；不过为所不信仰的事情而下狱——这终觉太可笑耳。我死，但不是怕坐牢狱而死。

别了，玛丽亚娜！别了，我的纯洁的女友！

玛丽亚娜和梭罗明先后把信读了。

她把她的像片和这两封信都揣在衣袋里，站着不动。

梭罗明对她说道：

“玛丽亚娜，万事都停当了；我们走罢……走去实践他的最后遗言。”

玛丽亚娜走到涅暑大诺夫尸旁，在他已经冷了的额上亲了一吻，回头向着梭罗明说道：

“走罢。”

他握着她的手，两人都出了房门。

*　　*　　*

几点钟后，警兵走到工场来，他们虽是寻着涅暑大诺夫，但只是一个尸首。

搭锵拿留心地把他安放着，头下放着一个白色的枕头，两手操在胸上，在他旁边的一只小桌上更还放着一个花环。

万般灵敏的保罗，很殷勤地，同时又很嘲弄地款接着警官，他们弄得不知道是感谢他的好，还是拘引他的好。

他详细地把自杀的光景诉说了，饱他们以瑞士乳干，饮他们以曼陀罗酒；他们问他，梭罗明和住在工场里的那位姑娘的所在，他全然装着个不知道的样子，他只是说梭罗明为工场的事情是决不会久在外面耽搁过的；他大约在今天或者明天便会回来，他回来时不会挨迟一刻时候，便会到城里来出头。他在这一方面是很当行的脚色！

于是警察先生们把一个人留着守尸，约定去请检尸官来检验之后，对于这场案件不得不空手而回。

三十八

在这事件的两天之后，一乘农车走到善良的若心牟牧师的庭上，车里坐的是我们认识的两位人，一位青年和一位少女，在他们到后，就在这一天便结了婚了。

不多时他们又走了——这位善良的若心牟对于他所措施是全没有悔意的。

梭罗明走时留了一封信在工场里，信是写给工场主，由保罗转交的。在这信里他精细地报说营业的情形（情形是十分兴旺的），并要求三个月的休假。

这封信是在涅暑大诺夫死前两天写的，从这信上看来，梭罗明是明明早晓得他要和涅暑大诺夫，玛丽亚娜出门，须得逗留一些时候的了。

关于死尸的检查全没有甚么结束。

尸首埋葬了；西皮雅金也没有再追寻他的侄女。

过了九个月后，对于马克罗夫的案件开审了。他在大审院的态度和在县令前是一样：平静地，不屈地，但有几分悲切。

他平常苦闷的脸色已经缓和了：但是不是出于小心——不是，是别有一种高贵的感情作用。

他没有后顾之忧，他没有忏悔，没有连累人，也没有埋怨人；他瘦削的面孔带着消耗的眼光只还表示着一种神情：对于运命的服从和坚毅。他率直的，但是扼要而真确的回答，在法官的心中也唤起了一种同情。便是逮捕了他，在法庭上作实证的农人们，也起了这样的同情心，说他是一位单纯的善良君子。

但是他的罪状是明白的；他不能逃脱刑宪，便是他自己也觉得是当然的事情。

他的共犯者我们虽不能详叙，但也须带说几句。浅克拉·玛殊玲不见了；奥斯突罗杜摩夫煽动一位商人革命，被他暗杀了；哥鲁遂金因为改过自新，只受了一点轻刑——（他忧惧得几乎成了疯子）；克司拉可夫受了一个月的监禁，又解放了，唉，又许他去走东羼西跑地在俄罗斯国内串走了；涅署大诺夫因为身死免罪；梭罗明因为缺乏证据——虽然受着嫌疑，但付诸不问了。（他是决不逃避法庭的，在一定的时期总是出头。）至于玛丽亚娜这是无庸说及的。……巴克林完全脱离了关系；不消说别人也没有重视他。

* * *

一年半的时光流过了。那是一千八百七十年的冬天。

在比得堡里，那时秘书官兼侍从的西皮雅金已经就了显职，他的夫人成了艺术的保护者，开音乐夜会，建设了公众食堂，客尔罗美采夫先生成了西皮雅金部下的最有干才的秘书——在这比得堡里有一位矮人穿着猫皮领的旧外套跛蹇着在瓦士里区的一条街道上走着。

这便是巴克林了。他在最近的一年以来改变得很厉害了：从他皮帽边上露出的卷发，已经现了几根的银丝。在侧道上有一位强健的高长的贵妇人向他走来，紧扎地穿着黑色的绵布大衣。巴克林无心瞥了她一眼，走过去了。……他又突然停止着，想了一下，把两手伸出来，急忙掉转身追及她，他从帽下把她望着。

“你不是浅克拉 · 玛殊玲吗？”他低声地问。

贵妇人庄重地看他一眼，没有说一声话，又走着了。

巴克林跛随着她，接着说道：“我亲爱的浅克拉 · 玛殊玲，我认识你，但是我求你不要怕我。你以为我会卖你吗？——我能够遇见你，我真太高兴哟！……我是巴克林，喜拉 · 巴克林，唉，你是晓得的，涅署大诺夫的朋友。……你请同我一路来罢，——我住在这儿不几步路远……请你来！”

“我是伯爵夫人罗可 · 底 · 圣阜姆（Io sono contessa Rocco di Santo Fiumel），”贵妇人低声地回答，但是语气纯然是俄国话的发音。

“甚么，伯爵夫人！……甚么地方来的伯爵夫人呢？……好，你请来罢，我们想白谈一下……”

“你究竟住在甚么地方吗？”这位意大利的伯爵夫人突然谈起俄国话来。“我事情很忙。”

“我就住在这条街上；那儿便是我的房子了！那儿那灰色的，三层楼的……你真有情，你不再在我面前隐蔽真相！我们挽着手走罢……你在这儿好久了？你怎么成了伯爵夫人呢？你和那儿的一位意大利的伯爵结了婚吗？”

浅克拉·玛殊玲并没有和甚么伯爵结婚；她得了一张才死不久的罗可伯爵夫人的旅行券——不怕她不懂一句意大利语，不怕她纯全是一个俄罗斯人的面孔，她也就冒充着，全不受干涉地走回俄国来了。

巴克林引她到他简陋的蜗居。他的驼背妹子和他同住，从屏风后面走出来接客。这屏风是把这样小小的一间前厅和后面的厨房间隔着的。

巴克林说道：“时浪都理牙，你来，我介绍我这位伟大的女朋友；请你赶快弄茶。”

浅克拉是因为听见涅暑大诺夫的名字，才跟着他走来的。她把帽子脱了，把男性的手理着从前一样剪短了的头发，微微鞠了一躬，默默地坐下了。

她是全没有改变；甚至她的衣裳也还是两年前的旧样，——但在她的眼睛里有一种凝滞着的哀情，这使她天成的憨直的面孔加上一番动人的神气。

时浪都理牙跑去弄茶去了；巴克林对着浅克拉坐着，轻轻敲着膝盖，把颈垂起；但他要开口说话的时候，他定要先咳了一声嗽，因为他的声音窒着，他的眼里涝着泪珠。

浅克拉端直不动地坐着，连椅靠也没有靠，阴郁地看着一边。

巴克林说道：“唉，唉，真是经了多少沧桑呢！我此刻一看见你，我又回想起……许多的事情和许多的人来……想到死了的人和生存着的人。——我的那对鹦鹉也是死了。……但是你怕不认识他们，——他们两夫妇，中着我的预言，真果同一天死了。——涅暑大诺夫……啊，可怜的涅暑大诺夫！……你好像是晓得的……”

“唉，我晓得，”浅克拉说着，仍然看着一边。

“还有奥斯突罗杜摩夫——你也晓得么？”

浅克拉只是把头点了一下。假如他接续着谈涅暑大诺夫时，她会是喜欢的，但她又不好如是请求。——巴克林也晓得了。

“他们对我说，涅署大诺夫在他的遗书上说到你。——可的确么？”

浅克拉没有立地回答，但她结局说道：

“是，的确的。”

“他真是一位杰出的人材！但可惜他是把路走错了！……他要成为革命家时，我也可以成为革命家了。你晓得么，他到底是甚么人呢？——是一个现实主义的传奇性的人物！你懂我的话么？”

浅克拉·玛殊玲向巴克林瞥了一眼。她不懂他的，也不想懂他。——他敢于把他自己和涅署大诺夫比较，她觉得太不趁，太离奇了；但是她想：“尽他吹着他的。”

（其实巴克林并没有吹，——据他想来，这样的比拟倒反是卑抑了自己。）

“有一位西林君来会过我，”巴克林接着说：“涅署大诺夫在死前也写过一封信给他。这位西林问我，能不能够找寻出死者所遗留下的稿件。……但是阿勒克西司的物品都被没收了……他的稿件没有再存留着的；他都把来烧了，——更可惜他的诗稿：——他也会做诗，你或者不晓得罢？他的诗稿真可惜；据我看来，其中的确有许多很不坏的。……那一切的都随着他消灭了，——那一切的都陷没在那普遍的漩涡里去了，永远沉没了！除在他友人们心中的记忆外甚么也没有残存着的，——这点终久也会消逝呢！”

巴克林默了一会。

“西皮雅金一家都是反对，你该还记得这位很谦恭，很正气，很有威严的大人物罢……这人现在已经位极人臣了！”

浅克拉全不记得甚么西皮雅金，但是巴克林由衷地恨那夫妇两人——尤其是那男子——倒折他们的话，他是不知止足的。

“在他的家里现在是唱高调的时候了！……他们那里只谈的是道义！但是我在一生中得了不少的经验：高谈道德的人家就等于那香气太多的病院；这儿是没有甚么干净东西的！这样的一种道德臭味真是混蛋！……他们，这西皮雅金夫妇，便是把可怜的阿勒克西司弄死了的！”

“梭罗明弄成甚么样子了？”浅克拉·玛殊玲问他。

她突然不想再听他说涅暑大诺夫的话了。

“你问梭罗明吗？”巴克林叫了出来。“那是一位可佩服的家伙！他真搅得好！他把从前的工场辞退了，把顶好的职工们带起走了。……其中一位……一位了不起的人名叫保罗，——他也带起走了。现在他自己起了一座不十分大的工场在培尔牟（Perm）地方，在这工场里面实施了协作的原则。他是决不把他的事务放松的！他甚么事情都会成功！……他真是聪明而且有力。真是一位可佩服的家伙！主要的眼目是他并不是医治我们社会病的急进医生。……你是晓得的，我们俄罗斯国民真是一种怪民族呢！我们总是希望着有甚么东西或者甚么人来立刻把我们医好，把我们全部的伤痕医好，把我们全部的病痛拔除，如像拔去一个虫牙一样。谁是这位魔术师呢？——是达尔文主义？是农民？是阿尔西普 · 培勒盆浅夫（Archip Perepentjeff）？是和外国开战？——随便甚么都好！先生，只请你把这牙齿给我拔去！……根本上一起都是：腐败，无力，没有思想！……但是梭罗明不是这种人；他是不拔甚么牙齿的——简单说他是有名的家伙。”

浅克拉把手摆了一下，好像说：“这话也可不消说了。”

她问道：“那位姑娘呢？我把名姓忘记了，她是那回同他，同涅暑大诺夫，逃走出来的。”

“玛丽亚娜吗？唉，她现在是梭罗明夫人。她已经在一年以前和他结了婚了。起初只是形式，但是现在她是他认真的，合式的夫人了。唉——唉。”

浅克拉 · 玛殊玲又同样把手摆了一下。

从前她是嫉妒玛丽亚娜，因为她爱涅暑大诺夫；现在她是恼恨她，把涅暑大诺夫对于她的爱情卖了！……

“她或者怕已经生了孩子罢？”浅克拉轻蔑地问着。

“大约总怕生了罢。——但是你要往那儿去呢？”巴克林看她把帽子拿在手里了，接着问她。“你再等一下罢；时浪都理牙立刻便要送茶来。”

他这样留着浅克拉，是趁此机会，发泄尽他心中所郁积着的愤懑。

巴克林自从回到比得堡后，他所交际的人很少，和年青人几乎全无往来了。——他和涅暑大诺夫那场往事使他生了惧心，他是十分慎重，规避着社交，——而青年一方面也没把他放在眼里。其中有一位甚至当着在他面前骂他是卖友者。与老年人交际他又觉得索然寡味；所以有时他整整一礼拜有不曾得着机会说话的时候。

对着他的妹子他是不说话的，不是因为他以为她不能了解他。他把她的理解力看得很高的。……但是他和她只能谈正经的话，假如他想要“耍点调门”或者“放点火”，那她立刻便要特别注视他，又有点哀怜他的样子，——他又会惭愧起来。不要一点调门，即使是不值钱的调门，人生在世，怎么能够过活呢？

因此之故，比得堡的生活在巴克林是不能忍耐了，他早已想到别地方去，或者就到莫斯科。

许多的观察，批评，思索，有趣的或者俏皮的感想，积聚在他的心中如像流水积聚在闸沟里一样。……闸板不能抽开；流水停止着，腐败了。

浅克拉·玛殊玲却在这时候来了……闸板抽开，他的言谈的流水不断地流涌出来。

无论甚么人，无论甚么事情他都谈到了，谈到比得堡，谈到比得堡的生活，谈到俄罗斯全国！……没有一个人，没有一件事情假借了的。

浅克拉·玛殊玲对于这些本是毫没有趣味；但是她不应对他，也不插入他的话里……他也没有更奢的希望了。

“唉，我告诉你，目下真是太平无事呢！社会是完全沉滞着；一切的世界都害着无为的死症！文学界是全盘空虚的——一切都好像扫干净了！批评界呢……假如有一位年青的，新进的批评家想要说一句‘母鸡的能力是在产卵’的时候，他整整要费二十页的纸面去阐明这个深奥的真理——而且他还以为是写得十分简短的。这些先生们便被人捧上天去，如像轻气球一样，口角流沫地所讲演的，不外是——寻常！科学界呢……哈哈哈！……我们也有博学的康德（Kant），——但只是技师们颈上的‘康德’[①]！美术界呢；全是同样的现象！你今天晚上不想去听音乐会吗？你可以听见国民歌者阿格勒莽斯奇（Agremanski）的独唱。……他是很有名望的。……但是假如一尾长肥了的鲤鱼——是的，一尾长肥了的鲤

① 康德本德国大哲学家，为近世批判哲学之祖。但俄文中领襟亦云“康德”，与此同音。俄国技师制服上所用领襟甚特异，故此云云。——译者

鱼能够开腔的时候，也会唱到这位先生的地步。而我们现代的亚理士他克（Aristarchus）[1]，那位斯可罗皮新先生竟把他捧到云里去了。——他说：‘这是完全和西方的艺术不同！’——不消说我们的可怜画家也是被他高捧——他说：‘从前我也是激赞欧罗巴，激赞意大利人，——但我听了罗新尼（Rossini）[2]，我想道：——哼，哼！我看了罗斐尔，我想道：——哼哼——这‘哼哼！’两字便很是满足我们的青年，他们跟着斯可罗皮新学说‘哼哼！’便十分满足了；你只想想一下罢！同时我们国民全体是陷在最深的苦海里，苛税是完全把他们置之死地了。所成功的唯一的改造，只是农夫可以戴帽子，农妇可以戴‘克齐加丝’[3]。……更加之以饥馑！沉湎大利盘剥者！”

但是浅克拉听到这儿欠伸起来了，巴克林又不得不掉过他的话头。

他说：“你还没有对我说呢，你这两年间住在那儿？你转回来好久了？你做了些甚么事情？你怎么样变成了意大利的女人？并且为甚么……”

“这些你都没有知道的必要，”浅克拉打断了他；“有甚么用呢？现在和你是全无关系了。”

这一刀刺进了巴克林的心里，他想掩藏他的狼狈，故意笑了一下。

“好，不勉强你，”他这样说；“我晓得我在新时代人的眼里是一个落伍者；实际上我也不能再……和他们……”

他没有把话说完。

“啊，时浪都理牙捧茶来了。你一面喝着茶，请听我说。……或者我的话里含着些对于你有趣的东西。”

玛殊玲一手托着茶杯，一手拿片糖块，开始喝起茶来，咬起糖来。

巴克林突然开心地笑起来了。

他说道：“好在这儿没有警察；因为这位意大利的伯爵夫人……唉，叫甚么呢？”

---

① Aristarchus（—280—264），希腊天文学家。英德译均作此，但恐系亚里士多德之误，后者有《诗论》一书为批评家之祖。——译者

② Gioachino Antonio Racini（1792—1868），意大利音乐家。——译者[现通译为罗西尼。——编者]

③ 一种俄国女人戴的头巾。——译者

“罗可 · 底 · 圣皐姆，”玛殊玲正经地答着他，一面啜着热茶。

“罗可 · 底 · 圣皐姆！”巴克林反响着，“而她喝茶时要咬糖块[①]！这是太不相像了！警察会立地生疑呢。”

玛殊玲说：“在国境上他们也是犯过疑的。一位穿制服的人始终不放我走，把我扭着盘问；但到后来我忍耐不过，说道：‘你别纠缠我罢！’……”

“你是用意大利语说的吗？”

“不是，是用俄国话。”

“他呢？”

“他？他不消说走了。”

“好极！”巴克林叫起来。“喂，喂，你这样一位伯爵夫人！请再喝一杯！……我随便还想向你说些；你刚才对于梭罗明有点冷淡。但是要他这样的人才是正常的人呢！我们第一眼看不懂他们，但是这种人是正常的，将来是他们的所有。他们不是甚么英雄；也不是那种“劳动的英雄”，这是一位美国人或者英国人写来教训我们可怜虫的一本书上所说的；这种人是干燥无味，是从民间走出来的。我们现在只要这样的人，这样的人！这样的人我看梭罗明便是一个；他的见解如像白画一样的清明，他的身体如像鱼类一样的健康。……这是可以惊异的！从前的俄国不是有一种通例吗？只要你是一个生活着的人，你有感情有良心，那吗你便必然生病。梭罗明也和我们一样有心病的，我们所恨的一切他也恨，不过他的神经是不骚乱，他的全身能够听其自然，——一句话管总：他是可佩服的家伙，你要说甚么可以说；但他是有理想的人，是不说空话的，他受过教育而且是从民间出来；他单纯而聪明而灵敏……你还要想甚么呢？”

巴克林愈激愈烈，愈见张起气焰来，没有注意到玛殊玲全没有听他，又在看着一旁了。他接着说道：“我们俄国，现在是甚么种类的人都有；斯拉夫主义者，官僚，单料的或双料的武官，享乐主义者，摹仿家，傻角……（我认得一位贵妇人名叫肴罗尼亚 · 普里遂屈甫，她突然改变为正教派，向着一切的人说，她死后如把尸首剖开时，心脏上一定刻得有亨利

① 喝茶咬糖块，这是纯粹的俄国风习。——译者

五世[①]的名字……在一位肴罗尼亚 · 普里遂屈甫的心脏上！）——这些你请都不要说起，我们的真实的，正常的路是这梭罗明走的路，这灰色的，单纯的，聪明的梭罗明所走的路！你要晓得，我对你说这话的是甚么时候：——我对你说这话的是在一千八百七十年的冬天，在这时候德国正把法兰西打破了，——在这时候……"

"喜拉呀！"时浪都理牙在巴克林背后低声地叫出；"我觉得你关于未来的批评忘却了我们的宗教和它的影响呢。……并且，"她急速又加添一句，"玛殊玲姑娘早没有听你的了……你宁可请她再喝一杯茶罢。"

巴克林有点苍黄了。

"啊，是的，不错，你再想喝杯茶么？"

但是玛殊玲徐徐把她阴郁的眼睛来看他，想了一下说道：

"巴克林，我要问你，你有没有涅暑大诺夫写的东西，——或者他的像片么？"

"是的，我有他的相片……是的……我想还很相像。——是放在抽屉里的。——我立刻替你找。"

他开始在抽屉中乱翻起来。时浪都理牙走到玛殊玲旁边，满怀着同情，良久地注意着看她，又如像和一位女友一样和她握了手。

"找着了，找着了！"巴克林叫起来，把相片交给玛殊玲。

玛殊玲没有道谢一声，没有过目一下，便揣在怀里，但她全部的脸上泛起红晕来了，她把帽子带上，向门口走去。

巴克林说道："你走了么？至少请你对我说你住在甚么地方罢。"

"我是没有定所的。"

"我晓得，你是不愿意我晓得。好，至少请你对我说这一句：你们还是受着瓦士里 · 尼可拉奕逸奇的指导的吗？"

"你问来有甚么用呢？"

"或者还是受着别的一位，——受着西多尔 · 西多里奇（Sidor Sidoritsch）的指导呢？"

---

① Henry V，亨利有两人：（1）罗马皇帝（1081—1125），（2）英王（1387—1422），此处当指前者。——译者

浅克拉没有回答。

“更或者还是受着一个匿名者的命令？”

浅克拉已经跨出门限去了。

“唉，大约是受着匿名者的命令。”

她把门闭上了。

巴克林在掩闭着的门前屹立了好一会。

他结局说出一声道：“匿名的俄罗斯！”

（京）新登字083号
图书在版编目（C I P）数据

新时代 / ［俄罗斯］屠格涅夫著；郭沫若译.
—北京：中国青年出版社，2012.10
ISBN－978－7－5153－1153－1
I. ①新. II. ①屠… ②郭… III. ①长篇小说－俄罗斯－近代
IV. ①I512.44
中国版本图书馆CIP数据核字（2012）第248506号

书　　名：新时代
著　　者：［俄罗斯］屠格涅夫
译　　者：郭沫若
责任编辑：庄庸　王昕
特约策划：张瑞霞
出版发行：中国青年出版社
社　　址：北京东四十二条21号
邮　　编：100708
网　　址：www.cyp.com.cn
门 市 部：(010)57350370
印　　刷：三河市世纪兴源印刷有限公司印刷
经　　销：新华书店
开　　本：710×1000　1/16
印　　张：19
插　　页：1
字　　数：300千字
版　　次：2013年1月北京第1版
印　　次：2013年1月河北第1次印刷
印　　数：1-5,000册
定　　价：35.00元